HEYNE <

Das Buch

Einst wurden vier weibliche Engel geschaffen, um den Erzengeln in Liebe und Treue zur Seite zu stehen – Sternenengel. Die Folge davon waren Neid, Missgunst und Eifersucht in den himmlischen Gefilden. Um die Zwietracht zwischen den Engeln zu beenden, schickte der Schöpfer die Sternenengel zur Erde, woraufhin die vier Erzengel beschlossen, vom Himmel herabzusteigen, um ihre Geliebten zurückzuholen. Jahrtausende der Suche blieben jedoch erfolglos – bis jetzt: Als Detective Michael Salvatore, ehemals der Oberste der Erzengel und Anführer der himmlischen Heerscharen, im Central Park der bezaubernden Rhiannon Dante begegnet, weiß er, dass er in ihr seinen Sternenengel gefunden hat. Doch noch bevor er Kontakt zu ihr aufnehmen kann, wird Rhiannon angegriffen und schwer verletzt. Während sie mit dem Tode ringt, steht Michael vor der schwersten Entscheidung seines Lebens: Entweder er lässt die Liebe seines Lebens gehen, bevor sie einander richtig kennenlernen konnten, oder er rettet ihr Leben – auch wenn er dafür einen Pakt mit dem Teufel schließen muss …

»Eine mitreißende Geschichte, tolle Charaktere und prickelnde Erotik machen *Engelssturm* zu einem unvergesslichen Lesevergnügen!«

Romantic Times Book Review

Die *Engelssturm*-Serie:

Erster Roman: Uriel
Zweiter Roman: Gabriel
Dritter Roman: Azrael
Vierter Roman: Michael

Die Autorin

Heather Killough-Walden wurde in Kalifornien geboren. Sie studierte Jura, Religionswissenschaften und Archäologie und bereiste die Welt, bevor sie beschloss, sich ganz dem Schreiben zu widmen. Die Autorin lebt mit ihrer Familie in Texas.

Weitere Informationen zu Autorin und Werk erhalten Sie unter:
www.killough-walden.com

www.twitter.com/HeyneFantasySF
@HeyneFantasySF
www.heyne-fantastisch.de

HEATHER KILLOUGH-WALDEN

ENGELS-STURM

MICHAEL

Roman

WILHELM HEYNE VERLAG
MÜNCHEN

Titel der amerikanischen Originalausgabe:
WARRIOR'S ANGEL
Deutsche Übersetzung von Sabine Schilasky

MIX
Papier aus verantwortungsvollen Quellen
FSC® C014496
FSC
www.fsc.org

Verlagsgruppe Randomhouse FSC® N 001967
Das für dieses Buch verwendete FSC®-zertifizierte
Papier *Holmen Book Cream* liefert
Holmen Paper, Hallstavik, Schweden.

Deutsche Erstausgabe 03/2015
Redaktion: Uta Dahnke

Printed in Germany 2015
Umschlaggestaltung: Nele Schütz Design, München, unter Verwendung eines Motivs von thinkstock
Satz: Christine Roithner Verlagsservice, Breitenaich
Druck und Bindung: GGP Media GmbH, Pößneck

ISBN: 978-3-453-31577-8

»Glaubst du wirklich, dass es Schwäche ist,
die der Versuchung nachgibt?
Ich sage dir, es gibt schreckliche Versuchungen,
und es erfordert Kraft, Kraft und Mut,
ihnen nachzugeben.«

Oscar Wilde

Vor langer Zeit versammelte der Alte Mann seine vier liebsten Erzengel, Michael, Gabriel, Uriel und Azrael. Er zeigte auf vier Sterne am Himmel, die heller leuchteten als alle anderen. Er wollte sie für ihre Loyalität belohnen und hatte Seelengefährtinnen für sie geschaffen. Vier perfekte weibliche Wesen – Sternenengel.

Doch bevor die Erzengel sich mit ihren Gefährtinnen vereinen konnten, verschwanden die vier Sternenengel. Sie wurden in alle Winde zerstreut, jenseits ihrer Gefilde und unerreichbar. Die Erzengel trafen die Entscheidung, ihre eigene Welt zu verlassen, auf die Erde zu kommen und ihre Gefährtinnen zu suchen.

Über zweitausend Jahre haben die Erzengel seither gesucht. Und sie waren mit ihrer Suche nicht allein.

Denn sie sind nicht die Einzigen, die ihre Gefilde verlassen haben und auf der Erde wandeln, um die Sternenengel ausfindig zu machen. Jemand ist ihnen gefolgt …

Bei diesem Gedanken runzelte er die Stirn. Vor langer Zeit war er an der Spitze eines Engelsheers dahingeflogen. Das Schwert hatte einen Abdruck in seiner Handfläche hinterlassen – unsichtbar, aber sehr tief, und der diktierte seine Handlungsweise als Cop und als Mann. Er war ein Verteidiger, ein Krieger. Aber auch ein Heiler. Doch derzeit besaß Azrael die magische Fähigkeit Michaels, Wunden zu heilen. Noch immer war sie nicht zu ihm, Michael, zurückgekehrt, was zweifellos an Samaels hinterhältigen, mysteriösen Machenschaften lag. Wer wusste schon, was *der Gefallene* so trieb? Michael erkannte nur, wie schmerzlich er diesen Teil seines Wesens vermisste, und er hoffte, er würde ihn vorerst nicht brauchen.

Nach einem tiefen Atemzug stand er auf. Die Hände in den Taschen seiner Lederjacke folgte er einem der Wege, hielt Augen und Ohren offen. Die Nacht wurde dunkler, die Schatten tiefer, das Laub ringsum raschelte leiser. In der immer deutlicheren Stille erklangen Michaels Schritte in den Stiefeln hart und einsam. Eine kühle Brise ließ seinen Nacken prickeln. Geistesabwesend klappte er seinen Kragen hoch.

Hinter ihm regte sich etwas, er spürte eine Veränderung in der Luft, und er fuhr herum. Aber der Weg war dunkel und leer. Sanft bewegte der Nachtwind einen Weidenzweig. Sonst rührte sich nichts.

Zu seiner Rechten blitzte etwas Blaues auf, und er wandte sich in diese Richtung. Wieder nichts Ungewöhnliches, nur ein kleiner Teich hinter einer Wiese, der den Mond reflektierte.

Aber irgendetwas stimmte da nicht.

Die abrupte Veränderung der Nacht ließ seine Haut

kribbeln. Als hätte etwas darauf gewartet zu atmen und würde jetzt Luft holen, seine Lungen mit magischer Energie füllen. Er spürte Blicke, die ihn fixierten, hörte beinahe das Zischen zwischen scharfen Zähnen ausgestoßenen Atems. In seinen Adern schien das Blut zu blubbern und erinnerte ihn an seinen Kampf mit dem blauen Drachen vor zwei Wochen.

Ringsum frischte der Wind auf, am eben noch klaren Himmel grollte Donner, und Michael schaute zu wirbelnden Wolken empor. Die Bäume neigten sich im Sturm, ihre Blätter zitterten und tanzten. Aus einer Baumgruppe stieg ein schwarzer Vogelschwarm auf, verließ den Park und suchte sich eine ruhigere Gegend.

Und dann, so unerwartet und heftig, dass es Michael unvorbereitet traf, schlug etwas Hartes seitlich gegen seinen Brustkorb. Er roch schwachen Parfümduft, sah etwas Rotes aufblitzen, schwankte und fand sein Gleichgewicht wieder. Irritiert wandte er sich seinem Angreifer zu.

Ich hatte recht, dachte er. Doch es war nur ein flüchtiger, wirrer Gedanke. Da stand ein großer Mann in einer schwarzen Lederjacke voll unzähliger Saphire und Aquamarine – ein blauer Drache.

Aber zwischen dem Drachen und Michael stand noch jemand. Eine Frau mit einem Körperbau, der auf stundenlanges tägliches Training hinwies. Ihr langes, gewelltes rotes Haar erweckte den Eindruck, sie wäre soeben dem Meer entstiegen. Vom Sturm gepeitscht, flog es umher. Sie trug schwarze Jeans, ein schwarzes T-Shirt und schwarze Stiefel.

Ihr Gesicht sah er nicht, weil sie ihm den Rücken kehrte. Aber ihre Haltung wirkte herausfordernd, und sie hatte die Arme ausgestreckt, als wollte sie etwas Böses abwehren.

Michaels Gedanken überschlugen sich. Beunruhigende Gedanken. Offenbar hatte die Frau ihn beiseitegeschoben, um ihn vor diesem »Mann« zu schützen, den sie für gefährlich hielt. Aber wieso wusste sie das? Er war nicht so groß wie Michael. Und Michael war bewaffnet, und alles an ihm deutete auf einen verdeckten Ermittler hin.

Und wieso bildete sie sich ein, sie wäre eher als Michael imstande, den Fremden zu bekämpfen? Wofür hielt sie sich?

Das verwirrte ihn am meisten. Wer war sie?

Obwohl er sie nur von hinten sah, erschien sie ihm seltsam vertraut. Ihr Anblick faszinierte ihn, beschwor ein altes Versprechen herauf, Äonen einer vergeblichen Suche. Wonach? Irgendetwas in ihm *wusste*, was es war. Aber es würde eine Weile dauern, bis er es klar erkannte. Und dazu fehlte ihm die Zeit.

Michael wollte gerade vorstürmen, um den Drachen selbst zu attackieren, da schlug das Biest in dem unglaublich rasanten Tempo seiner Rasse zu.

Aber das Monster hatte es gar nicht auf Michael abgesehen, sondern auf die Frau. Es schaute ihn nicht einmal an. Offenbar war es dem Drachen von Anfang an nur um sie gegangen.

Blitze erfüllten die Luft ringsum, und Michael wurde von einer dritten Partei angegriffen – so brutal, dass er durch die Luft geschleudert wurde und nach ein paar Metern gegen einen Lampenpfosten prallte. Ächzend verbog sich das Metall. Die Glühbirne knisterte und flackerte. Kurz bevor sie erlosch, sah Michael die rothaarige Frau einem Rückhandschlag ausweichen, dann trat sie den Drachen in die Brust.

Nachdem das Licht ausgegangen war, stand Michael auf.

In der Finsternis hörte er die Geräusche eines grausigen Kampfes, ein Ächzen und Zischen und dumpfe Schläge. Kaum hatte er sich aufgerichtet, wurde er erneut attackiert. Die kalte Berührung, der plötzliche Frost in der Luft, der eisige Gestank des Atems wiesen den Angreifer als Phantom aus. Früher waren Phantome nur von den Mächtigsten in der übernatürlichen Welt angeheuert worden – Elitekiller, schwierig zu beauftragen, fast unbezahlbar. Aber neuerdings schienen sie scharenweise aus ihren Schlupflöchern aufzutauchen und arbeiteten sowohl mit ihresgleichen als auch mit anderen übernatürlichen Wesen zusammen.

In Gregoris Auftrag? Steckte er auch hinter *diesem* Anschlag?

Mit einem kraftvollen Fausthieb schleuderte Michael das Phantom von sich und fragte sich, ob es mit dem Drachen unter einer Decke steckte.

Ging es ausschließlich um die Frau? Ein plötzlicher stechender Schmerz in seiner rechten Schulter unterbrach diese Gedanken. Aus seiner Brust ragte die Klaue eines zweiten Phantoms, Raureif verkrustete die Ränder des zerfetzten Hemds und der Haut um die offene Wunde. Er biss die Zähne zusammen, unterdrückte einen Schmerzensschrei und versuchte seinem Gegner den Arm zu brechen. Aber das Phantom verwandelte sich in körperloses Nichts, ehe er richtig zupacken konnte.

Zu seiner Linken öffnete sich das Dunkel der Nacht, ein drittes Phantom pirschte sich heran. Dann materialisierte sich ein vierter Widersacher, eine Koboldgestalt starrte Michael mit Katzenaugen an – ein Icaraner, ein Magie-Egel, zweifellos von der geballten Magie herbeigelockt.

Wenn sich in Michaels Schicksal nicht bald eine Wende

vollzog, würde das Biest die Mahlzeit seines Lebens genießen.

Knapp fünfzig Meter entfernt schlugen jetzt Blitze in den Boden und ließen Michael die Ohren klingen. Schwindelgefühle erfassten ihn. Aber das Phantom hinter ihm riss seinen Arm brutal aus Michaels Körper und weckte seine Aufmerksamkeit erneut.

Hungrig fletschte der Icaraner seine grellweißen Zähne und kroch näher heran. Das Phantom, das er weggeschleudert hatte, stürzte sich auf ihn, ebenso das Monster zu seiner Linken, und das hinter ihm umfasste seinen Nacken und ließ seine Wirbelsäule fast gefrieren. Nicht weit entfernt rang die Frau, die ihn zu retten versucht hatte, immer noch mit dem Drachen. Sie bewegte sich unglaublich geschmeidig. Es war ein Wunder, dass sie noch lebte.

Nein, eigentlich nicht. In der Tiefe seines Herzens verstand er, was das bedeutete. Aber wenn er sich die Wahrheit eingestand, würde ihn seine Angst um die Frau lähmen. Und dann würden sie beide sterben.

Und so gestattete er seinem Blut, eine alte Melodie zu singen. Er erinnerte sich, wer er war, woher er, der Erzengel und Krieger, stammte. Mit geschlossenen Augen ließ er dieses uralte Wissen wie ein Elixier durch seine Adern fließen.

Als er die Augen wieder öffnete, spürte er ihre Glut. Der Park drehte sich um ihn, sein Körper bewegte sich wie von selbst. Jetzt kontrollierte Michael seine Aktionen nicht mehr, die Welt regte sich außerhalb von Raum und Zeit und schien sich ebenfalls zu erinnern.

Wenige Sekunden später lagen zwei Phantome tot am Boden. Vor lauter Angst war der Icaraner wieder unsichtbar geworden und zweifellos geflohen. Während Michael sich dem dritten Phantom zuwandte, kämpfte die rothaarige Frau weiterhin gegen den Drachen.

Doch dann quollen die Schatten von neuen Gestalten über, die massenweise in den Park strömten und die Luft mit ihrer bösen Aura verpesteten. Mindestens fünf schwarze Drachen zählte Michael fassungslos. Er taumelte, konnte eine Attacke nicht abwehren. Schmerzhaft spürte er eine zweite Eiswunde an seinem Körper. Er versuchte die Drachen im Auge zu behalten, eine dunkle gefährliche Gruppe, die sich langsam näherte, das Terrain sondierte und zweifellos die Frau ansteuerte.

Michael verschwendete keine Zeit auf einen Warnschrei. Stattdessen konzentrierte er seine Kräfte auf die Feinde, die ihn umzingelten. In schneller Folge stürzten sie zu Boden. Wie ein schwingendes Schwert durchfuhr er die finstere Phalanx, so schnell, dass den tödlichen Schlägen keine bewussten Gedanken vorauseilten. Dafür war auch gar keine Zeit.

Inzwischen hatten sich die schwarzen Drachen getrennt, die Hälfte der Gruppe erkannte die Bedrohung, die von Michael ausging, und nahm es mit ihm auf. Ohne zu zögern, streckte er die furchterregenden Bestien nieder, hörte Knochen brechen, Haut bersten, qualvolles Stöhnen. Doch er ignorierte den Schlachtenlärm, bis die Frau aufschrie.

Es war ein herzzerreißender Schrei, hoffnungslos, eine Klage über eine unabwendbare Kapitulation. Ein Todesschrei.

Sekundenlang stand die Erde still. Ein letztes Mal spaltete ein Blitz den Himmel und fällte einen Baum. Was danach geschah, wusste Michael nicht genau. Alle Geräusche verstummten. Die Zeit tat einen Sprung, alles verschwamm vor seinen Augen, und plötzlich waren da noch viel mehr Wesen um ihn herum, und der Kampf ging weiter, wenngleich ohne ihn, während Michael unnatürlich schnell und zugleich albtraumhaft langsam zu der Frau eilte. Halb lag sie im Gras, halb auf dem Parkweg, das Haar wie ein blutiger Wasserfall. Ihr Kopf war von ihm abgewandt.

Er kniete neben ihr nieder. Behutsam umfasste er ihr Gesicht und sah sie an.

O Gott.

Irgendetwas hielt ihn gefangen. Unsichtbar, unhörbar, hinterließ es keine verwertbaren Spuren, war aber so real wie die Monstren, die er eben noch bekämpft hatte. Gnadenlos verengte es seine Brust, krampfte sein Herz zusammen und jagte verzehrende Emotionen durch seine Seele.

Sie war atemberaubend. Obwohl sie die Augen geschlossen hatte, wusste er, wie sie aussahen. Als hätte er es schon immer gewusst. Jede Linie ihrer zarten Züge kannte er, als hätte er sie selbst gezeichnet. Er wusste, wie ihre Stimme klingen würde, wenn sie jemals seinen Namen aussprechen sollte. Und wie sich ihre Berührung anfühlen würde.

Wie ein Engel sah sie aus.

Weil sie einer war.

»Rhiannon!« Die weibliche Stimme riss Michael aus seinen Gedanken, und ihm fiel auf, dass es um ihn herum wieder ganz still geworden war. Der Kampf war vorbei, das Gewitter war weitergezogen, und die Wolken über ihnen hatten sich aufgelöst. Abermals war der Park in Mondlicht getaucht. Michael löste seinen Blick von der Frau vor ihm und sah auf.

Zwei Leute kamen auf ihn zu. Einen erkannte er, die

andere nicht: Hesperos, der König der Vampire, hatte seinen Arm um eine junge Frau mit braunem Haar und braunen Augen gelegt. Sie war verwundet, und er musste sie stützen. Es war nicht zu übersehen, dass sie sich abmühte, schnellstens zu Michael und der Frau vor ihm am Boden zu gelangen.

Hesperos sah Michael ernst an. Um sie verstreut lagen die Leichen diverser Drachen, Phantome, Geister und Icaraner – ein wahres Bataillon von übernatürlichen Monstren war über sie hergefallen. Michael hatte keine Ahnung, was Hesperos und die junge Frau gerade jetzt ausgerechnet hierher gebracht hatte, doch wären sie nicht gewesen, hätte Michael es ganz gewiss nicht überlebt.

Er sah wieder zu dem gefallenen Engel vor ihm am Boden.

»Rhiannon«, wiederholte die Frau an Hesperos' Seite. Sie waren noch gute fünf Meter entfernt. »Sie muss geheilt werden.«

Das Wort »geheilt« traf Michael einer eisigen Lanze gleich, die ihm schneidend kalt ins Herz fuhr.

»Das kann ich nicht«, flüsterte er verzweifelt. Er konnte sie nicht heilen. Diese Macht war dank Samael von ihm auf Azrael übergegangen. Nun bräuchte Michael eine Tür, um ins Herrenhaus zu gelangen. Aber in diesem riesigen Park gab es keine Türen, er würde es nie schnell genug zu jemandem schaffen, der seinen Sternenengel heilen konnte.

Was für ein Zufall war denn das? Warum war all das ausgerechnet *hier* geschehen? Warum jetzt? Wurde er bestraft? War er bei dem Alten Mann in Ungnade gefallen?

»Das kann ich nicht«, sagte er noch einmal, und dann sprach er ihren Namen aus, weil er ihn wenigstens ein einziges Mal aussprechen wollte, solange sie noch existierte, solange er ihren lebendigen Leib berühren und festhalten konnte. »Rhiannon.« Es war ein schöner Name …

»Der Drache hat sie gebissen!«, schrie die Frau an Hesperos' Seite. »Sie hat Luft in den Adern!«

Das hatte Michael bereits an der Schulterwunde erkannt … Rhiannon hatte vielleicht noch eine oder zwei Minuten zu leben. Und besäße Michael seine Kräfte noch, hätte er mindestens so lange gebraucht, um sie zu heilen.

Michael blickte erneut zu der braunhaarigen Frau auf, als sie erstarrte. Hesperos blieb neben ihr stehen und sah sie an. »Angel?«

Ihre braunen Augen waren weit aufgerissen. »O nein«, hauchte sie kopfschüttelnd. Ihr Blick wanderte von Michael zu Rhiannon. »O nein. Jetzt kommt er hierher. Er darf mich nicht finden, ich kann nicht bleiben. Ich darf sie nicht heilen.« Sie sah verzweifelt aus, geradezu innerlich zerrissen.

Vage wurde Michael klar, dass sie eine Freundin von Rhiannon sein musste.

Eine Freundin seines Sternenengels.

»Michael, du musst es tun!«, sagte Angel und biss die Zähne vor Schmerz und Verzweiflung zusammen.

Michael wunderte sich nicht einmal, woher sie seinen Namen kannte. Er hörte sich abermals »Das kann ich nicht« sagen, doch es klang sehr weit weg. Sein Körper fühlte sich an, als wäre er nicht mehr hier, und seine Brust schmerzte so sehr, dass alles andere verblasste.

»Ich muss weg«, schluchzte Angel beinahe. Und dann nutzte sie eine Kraft, die Michaels Wissen zufolge nur sehr wenige auserwählte Übernatürliche besaßen, um rasch zu verschwinden. Und Hesperos blieb allein bei Michael und Rhiannon zurück.

Einen Moment später hob Hesperos sein Kinn, blickte Michael unendlich traurig an und verschwand ebenfalls.

Benommen starrte Michael auf die Stelle, wo sie eben noch gewesen waren. Sein Körper fühlte sich an, als würde er nicht existieren, die Realität riss ihn entzwei, die letzte Hoffnung war ihm geraubt.

»Nein«, würgte er hervor, von Entsetzen erfasst, und blickte auf seinen Sternenengel hinab. Rhiannons Lippen färbten sich violett. Da verkrallte er seine Hände in ihr warmes T-Shirt und warf seinen Kopf in den Nacken. *»Neiiiiin!«*, schrie er in die Nacht.

»Also wirklich, Michael«, ertönte eine kühle, vertraute Stimme aus den Schatten vor ihm. »Wie dramatisch.«

Ungläubig erstarrte Michael und sah Samael aus der Finsternis treten, hochgewachsen und attraktiv, wie üblich in einem der teuren maßgeschneiderten Anzüge, die man mit Geld oder Magie kaufen konnte. Die Hände in den Hosentaschen wirkte er ruhig und gelassen. Hinter ihm erschien sein »Assistent« Jason.

Weder freundlich noch unfreundlich blickte Sam auf Michael hinab, dann musterte er ebenso wie Jason die reglose Frau am Boden.

»Du musst sie bald heilen, Michael. Sonst verlierst du deinen Sternenengel, den du jahrhundertelang gesucht hast.«

»Verdammter Hurensohn«, fauchte Michael. »Ich werde dich töten. Und wenn ich dabei sterbe.«

Anscheinend hörte Sam nicht zu. Oder die Drohung interessierte ihn nicht. »Wenn du dich beeilst – ich glaube, am Ende dieses Weges liegt ein Videoladen, der rund um die Uhr geöffnet ist. Die einzige Tür weit und breit.« Sein Blick glitt von Rhiannon zu Michael. »In dem Tempo, zu dem du fähig bist, brauchst du nur ein paar Minuten.«

Diesen Worten folgte ein drückendes Schweigen. Noch nie war Michael einem Selbstmord so nahe gewesen, noch keine Nacht so dunkel.

»Oder ich könnte sie für dich heilen«, sagte Sam.

Die Schatten spitzten ihre Ohren, der Mond lauschte, die Welt wartete.

Mit tränennassen Wangen richtete Michael sich auf, ihm blutete das Herz. *Bitte,* dachte er verzweifelt. »Tu es«, flüsterte er mit zitternder Stimme.

Langsam verzog Sam seine Lippen zu einem emotionslosen Lächeln. Er trat neben Rhiannon und kniete anmutig nieder. Hinter seinen anthrazitfarbenen Augen verbargen sich unergründliche Geheimnisse, und Michael verspürte den grässlichen Impuls, sie *dem Gefallenen* aus dem Kopf zu reißen und sie sich wie Kaviar in den Mund zu stopfen.

Aber sein Leben zerrann ihm zwischen den Fingern, die das T-Shirt seines Sternenengels festhielten. »Bitte«, fügte er hinzu. Aller Stolz war vergessen.

Samael schaute ihn an. Dann legte er seinen schönen Kopf schräg. Im Mondlicht schimmerte der Stahl seiner Augen. »Dafür musst du einen Preis zahlen, Michael. Aber das wusstest du, nicht wahr?« Jetzt wirkte sein Lächeln fast wehmütig. »Nichts im Leben ist umsonst.«

Hilfloser Zorn verwandelte Michaels blaue Augen in arktisches Eis. Weder Sam noch er selbst gaben sich irgendwelchen Illusionen hin. Beide wussten sie schon seit Sams

Ankunft, dass Michael alle Forderungen *des Gefallenen* erfüllen würde.

Samael berührte die Brust des Sternenengels.

Michael stockte der Atem, Sams Blick schien ihn zu durchbohren.

»Nun, Krieger?« In den Worten *des Gefallenen* spiegelte sich der Triumph angesichts seiner jahrtausendelang ersehnten Rache. »Was ist dir deine Seelengefährtin wert?«

Michael spürte das Unwetter, das sich im Blick *des Gefallenen* zusammenbraute. Ein aufziehender Sturm von Albträumen streifte sein Haar, blies durch seine Kleidung und wisperte von Orkanen, Flutwellen und Terror. Von bösen Geistern und Monstren, überall. Er hatte keine andere Wahl.

»Alles.«

Alles, was ich habe und was ich kann.

»Nimm dir, was du willst, Sam«, sagte Michael, und jedes seiner Worte war ein feierlicher Schwur. »Egal was, es gehört dir. Mich interessiert es nicht mehr.« Im Grunde hatte es ihn auch nie interessiert. Nicht annähernd so wie diese Frau hier. »Mach endlich und rette sie!«

Samaels Lächeln gefror in seinem schönen Gesicht, und die Zeit verlangsamte sich.

»Ist schon geschehen«, sagte er, bevor er seine Hand von Rhiannons sich nun wieder hebender und senkender Brust nahm, um seinen Handel mit Michael sogleich per Handschlag zu besiegeln. »Und um dich ist es auch geschehen.«

Michael kam die Berührung wie ein Bündel von Blitzen vor. Sie durchzuckten ihn grell und schmerzhaft, verbrannten ihn innerlich.

»Alles, was du liebst, alles, was du verehrst, alles, was dir teuer ist, du *ewig Bevorzugter*«, zischte Samael, »wirst du hier und jetzt verlieren. Und was du verabscheust, fürchtest und zu Unrecht verurteilst, wird zu deiner Last.« Samael lehnte sich zu ihm vor, wie Michael durch einen Nebel unvorstellbarer Schmerzen wahrnahm. »Manche Dinge rächen sich. Und jetzt erwischt es *dich.*« Ein hämisches Lachen folgte Michael hinab in die Dunkelheit der Verdammnis. »Viel Glück mit deinem Sternenengel!«

Michaels Schmerzen erreichten einen Höhepunkt und tauchten die Welt in ein knisterndes weißes, blendendes Licht. Er schrie auf, doch seine Stimme verlor sich im Brüllen seines sich aufbäumenden Verstandes und der Magie, die Samael so gekonnt und brutal freigesetzt hatte.

Dann schwächte sich das Licht wieder ab, ähnlich der untergehenden Sonne, bis es schließlich zu einem Schmerzpunkt nahe seines Herzens wurde. Michael fühlte seinen Herzschlag, begleitet von einem unangenehmen Ziehen, und öffnete die Augen.

Samael war fort. Jason war fort. Alle waren weg, einschließlich Rhiannon.

Er hatte keine Ahnung, wie viel Zeit vergangen war, seit Sam ihn berührt und mit ihm gemacht hatte, was immer er an Bösem hatte tun wollen. Und er wusste auch nicht, wohin alle verschwunden waren, sondern nur, dass zweifellos auch dabei Sam seine Hand im Spiel gehabt haben dürfte.

Michael schluckte angestrengt. Sein Mund fühlte sich seltsam an. Seine Kehle war wie zugeschnürt, und er war sich ziemlich sicher, dass er einen metallischen Geschmack in seinem Mund wahrnahm. Er war allein im dunklen Central Park, inmitten einer unheimlichen Stille, einzig vom Pochen seines Herzens erfüllt. Es war lauter, als es sein sollte. Und ihm war kalt. Es war spät, so viel wusste er, doch diese Kälte war unnatürlich und so durchdringend, dass sie ihm bis in die Knochen fuhr und ihm in Wellen eine Gänsehaut über den Leib jagte. So musste sich Fieber anfühlen.

Nur war er Michael, der Krieger, und er bekam kein Fieber.

Ein leises spöttisches Lachen wehte ihm durch die Dunkelheit hinterher, als er aufstand und den Park verließ.

1

Rhiannon wachte auf und fand sich von einem weißen Nebel umgeben, der sie, obschon nachgiebig, zugleich schwer und schrecklich weich einhüllte. Sie blinzelte und stöhnte, als sie versuchte, sich zu bewegen. So zerschunden hatte sie sich überhaupt noch nie gefühlt. Alles tat ihr weh, nicht bloß ihre Muskeln; es reichte bis in ihr Innerstes, in ihr Blut, ja, jede Faser ihres Körpers schmerzte.

Sie wehrte sich dagegen, zog die Beine an und stemmte sie gegen den Nebel. Diesmal wirkte er fester und glitt über ihre Finger vom Bett und auf den Boden.

Wieder blinzelte Rhiannon und versuchte, sich zu orientieren. Der Nebel war eine Decke. Und sie lag in einem Bett.

In *ihrem* Bett.

Stück für Stück erkannte sie das Zimmer: den Streifen Sonnenlicht, der durch den Spalt in den Vorhängen fiel, die Rosenholzkommode gegenüber an der Wand und den Wandschrank, dessen Türen offen standen.

Rhiannon berührte ihr Gesicht und wunderte sich kaum, dass es sich heiß anfühlte. Sie musste Fieber haben.

»Ich sollte mich oben melden«, flüsterte sie, verzog aber sofort das Gesicht, als allein diese Anstrengung einen stechenden Schmerz durch ihren Schädel jagte. »Dreckskerl«, stieß sie hervor und biss die Zähne zusammen, weil sie prompt mit einem noch fieseren Stechen bestraft wurde.

Rhiannon verkniff sich alles, was sie sonst noch sagen wollte, und rollte sich auf die Seite, als die Gegensprechanlage auf ihrem Nachttisch ein statisches Rauschen von sich gab. Sie blickte zu dem Gerät.

»Ich schätze, Sie hatten eine harte Nacht, Nummer eins.«

Rhiannon hätte die Augen verdreht, wäre das nicht garantiert zu schmerzhaft gewesen. Außerdem hatte sie es irgendwie fertiggebracht, mit ihren Kontaktlinsen zu schlafen, sodass sich ihre Augen jetzt trocken anfühlten und brannten. Würde sie die nun noch verdrehen, bliebe mit Sicherheit eine der Linsen an einer fiesen Stelle kleben.

»Kann man wohl sagen«, antwortete sie, darüber verärgert, dass sie überhaupt sprechen musste.

Ein leises Schmunzeln ertönte aus dem Lautsprecher. »Ich lasse Ihnen Kaffee bringen, und Sie können mir alles in ein paar Stunden erzählen. Kommen Sie zu mir, ich habe einen neuen Auftrag für Sie.«

Dann verstummte der Apparat, und Rhiannon rollte sich wieder auf den Rücken, um an die Decke zu starren. Sie versuchte, die Geschehnisse der letzten Stunden zu rekapitulieren, doch ihre Erinnerungen waren völlig verschwommen.

Was manchmal vorkam. Die Kreaturen, mit denen sie es täglich aufnahm, konnten einem schon mal das Hirn vernebeln. Es war nicht das erste Mal, dass sie sich beim Aufwachen nur vage erinnerte, wo sie in der vergangenen Nacht gewesen war und was sie getan hatte. Das gehörte schlicht zu ihrem Job.

Was es jedoch nicht weniger nervig machte. Ungefähr ein Drittel ihres Lebens schien aus traumähnlichen Erinnerungen zu bestehen – unbestimmt und nicht so recht greifbar.

»Kaffee wäre super«, murmelte sie leise.

Wenige Minuten später schaffte sie es, aus dem Bett zu steigen und zu duschen. Sie war zerschundener als gewöhnlich, und dieses Gefühl, überall wund zu sein, blieb auch nach dem Duschen. Zu gern hätte sie gewusst, was letzte Nacht passiert war.

Als sie eben ihr Haar in ein Handtuch gewickelt hatte, klopfte es an der Tür. Rhiannon vergewisserte sich, dass ihr übergroßes T-Shirt die meisten ihrer neuen Blutergüsse bedeckte, bevor sie barfuß über den weichen Teppichboden zur Tür ihrer Wohnung im 13. Stock tapste.

Es gab einen Spion in der Tür, den Rhiannon jedoch selten benutzte. Inzwischen erkannte sie die Leute auf der anderen Seite am Klopfen. Dies war Emanuel, und der hatte ihren Kaffee: einen Cappuccino mit Sojamilch und extra viel Kakao auf dem Schaum. *Das* konnte sie riechen.

Sie öffnete, und da stand er in seinem maßgeschneiderten Anzug. Er war groß, schlank, hatte dunkle Haut, ein strahlendes Lächeln und dichtes, schimmerndes schwarzes Haar. Sein linkes Auge war dunkelbraun; das rechte hatte er vor Jahren verloren, was er mit einer derart perfekt platzierten Augenklappe kaschierte, dass es wirkte, als wäre er schon so geboren.

»Danke, Emanuel«, sagte Rhiannon, als ihr der junge Mann ein kleines Tablett mit einem großen dampfenden Becher reichte.

Der Cappuccinoschaum war kunstvoll zu einer Calla

geformt. Er war jedes Mal einer anderen Blüte nachempfunden, denn die Köchin legte großen Wert auf Präsentation, und Rhiannon hatte eine Vorliebe für Blüten. Am Vortag war es eine Hyazinthe gewesen.

»Ist mir ein Vergnügen, Miss Dante«, sagte Emanuel mit einer leichten Verbeugung. »Soll ich Ihr Frühstück bereiten lassen?«

Rhiannons Magen rebellierte schon bei dem bloßen Gedanken an Essen, was angesichts ihrer heftigen Schmerzen nicht verwunderlich war. »Nein, danke. Ich hole mir unterwegs irgendwo einen Bagel.«

Emanuel nickte, verbeugte sich wieder und ging durch den Flur zum Fahrstuhl.

Das Haus hatte zwanzig Etagen, und beinahe jede wurde von einer Fünf-Zimmer-Wohnung eingenommen. In der ersten Etage lebte Bess, die Köchin, mit ihrer Nichte Mimi und ihrem Hund Strike. Darüber lag Emanuels Wohnung. Die dritte Etage beherbergte das Tropenhaus, und die darüber gehörte Mr. Verdigris Chauffeur Alex. In den Wohnungen der fünften bis zehnten Etage wohnten diverse Mitarbeiter, deren Namen Rhiannon sich nie merken konnte, weil sie dauernd wechselten.

Emanuel, Bess, Mimi, Alex und Mr. Verdigri waren die einzigen festen Größen in dem Haus. Rhiannons Boss wohnte in der neunzehnten Etage, und darüber kam niemand mehr in der zwanzigsten. Die Etagen zwischen der dreizehnten und der neunzehnten standen leer, genauso wie die zwischen der zehnten und der dreizehnten. Wie man Rhiannon erzählte, war das Absicht, um den Bewohnern ein Höchstmaß an Privatsphäre zu garantieren, und ihr Boss konnte es sich allemal leisten.

Mr. Verdigri war ein exzentrischer und außerordentlich reicher Mann, der sie vor Jahren wegen ihrer einzigartigen Talente eingestellt hatte. Wie er von denen überhaupt erfahren hatte, wusste Rhiannon nicht. Und er hatte es nie verraten. Er war insgesamt sehr verschwiegen, und selbstverständlich war Rhiannon klar, dass Verdigri nicht sein richtiger Name war.

Die Penthouse-Wohnung war den Geldgebern vorbehalten, die zu Besuch kamen. Rhiannons Arbeitgeber verstand es, potenzielle Geldgeber zu beherbergen und zu bewirten, wie kein Zweiter. Das mochte einer der Gründe sein, weshalb er heute so reich war.

Rhiannon schloss die Wohnungstür und ging mit dem Tablett ins Schlafzimmer. Zwischen Diele und Zimmer blieb sie allerdings stehen und hob den Becher an, um schon mal einen Schluck zu trinken. Dabei bemerkte sie, dass auf der Serviette eine kleine Packung Tylenol 3 lag. Grinsend schüttelte Rhiannon den Kopf und trank. Wie immer war der Cappuccino perfekt. Nachdem sie die ersten Schlucke genossen hatte, ging sie weiter in ihr Schlafzimmer, stellte den Becher auf ihren Nachttisch und das Tablett aufs Bett.

Sie riss die Verpackung der Schmerztabletten auf, steckte sich zwei Tabletten in den Mund und spülte sie mit dem rasch abkühlenden Kaffee herunter.

Danach beugte sie sich vor und drückte den Knopf der Gegensprechanlage. Sobald sie wusste, dass ihr Boss am anderen Ende zuhörte, sagte sie: »Woher wussten Sie, dass ich das heute Morgen brauche, Mr. Verdigri?«

»Es ist mein Job, Dinge zu wissen, Miss Dante. Und gern geschehen.«

Rhiannon lächelte, als die Gegensprechanlage mit einem Piepton ausging. Sie richtete sich wieder auf und ging zu ihrem Wandschrank, als der Apparat plötzlich erneut zum Leben erwachte. Verwundert blieb sie stehen und sah sich zum Nachttisch um.

»Rhee?« Diesmal war es die zarte Stimme von jemandem, der eigentlich nicht mit der Gegensprechanlage spielen sollte.

Rhiannon schmunzelte. »Mimi, wie geht es meiner Lieblings-Pokémon-Trainerin?« Sie schnappte sich eine Jeans und eine langärmelige Bluse, holte sich Unterwäsche und Strümpfe aus der Kommode und nahm ihre Moma-Stiefel, bevor sie zum Bett zurückkehrte, um sich anzuziehen.

»Ich habe die Gegensprechanlage angezapft, damit ich über mein Walkie-Talkie mit dir reden kann«, antwortete Mimi. Sie flüsterte, was bedeutete, dass sie sich irgendwo im Gebäude versteckte und nicht entdeckt werden wollte. »Jetzt kann ich nach Zigzagoon suchen. Sie haut dauernd ab.«

Zigzagoon war eine Pokémon-Figur und rein imaginär existent. Jedenfalls für jeden außer Mimi, die in einer Welt voller *X-Men, My Little Pony* und *Teenage Mutant Ninja Turtles* lebte. Einer niedlichen Welt.

Rhiannon hatte einmal ein Gespräch mitgehört, in dem Mimis Tante Bess ihr sagte, sie bräuchte mehr Freunde, worauf Mimi ungerührt antwortete: »Ich habe Freunde, die sieht man bloß nicht.«

»Ist Strike bei dir?«, fragte Rhiannon. Sie zog ihre Stiefel an, stand auf und beugte sich vor, um das Handtuch von ihrem Haar zu lösen.

»Ja, ist er. Und er ist ein ganz braver, stiller Hund, nicht wahr, du Süßer? Ja, das bist du …«

Rhiannon trank noch einen großen Schluck, nahm ihr iPhone von der Dockingstation und steckte es in ihre Umhängetasche.

»Kannst du mir heute beim Training helfen?«, fragte Mimi.

»Sicher kann ich etwas Zeit erübrigen, um dich durch den Ring zu scheuchen«, neckte Rhiannon sie. »Ich habe jetzt ein Xerneas.«

»Ist nicht wahr!«

»Doch, und wie. Also mach dich auf eine neue große Pokémon-Trainerin gefasst.«

Es knackste ein wenig in der Gegensprechanlage, als Mimi einige halb empörte, halb frustrierte Laute von sich gab und ihr Walkie-Talkie abschaltete. Rhiannon ging zur Tür.

Zwei Minuten später trat sie im dritten Stock aus dem Aufzug, wo sie sich immer mit ihrem Arbeitgeber traf.

Warme, feuchte Luft schlug Rhiannon entgegen, doch an die war sie gewöhnt. Als sie vor Jahren erstmals hierhergekommen war, war ihr bei dem Temperaturwechsel regelmäßig der Schweiß ausgebrochen. Heute nahm sie ihn kaum noch wahr.

Hinter ihr glitten die Fahrstuhltüren zu, bevor eine zweite Doppeltür aus massivem Holz vor ihr aufging, die von einem elektrischen Timer gesteuert wurde. Rhiannon wartete, bis der Spalt breit genug war, um hindurchzuschlüpfen, und trat in den riesigen Raum dahinter.

Vor ihr öffnete sich ein gigantisches Gewächshaus mit einer dicken Erdschicht am Boden, ausladenden tropischen Pflanzen, die weit in die Höhe aufragten, und einem gepflasterten Weg.

Überall flatterten Schmetterlinge in sämtlichen Farben.

Dies war seit Generationen das Zuhause von zahllosen Arten der farbenprächtigen Insekten, und Rhiannon kannte es, seit sie hier lebte und arbeitete. Mr. Verdigri hatte eine Schwäche für Schmetterlinge, weil seine Tochter sie so gern gemocht hatte.

Die Tabletten wirkten allmählich, und Rhiannon ging weniger schmerzgeplagt durch den künstlichen Regenwald. In einer kleinen weißen Laube in der Mitte wartete wie immer Mr. Verdigri auf sie und nippte an einem Mint Julep. Mit seinem weißen Anzug und dem dichten weißen Schnauzbart war er der Inbegriff des Südstaaten-Gentlemans. Rhiannon erinnerte er immer an Mark Twain.

Und natürlich verhielt er sich auch wie ein Gentleman. Sobald er sie kommen sah, stellte er seinen Drink ab, stand auf und bedeutete ihr, sich ihm gegenüber an den kleinen runden Glastisch zu setzen.

Auf dem Tisch lag eine braune Aktenmappe, die Rhiannon jedoch ignorierte. Darauf würden sie früh genug zu sprechen kommen.

Der Kellner, der etwas abseitsgestanden hatte, war sogleich an ihrer Seite. Rhiannon setzte sich, bestellte einen ungesüßten Eistee mit extra viel Eis und nahm sich drei Tütchen Splenda aus einem kleinen Ständer, um sie in ihren Tee zu geben. Sie hasste es, Kalorien zu trinken, es sei denn im Kaffee, aber ebenso wenig konnte sie ungesüßte Getränke leiden. Also war der Süßstoff ihr Kompromiss.

»Sie sehen ein bisschen mitgenommener aus als sonst«, sagte Mr. Verdigri mit seiner angenehm rauen Stimme.

»So fühle ich mich auch«, gestand sie leise und sah ihn an. Er hatte tiefgrüne Augen, und auch wenn sie nicht direkt auffallend glänzten, strahlten sie genug, um andere sein Alter vergessen zu lassen. »Ich wünschte nur, ich könnte mich erinnern, warum.«

»Hm«, sagte er. »Und wie ich mir bereits dachte, haben Sie versucht, Ihre Heilkräfte bei sich selbst anzuwenden.« Seine Stimme war sanft und sein Blick ein wenig spöttisch. Dennoch sah Rhiannon ihm an, dass er sich Sorgen um sie machte. Wie gut, dass die meisten ihrer Blutergüsse unter der Kleidung verborgen waren.

»Ich werde es überleben«, versicherte sie ihm. »Ehrenwort. Und die Schmerztabletten wirken gut.«

Er betrachtete sie eine Weile, bevor er wieder von seinem Mint Julep trank. »Trotzdem möchte ich, dass Sie bei Newton vorbeisehen, ehe Sie gehen.«

Dr. Abraham Newton war Verdigris und folglich auch Rhiannons Leibarzt.

Sie konnte Ärzte nicht leiden, obwohl Newton durchaus immer mitfühlend war. Aber sie konnte Mr. Verdigris Wunsch auch nicht übergehen, also nickte sie.

Verdigri schien zufrieden und wechselte das Thema. »Wissen Sie noch, wie Sie letzte Nacht nach Hause gekommen sind, Miss Dante?«, fragte er. Der Kellner kam wieder und stellte Rhiannon ihren Eistee hin.

Sie runzelte die Stirn. Eigentlich wusste sie es nicht. Sie erinnerte sich lediglich …

»Ich war … Ich war in einem Park … oder so ähnlich zumindest. Und im nächsten Moment …« Sie dachte so angestrengt nach, dass sie nicht einmal richtig mitbekam, wie sie die Splenda-Tütchen aufriss und den Inhalt in ihren Tee schüttete. »… bin ich in meinem Bett aufgewacht.«

Verdigri nickte, lehnte sich auf seinem Stuhl zurück und schlug die Beine übereinander. Er sah zu den Schmetterlingen, lächelte vor sich hin und sagte: »Keiner hat Sie kommen sehen, und Sie wurden nicht von den Kameras erfasst. Uns allen ist es ein Rätsel, wie Sie heute Morgen in Ihrem Bett aufwachen konnten.«

Rhiannon merkte auf. »Haben die Kameras gar nichts aufgenommen?«

Sie wusste zwar, dass einige der Übernatürlichen dort draußen die Wahrnehmung von Leuten manipulieren konnten, aber sie für Kameras unsichtbar machen?

»Nichts.« Ein großer blauer Schmetterling landete auf der Spitze seines weiß-braunen Budapesters, und Verdigris Gesicht nahm einen verträumten Ausdruck an. Rhiannon war klar, wohin seine Gedanken in Momenten wie diesem abschweiften: in die Vergangenheit, zu seiner Tochter.

Sie ließ ihm einige Sekunden, dann sagte sie so höflich wie möglich: »Es wäre denkbar, dass ich nicht allein nach Hause gekommen bin. Und dass mein Begleiter die Macht hatte, sich unsichtbar zu machen. Es kann auch sein … dass wir durch Teleportation oder durch irgendein Portal hierhergekommen sind.«

»Oder durch die Schatten«, ergänzte er leise, und seine Stimme klang, als käme sie aus weiter Ferne.

Daran hatte sie nicht gedacht. Und dieser Hinweis warf eine Reihe neuer Fragen auf. Warum würde sie jemand hierher zurückbringen wollen, statt sie einfach umzubringen? Die Kreaturen, die sich durch die Schatten bewegen konnten, waren gemeinhin nicht für ihr barmherziges Naturell bekannt.

»Sagten Sie nicht, dass Sie einen Job für mich haben?«, fragte sie. Sie wollte das Thema wechseln und wieder an die Arbeit gehen.

Verdigri atmete tief ein und seufzte. »Ja, stimmt.« Er blickte zu der Mappe auf dem Tisch, die Rhiannon schon seit ihrer Ankunft reizte.

Sie zog sie näher zu sich und schlug sie auf.

»Es sind mehrere Frauen und vier Mädchen im Alter zwischen neun und vierzehn Jahren«, erzählte Verdigri, während sie die Informationen durchging. »Alles, was Sie brauchen, um in das Gebäude zu gelangen, steht in der Akte.«

Rhiannons Herz pochte schneller, als sie sich die Akte ansah. Sie fühlte, wie Cortisol und Adrenalin sie durchströmten. In der Akte ging es um Frauen, die von einem Menschenhändlerring festgehalten und in die Sklaverei verkauft wurden. Das Gebäude, in dem sie gefangen waren, befand sich in Chicago.

Rhiannon hatte schon viele solche Fälle gehabt. Deshalb arbeitete sie für Verdigri. Vor Jahren hatte er irgendwie von ihren Fähigkeiten erfahren und Kontakt zu ihr aufgenommen. Ihre erste Begegnung war so seltsam gewesen, dass Rhiannon sich vollkommen überwältigt gefühlt hatte. Sie hatte keine Ahnung, woher er von ihren Kräften wusste, und das machte ihr Angst. Doch etwas an dem Mann, an seinem tadellosen Benehmen und vor allem an seiner Mission hatte sie für ihn eingenommen. Seitdem arbeitete sie für ihn.

Vor dreißig Jahren war Mr. Verdigris Tochter das Opfer eines Sexualstraftäters geworden. Eine Woche nach ihrem siebzehnten Geburtstag war sie auf einmal verschwunden. Einen Monat später hatte man ihre Leiche gefunden. Sie war außerhalb von Las Vegas in einen Straßengraben geworfen worden.

Das entsetzliche Erlebnis hatte Verdigris Frau am Ende das Leben gekostet. Sie war eine schöne Mexikanerin gewesen, und Rhiannon spürte noch heute, dass Verdigri sie über alles geliebt hatte. Sie waren Seelenverwandte gewesen.

Nach dem Tod seiner Tochter und seiner Frau hatte Verdigri es sich zur Lebensaufgabe gemacht, so viele Mädchen wie möglich vor einer Welt zu retten, die es darauf abgesehen hatte, sie zu zerstören.

Verdigri war ein begnadeter Spendeneintreiber, doch woher der Großteil seines Vermögens kam, wusste Rhiannon nicht, und offen gesagt war es ihr auch egal. Er machte die Welt zu einem besseren Ort.

Sie klappte die Akte zu und nahm sie an sich, während sie aufstand. »Danke für den Tee. Ich mache mich gleich an den Fall, nur muss ich mich vorher noch kurz um etwas kümmern.«

»Ah ja, Miss Mimi erwähnte etwas von einer Schlacht.«

Rhiannon grinste und sagte, wobei sie sich noch einmal zu ihm umdrehte: »Ich melde mich irgendwann morgen Abend.«

Mr. Verdigris grüne Augen fixierten sie. »Tun Sie das«, sagte er. Es war ein Befehl, auch wenn es nicht wie einer klang, und das wiederum sagte ihr, was in der Akte nicht stand: Dieser Auftrag war gefährlich. Vielleicht gefährlich genug, dass Mr. Verdigri fürchtete, sie könnte nicht zurückkommen.

Rhiannon verdaute diesen Hinweis und wollte gehen, als ihr Boss sie erneut ansprach.

»Am Freitagabend gibt es einen Maskenball zu Ehren eines möglichen neuen Gönners der Swallowtail Foundation. Dazu erwarte ich Sie natürlich. Er möchte Sie kennenlernen.«

Die Swallowtail Foundation war der Deckname, unter dem Mr. Verdigri operierte. Er hatte die Stiftung nach dem Lieblingsschmetterling seiner Tochter benannt, dem Lila Gefleckten Schwalbenschwanz.

Rhiannon sah sich zu ihrem Arbeitgeber um. Heute war Dienstag, demnach blieben ihr zwei Tage, um diesen Auftrag zu erledigen. »Ich werde dort sein, mit Tanzschuhen und allem.«

Verdigri lächelte breit, und charmante Lachfalten gruben sich in sein Gesicht. »Mir gefällt es, wenn eine Frau tanzen kann.«

2

Er konnte ihr Gesicht nicht sehen. Das konnte er nie.

Diese Träume, die ihn neuerdings, nach Jahrtausenden der Dunkelheit und Stille, heimsuchten, waren sowohl ein Fluch als auch ein unermesslicher Genuss. Wer sie auch sein mochte, sie verfolgte ihn. Sie zu fühlen, reizte und nährte sein Verlangen auf eine so subtile, vollkommene Art, dass es sich kaum in Worte fassen ließ. Ihr weiches Haar streifte federleicht seine Brust. Sie war warm und zart. Sie war Kraft, Leidenschaft und Hingabe in einem.

Ihr Duft erinnerte ihn an frisch gefallenen Regen, rein und vielversprechend. Ihre Stimme war … nichts als sanfte Seufzer und noch sanfteres Stöhnen. Eine Berührung, einen erschrockenen Atemzug und einen Herzschlag später war Sam im Himmel. Und in der Hölle.

Er wachte an diesem Morgen auf, wie er neuerdings immer aufwachte: die Laken durchgeschwitzt, sein Atem schwer und seine Hände in etwas gekrallt, was nicht mehr da war. Die letzte Nacht war lang gewesen.

Bei seiner Ankunft im Central Park, wo, wie er wusste, Michael gegen eine Horde »böser Jungs« kämpfte, hatte Sam etwas Merkwürdiges erlebt. Er hatte etwas in der Luft gespürt, was ihm noch nie zuvor begegnet war. Es war ein

Duft im Wind gewesen, die Andeutung einer Erinnerung. Ähnlich dem Gefühl, wenn einem seidiges Haar durch die Finger glitt. Sam war erschüttert gewesen; allerdings nicht so sehr, dass er es sich anmerken ließ, und ganz sicherlich nicht genug, um nicht mehr tun zu können, wozu er dort aufgetaucht war.

Dennoch hatte es sich in seinem Kopf festgesetzt und einen zarten Zweifel gesät.

Sobald er sich um den Krieger-Erzengel gekümmert hatte, überließ er die niederen Aufgaben seinem Assistenten Jason und kehrte nach Chicago zurück.

Dort war er erst sehr spät ins Bett gegangen. Allein. Mit der Saat des Zweifels, aus der ganze Bäume sprossen. Und dann, wie immer, hatte er von ihr geträumt. Von *ihr* … wer auch immer sie war. Wieder einmal war sie ihm entkommen, wie vom Winde verweht.

Vor Wut und Verzweiflung hätte er um sich schlagen und ewig weiterschlafen mögen. Seine Erschöpfung hatte ein Ausmaß erreicht, das niemand erahnen konnte und von dem vor allem keiner je wissen durfte. Er war bereit, ins Koma zu fallen, sich dem endgültigen Vergessen zu ergeben, bestünde nur die leiseste Hoffnung, sie auf die Weise wieder in seinem Bett zu haben.

Sam setzte sich in den Seidenlaken auf, verschloss die Augen fest vor der realen Welt und allem, was nicht sein Traum war, und krallte die Hände in sein weißblondes Haar. Derzeit verlor er Nacht für Nacht einen Teil von sich. Mit jedem Sonnenuntergang entglitt ihm etwas von seinem Ich.

Oder war es vielleicht … etwas anderes?

Samael öffnete blinzelnd die Augen, und sein zittriger

Atem stockte, als ihm klar wurde, dass es etwas anderes sein könnte.

Womöglich war es gar nicht so, dass er sich selbst verlor.

Es konnte auch sein, dass sich ein Teil von ihm, der bereits verloren war, jetzt regte. Ein Teil, der schon sehr lange verloren gewesen war.

Und er war im Begriff, ihn endlich wiederzuentdecken.

Die Röte hinter Michaels Lidern wurde intensiver und heller, und während er sich verzweifelt bemühte, aus dem übermächtigen Schlaf aufzutauchen, in dem er gefangen war, begann seine Haut zu kribbeln. Aus dem Kribbeln wurde ein Stechen, das sich sodann zu einem stetig schlimmer werdenden Brennen steigerte.

Ächzend versuchte er, den Arm über dem Gesicht anzuwinkeln, um seine Augen vor der Sonne zu schützen, doch sein Körper gehorchte ihm nicht.

Flüchtige Ängste vor Lähmungen und Frakturen jagten Michael durch den Kopf. Er versuchte es noch einmal, brachte seine gesamte Kraft auf und schaffte es gerade, seinen rechten Arm vors Gesicht zu heben.

Zwar versengte die Sonne ihm das Gehirn nicht mehr, dafür wurde das Brennen auf seiner Haut extrem schmerzhaft. Er biss die Zähne zusammen und wollte sich zur Seite rollen. Etwas stach ihm in die Unterlippe, und er schmeckte Blut.

Zum Teufel damit, dachte er. Sein Körper wollte ihm einfach nicht gehorchen. *Beweg dich, verdammt!*

Schließlich konnte er sich auf die rechte Seite rollen, aber es kostete ihn eine Kraft, als würde er Gewichte stemmen. Bis es ihm gelungen war, sich aufzusetzen, wobei er die

Augen nach wie vor geschlossen hielt und den Arm weiterhin vors Gesicht, schienen seine Muskeln genauso zu brutzeln wie seine Haut, und der Schmerz durchdrang seinen Schädel.

Mittlerweile schrillten Alarmglocken in seinem Kopf, dass er schwer verletzt war, und das lauter und panischer denn je, was Michaels Qualen noch verschlimmerte.

Etwas stimmt nicht. Er rappelte sich so mühsam auf, als läge eine Zweihundertfünfzig-Kilo-Hantel auf seinen Schultern. Stolpernd entfernte er sich vom Bett und wollte ins Bad. Als er es nicht gleich fand, gesellte sich Verblüffung zu seinem bereits erdrückenden Unwohlsein.

Trotzdem bewegte er sich weiter, und nach einigen Sekunden sank er auf den rissigen Linoleumboden und trat die Tür hinter sich zu, um das Sonnenlicht auszusperren.

Die Stille und kühle Dunkelheit waren wie Balsam. Michael lehnte sich an die Badezimmerwand und atmete. Ein und aus …

Bald ließ das Brennen auf seiner Haut nach, und sein Kopf wurde klarer, sodass er die Augen öffnen konnte. Nun wurden ihm mehrere Dinge gleichzeitig bewusst.

Er war noch nie zuvor in diesem Badezimmer gewesen. Folglich wunderte es ihn nicht mehr, dass er es nicht auf Anhieb gefunden hatte. Wahrscheinlich war er auch noch nie in dem Zimmer nebenan gewesen – und in dem Bett, in dem er aufgewacht war.

Überdies stellte er fest, dass er alles hier sehr scharf wahrnahm: das gelbe Porzellanwaschbecken, den schäbigen Fußboden, die abblätternde Wandfarbe, den von Schimmel überwucherten Duschvorhang. Alles war so klar und schroff konturiert, dass er sich wie jemand vorkam, der eine neue Brille aufsetzte und dabei erst bemerkte, wie schlecht er vorher gesehen hatte.

Und auch sein Geruchssinn war plötzlich viel ausgeprägter, was hier wenig wünschenswert war.

Das Letzte, und womöglich das Verstörendste, was ihm auffiel, war, dass er sich die Lippe verletzt und Blut geschmeckt hatte, weil er neuerdings sehr lange, sehr scharfe Reißzähne besaß.

Michael schloss die Augen wieder und legte eine Hand auf seine Stirn. Seine Haut fühlte sich heiß an, beinahe glühend. Instinktiv stemmte er sich mit dem Rücken gegen die Wand und kämpfte sich so auf die Beine.

Mit zwei Schritten war er beim Waschbecken, klammerte sich mit beiden Händen an dessen Rand und kniff die Lider fest zusammen. Schwindel und Übelkeit überkamen ihn, doch er stand es durch. Dann hob er den Kopf und öffnete die Augen.

Ein Fremder starrte ihn aus dem Spiegel an.

Michael packte das Waschbecken noch fester, woraufhin ein Haarriss im Porzellan entstand. Das Weiße in Michaels Augen war fort und die Iris von einem glänzenden Schwarz umrahmt wie bei einem Wolf. Seine Pupillen waren geschrumpft, obwohl in dem Raum nur dämmriges Licht herrschte, und in ihrer Mitte flackerten rote Punkte wie Kerzenflammen.

Seine vormals sonnengebräunte Haut, die er der vielen Arbeit im Freien verdankte, war an manchen Stellen blass, an anderen schmerzhaft gerötet. Während er zusah, verheilten die Brandwunden, bis alles gleichmäßig, aber befremdlich weiß war. Sein ehedem sonnengebleichtes Haar war um mehrere Nuancen dunkler.

Und dann waren da die Reißzähne. Er hatte sie bereits mit der Zunge gefühlt, doch sie zu sehen war etwas völlig anderes.

Ich träume.

Leider wusste er, dass er es nicht tat.

Das ist nicht möglich.

Doch, war es.

Jetzt erinnerte er sich wieder. Während er das ihm fremde Bild eines Mannes betrachtete, den er zu kennen geglaubt hatte, kam ihm alles wieder in den Sinn, was letzte Nacht im Central Park geschehen war. Rhiannon. Die Phantome. Die Drachen. Die Fremde und Hesperos.

Samael.

Und der Pakt, den er, Michael, mit *dem Gefallenen* schloss, um seinen Sternenengel zu retten.

Alles, was du liebst, alles, was du verehrst, alles, was dir teuer ist, du ewig Bevorzugter, *wirst du hier und jetzt verlieren. Und was du verabscheust, fürchtest und zu Unrecht verurteilst, wird zu deiner Last.*

Auf einmal begriff Michael, was Samael getan hatte.

Er hat mich zu einem Monster gemacht.

Dem Mistkerl machte es Spaß, Leute in Vampire zu verwandeln. Uriel war das beste Beispiel dafür; ihn hatte Sam zu einem Vampir gemacht, weil er gegen eine Absprache verstieß. Und jetzt hatte er aus einem lachhaften Rachegelüst heraus dasselbe mit Michael getan.

Er hatte ihm Reißzähne und eine Überempfindlichkeit gegen Sonnenlicht verpasst.

Michael verspürte ein Ziehen im Bauch, und ihm wurde der Mund wässrig. *Ah, und da ist der reizende Blutdurst.* Ihn überraschte, dass er damit nicht gerechnet hatte.

Also bin ich ein Vampir.

Aber … nein. Da war noch mehr.

Michael bleckte seine Reißzähne und runzelte die Stirn. *Was du verabscheust, fürchtest und zu Unrecht verurteilst …*

Was verabscheute er? Vampire nicht, denn ganz sicher hasste er seinen Bruder nicht.

Azrael war der König der Vampire, der erste jemals geschaffene Vampir und Herr und Meister aller heute existierenden Vampire. Außerdem war Azrael der frühere Todesengel und einer der vier Lieblingserzengel des Alten Mannes, die vor zweitausend Jahren auf die Erde kamen, um nach ihren Sternenengeln zu suchen. Er war Michaels Bruder. Und Az hatte nie etwas getan, wofür Michael ihn hassen würde.

Was war es dann, was er verabscheute? Was verurteilte er zu Unrecht?

Michael sah genauer in den Spiegel, suchte nach Antworten.

Die Flammen in der Mitte seiner Pupillen züngelten, tauchten den Rest seiner unheimlich lebendigen Augen in Schatten, und seine Mundwinkel hoben sich zu einem Lächeln, das beinahe … böse aussah.

Böse. Jetzt erkannte er das Gesicht, in das er blickte. Solch ein Lächeln hatte er schon gesehen. Er kannte den dazugehörigen Mann. Ja, erst letzte Nacht war Hesperos, der König ihrer Art, ihm im Central Park zu Hilfe gekommen.

Jetzt wurde ihm manches klar.

Michaels Wesen bestand nun aus *Teilen*. Er war kein Ganzes mehr, nicht mehr der Kriegerengel, sondern eine Kombination aus unterschiedlichen Arten, eine Art Frankenstein, eine Bestie. Er war teils Vampir und teils Incubus.

Oh, du bist gut, Sam!

Michael war einem Serienvergewaltiger auf der Spur gewesen, der in New York sein Unwesen trieb, und hatte herausgefunden, dass es sich um einen Incubus handelte. Der Mann hatte Paare auseinandergetrieben, Ehen zerstört und Leben vernichtet. Mit anderen Worten: Er hatte Michael mächtig wütend gemacht.

Alles, was ich verabscheue, fürchte und zu Unrecht verurteile.

»Drecksack!«

Doch das Wort kam nicht mit der Vehemenz heraus, die es hätte haben sollen. Vielmehr klang es fast *amüsiert*, und beim Sprechen empfand Michael einen Anflug von Vorfreude.

Der Vampirhunger in ihm wurde stärker, genau wie die anderen Bedürfnisse. Samuel Lambent, alias Samael, glaubte zweifellos, dass er mit diesem neuen Michael den Inbegriff all dessen geschaffen hatte, was Michael in der Welt verachtete: Das Raubtier, das sich von der ohnehin schon so raren Unschuld und Schönheit nährte.

Aber er hatte zu rasch gehandelt und einen großen Fehler begangen.

Michael lachte. Es kam tief aus seinem verkrampften Bauch und vibrierte durch seinen Brustkorb wie böse, hallende Magie. Denn es war die reinste Magie. Das Lachen eines Incubus konnte eine Frau wie eine Droge berauschen; seine Stimme konnte sie Seidenstricken gleich fesseln; seine Berührung vermochte sämtliche Hemmungen zu beseitigen, mit denen sie sich ihr Leben lang geschützt hatte.

Und ein Vampirbiss brachte sie an alle Orte, von denen sie je geträumt hatte.

Ein Vampir und ein Incubus in einem? Michael lächelte, und es war ein, trotz allem, eindeutig verführerisches Lächeln. Allerdings auch gefährlich – und wie. Eine schöne, charmante Gefahr.

Samael hatte es ausnahmsweise geschafft, etwas falsch zu machen. Seine Absicht war es gewesen, den Kriegerengel zu bestrafen, ihn zu schwächen und dazu zu bringen, dass er sich selbst hasste. Wahrscheinlich rechnete Sam damit, dass Michael sich in einer Höhle verkroch und den Rest seiner endlosen Tage als etwas ausharrte, was ihn anwiderte.

Tatsächlich aber hatte Sam ihm ein unglaubliches Geschenk gemacht.

»Ich sollte ihm unbedingt danken«, sagte Michael mit dieser Stimme, die so köstlich von Dunkelheit bereichert war, dass sie den gesamten Raum mit Schatten und Versprechungen erfüllte. Er wandte sich vom Spiegel ab und trat mit einem Selbstbewusstsein, das seinem neuen Wesen entsprach, *durch* die Badezimmertür, die er als Portal benutzte.

Das Portal brachte ihn mit unglaublicher Geschwindigkeit aus dem scheußlichen Hotelzimmer, in dem Samael ihn sicher letzte Nacht abgelegt hatte, durch das Herrenhaus, jenes magische, wandelbare Zuhause, das er sich mit seinen Erzengelbrüdern teilte, an einen hübschen dunklen Ort auf der anderen Seite: Es entließ ihn durch eine andere Tür in eine der verkommeneren Gassen von New York City.

Den Schatten auf dem Boden nach zu urteilen musste es ungefähr sechs oder sieben Uhr abends sein. In wenigen Stunden ging die Sonne unter.

Und er hatte Arbeit zu erledigen.

Zunächst testete er seinen Plan an einer leeren Bierflasche. Er schwenkte die Hand in Richtung der Flasche. Sie kullerte ein Stück weiter, als seine Magie das Glas berührte, und verwandelte sich in pures Gold.

Michaels Lächeln wurde breiter, und seine Augen brannten. Er besaß nicht nur die Kräfte eines Vampirs und eines Incubus, seine Erzengel-Fähigkeiten waren auch noch intakt. Ausgenommen natürlich die Heilkräfte. Sam wollte ihm schließlich nicht mit Absicht das Leben leichter machen.

Michael tat es mit einem Schulterzucken ab, hob die schwere goldene Bierflasche auf und ging zurück zu der Tür, aus der er gekommen war. Sie entpuppte sich als Hintereingang zu irgendeinem Restaurant. Wieder schwenkte Michael seine Hand und verwandelte die Tür erneut in ein Portal. Auf diese Weise konnten sich die Erzengel binnen eines Wimpernschlags von einem Ort zum anderen bewegen. Sie brauchten lediglich eine Tür, egal was für eine, und das Herrenhaus übernahm den Rest. Es brachte sie durch Raum und Zeit an ihr Ziel, solange es dort ebenfalls eine Tür gab.

Michael setzte einen Fuß in das Portal. Er hatte einiges zu tun, ein paar Dinge zu verkaufen und noch ein paar zu besorgen. Und irgendwo da draußen, in dieser ihm so vertrauten Stadt, war ein Sternenengel mit dichtem rotem Haar und vollen rosigen Lippen, der nur darauf wartete, dass Michael sein Leben interessanter machte.

Ein sündiges tiefes Lachen begleitete ihn, als er sich durch das Portal an sein Ziel bewegte. Nur war es diesmal sein eigenes.

3

In dem Lagerhaus herrschte eine Unordnung wie wahrscheinlich noch nie zuvor. Die Holzkisten, die einst ordentlich an den Wänden und auf Paletten aufgestapelt gewesen waren, lagen zertrümmert und zersplittert herum. Packmaterial und Reste des Kisteninhalts – Kaffeebohnen, Seifenriegel, Bananen und das weiße Pulver, dessen Eigengeruch von den anderen Gerüchen hatte übertönt werden sollen – waren zertreten und verkohlt im ganzen Lagerhaus verteilt.

Und inmitten des Chaos lagen sechs bewusstlose Männer.

Nur ein einziger Mann war noch bei Bewusstsein, und der kniete vor einer Frau, die er mehr oder minder für irgendeine verkleidete Göttin hielt. Oder für eine üble Halluzination.

Bei dem ganzen Kokain, das hier durch die Luft wehte, wäre Letzteres durchaus möglich gewesen. Rhiannon war froh, dass sie diese Verkleidung samt Maske gewählt hatte.

Wenn der Mann in ein paar Stunden wieder zu sich käme und anfinge, von Kisten zu faseln, die von allein durch die Luft flogen, von Blitzen, die durch die Fenster hereinkamen, und von umherschießenden Feuerbällen, würde ihm keiner glauben. Er war der Einzige, bei dem es ihr nicht gelungen war, ihn sofort auszuschalten; aber das ganze Koks würde seine Geschichte als bloßes hysterisches Gerede erscheinen lassen.

Sie gönnte sich eine Minute, um zu verschnaufen. Die Nacht hatte sie einiges an Kraft gekostet. Sie hatte sich in das Sklavenhaus eingeschlichen, sich durch vier Stockwerke voller entsetzlicher Zimmer gearbeitet, in denen kleine Mädchen von Männern bewacht wurden, und dann war sie hierhergekommen, direkt zur Haupteinnahmequelle der Kriminellen, die diesen Menschenhändlerring betrieben.

Rhiannons Ansicht nach war es unsinnig, einen Job wie diesen zu machen und nicht gleich alles zu erledigen. Das wäre ja, als würde man beim Unkraut nur die Spitzen abschneiden. Riss man es nicht mitsamt der Wurzel aus, war jede Mühe vergeudet.

Der Mann, der vor ihr kniete, blutete bereits. Aus einer Schnittwunde seitlich an seinem Kopf sickerte ein kleines, aber stetes Rinnsal von Blut. Es rührte von Rhiannons vergeblichem Versuch her, ihn bewusstlos zu schlagen. Jetzt starrte er sie mit tellergroßen Augen an. Er war kreidebleich. »Heilige Maria, Mutter Got…«, flüsterte er.

»Spar dir das«, unterbrach sie ihn und fuhr herum, um ihm so fest gegen das Kinn zu treten, dass er in eine tiefe Ohnmacht fiel.

Sein Kopf schnellte nach hinten, bevor er torkelte und nach vorn kippte, sodass er mit dem Gesicht aufschlug. Rhiannon wusste, dass er noch am Leben war. Wie alle hier. Das konnte sie immer fühlen. Ihr reichte ein flüchtiger Blick, um den Gesundheitszustand anderer einzuschätzen und ihre eigenen Heilkräfte einzusetzen.

Früher musste sie Leute dazu berühren. Doch mit den

Jahren hatte sie ihre Fertigkeiten verfeinert, gestärkt und zu konzentrieren gelernt, und jetzt – nun ja, jetzt war es einfacher. Jedenfalls bis zu einem gewissen Grad. Von den Widerwärtigkeiten der letzten Nacht war sie dennoch ziemlich geschafft.

Sie drohte zu schwächeln, und Bruchstücke des Erlebten hingen ihr hartnäckig nach: Die Gesichter der ausgemergelten Mädchen und der Gestank nach irgendwelchen Krankheiten ließen sie nicht los.

Rhiannon hoffte, dass sie alles Nötige getan hatte, um diesem Bösen ein Ende zu setzen. Das hoffte sie immer. Diesmal aber war es härter. Einige der Mädchen waren noch Kinder gewesen, neun, höchstens zehn Jahre alt. Und sie waren bereits mehrfach vergewaltigt worden …

Rhiannon hatte die Männer in dem Haus erledigt, wobei es sie nicht scherte, ob sie dabei draufgingen. Dann war sie in der Stille, umgeben von verwunderten Frauen, die in Bettlaken oder Vorhänge gehüllt in Ecken kauerten, Akten, Kartons und Aktentaschen durchgegangen, um Pässe und Ausweise zu finden, damit diese Frauen in den kommenden Stunden alles hatten, was sie brauchten.

Sobald sie damit fertig war, hatte Rhiannon die Polizei angerufen und ihnen einen anonymen Tipp gegeben, wo sie das Sklavenhaus fanden.

Während sie im zweiten Stock des widerlichen Hauses auf dem Korridor stand und den Anruf von einem Wegwerfhandy aus tätigte, das auf einen erfundenen Namen lief, war eine Frau auf sie zugeschlurft und hatte etwas gesagt. Die Frau sah aus wie Mitte vierzig, war aber wahrscheinlich nicht älter als fünfundzwanzig. Ihre Lippen waren rissig, und sie flüsterte so leise, dass Rhiannon sie nicht richtig verstand. Nur eines der Worte blieb ihr im Gedächtnis, weil es so merkwürdig und fremd klang. Sie hatte keine Ahnung, was es bedeutete, doch es wollte ihr nicht mehr aus dem Kopf.

Uhrangialome … etwas in der Richtung. Vielleicht würde sie es später googeln.

Nun blickte Rhiannon sich langsam in dem Lagerhaus um, betrachtete die Verwüstung und atmete tief durch. Mit ein wenig Glück wurden die gefangenen Mädchen jetzt gerade in Krankenwagen verfrachtet und erhielten medizinische Versorgung, Essen und Kleidung.

Rhiannon sorgte sich allerdings nicht, dass sie der Polizei von ihr erzählen würden.

Das hatte bisher noch niemand getan, dem sie geholfen hatte. Manchmal fragte sich Rhiannon, warum nicht. Warum hielten sie es alle geheim? Wie konnten sie alle, nachdem sie gesehen hatten, wie sie mit Blitzen um sich warf, wie sie mit einem Feuerzeug Flammenbälle machte und telekinetische Kräfte einsetzte, die es locker mit Hollywood aufnehmen konnten, stillschweigend »vergessen«, dass sie überhaupt dort gewesen war?

Sie hatte sich die Nachrichten nach einigen ihrer Rettungsaktionen angesehen, und dort hatten die Augenzeugen jeweils von einer kleinen Armee von Befreiern, von Auseinandersetzungen zwischen rivalisierenden Gangs oder Ähnlichem gesprochen. Keiner erwähnte eine Rothaarige mit übernatürlichen Kräften, die im Alleingang die Bösewichte ausschaltete und deren Opfer befreite.

Sie verschwiegen Rhiannons Existenz. Als wüssten sie, dass sie es mussten. Und vielleicht dachten sie, sie wären es ihr schuldig.

»Ihr schuldet mir gar nichts«, flüsterte Rhiannon nun hinter ihrer Maske. Trotzdem war sie ihnen allen sehr dankbar für ihr Schweigen.

Ihre Worte hallten in dem großen, verwüsteten Raum und erinnerten sie daran, dass ihre Arbeit getan war. Fürs Erste. Ebenso erinnerte sie das Gefühl zunehmender Schwäche daran, das sich ihrer Muskeln bemächtigte. Sie musste zum Hotel, etwas essen und sich ausruhen.

Rhiannon holte mehrere Gegenstände aus ihrer schwarzen Lederjacke. Unter ihnen befanden sich ein Handschellenschlüssel, eine seidig schwarze, von einer Schleife zusammengehaltene Haarlocke und ein Streifen mit Nacktaufnahmen von jungen Mädchen. Diese Sachen hatte sie aus dem Sklavenhaus mitgenommen, und nun platzierte sie alles strategisch in dem Lagerhaus, um jeden Zweifel an der Verbindung zwischen diesen Männern, den Drogen und dem Menschenhandel auf der anderen Seite der Stadt auszuräumen.

Bald würden die Cops auch hier sein. An diesem Abend hatten sie nicht nur einen anonymen Tipp bekommen.

Rhiannon verließ das Lagerhaus. Sie hielt sich im Schatten, während sie mehrere Häuserblöcke weit rannte, um Abstand zu dem Chaos zu gewinnen.

Als sie weit genug weg war, bog sie in eine Seitengasse ein. Eine kurze Überprüfung ergab, dass sie keine Blutflecken oder Risse in der Jeans hatte, was gut war. Sie bemühte sich zwar immer aufzupassen, doch ab und zu bekam sie eben doch etwas ab.

Nun zog sie ihre Lederhandschuhe aus, nahm ihre Maske ab und stopfte die Sachen in die Innentaschen ihrer Jacke. Dann beugte sie sich vor und kämmte kopfüber mit den

Fingern ihr Haar, sodass es wieder seine natürliche wellige Fülle annahm.

Als Nächstes zog sie den Reißverschluss ihrer Jacke, einer *Burberry Brit*, auf, unter der ein schimmerndes Seidentop und eine kleine, aber sehr elegante Diamantkette von Bulgari zum Vorschein kamen. Ob ihre Stiefel zu ihrem Outfit passten, musste sie nie kümmern, denn sie fühlte sich grundsätzlich in schwarzen Stiefeln am wohlsten.

Sie holte einen Probeflakon eines Parfüms von Tom Ford aus einer anderen Jackentasche, spritzte sich etwas aufs Handgelenk und verrieb es mit dem anderen Handgelenk, bevor sie sich mit beiden hinter den Ohren entlangstrich.

Zum Schluss legte sie Lippenstift in einem satten Dunkelrot auf, der mit ihrem Haar und ihrem Teint harmonierte. Nachdem sie den Lippenstift wieder eingesteckt hatte, rollte sie die Schultern und trat aus der schattigen Seitengasse zurück auf den belebten Gehweg.

Nichts tarnte die Tatsache, dass man eben zwei riesige Gebäude infiltriert, Dutzende Bewaffnete außer Gefecht gesetzt, Schmuggelware im Wert von Millionen vernichtet und zwanzig Mädchen aus der Zwangsprostitution befreit hatte, besser, als sehr reich und sehr schick auszusehen. Glücklicherweise stimmte Rhiannons Arbeitgeber ihr in diesem Punkt voll und ganz zu.

Gleich beim ersten Taxi, das vorbeikam, signalisierte das Licht auf dem Dach, dass der Fahrer nicht mehr im Dienst war. Doch er sah Rhiannon an den Gehwegrand treten und die Hand heben, woraufhin er sofort das Licht oben wechselte und vor ihr anhielt.

Rhiannon öffnete lächelnd die Tür und stieg ein. »Zum Four Seasons bitte.«

Der Fahrer fuhr wortlos an und fädelte sich wieder in den Verkehr ein. Rhiannon lehnte sich zurück und begann, von kalorienarmer Kräuterlimonade zu träumen. Bis kurz über dem Gefrierpunkt gekühlt, war diese Limonade die perfekte Erfrischung nach einem schwierigen Job.

Zehn Minuten später setzte das Taxi sie vor dem Hotel ab. Sie gab dem Fahrer ein großzügiges Trinkgeld und ging zur Tür, die der Portier ihr aufhielt. »Guten Abend«, begrüßte er sie.

Sie lächelte ihm zu und machte sich auf den Weg zu ihrem Zimmer. Drinnen schloss sie zweimal ab und legte alle vorhandenen Ketten vor. Noch nie hatte sie sich so dringend einen Abend von ihrem Leib und aus ihrem Kopf waschen wollen.

Nach einer Dreiviertelstunde stellte sie das Wasser wieder ab und trat aus der von Wasserdampf erfüllten Duschkabine. Durch den Nebel im Raum konnte sie sich in dem großen Spiegel innen an der Badezimmertür sehen. Vor Schreck angesichts der vielen Blutergüsse an ihrem Körper blieb sie stehen.

»Na gut«, seufzte sie. Sie hatte ohnehin nicht vor, heute Abend auszugehen. Wahrscheinlich brauchte sie die Heilkräfte, die sie noch hatte, nicht mehr, um jemand anderem zu helfen. Also konnte sie es sich erlauben, sie bei sich selbst anzuwenden.

Rhiannon schloss die Augen und malte sich aus, sie wäre geheilt, ihre Haut unversehrt, und ihre Muskeln wären weniger wund als jetzt. Kurz darauf öffnete sie die Augen wieder und sah in den Spiegel.

Kein einziger Bluterguss war mehr da.

Nun beugte sie sich vor und versuchte, ihr langes Haar

mit dem nächsten greifbaren Handtuch zu trocknen. Als ihr das weitgehend gelungen war, hängte sie das Handtuch wieder über das Gestell, bevor sie nackt in den Wohnbereich der großen Suite ging.

Dort zog sie sich Unterwäsche und ein großes weißes T-Shirt an und holte sich eine Kräuterlimonade aus dem Kühlschrank in der Kochnische. Sie trank die Hälfte, stellte den Rest zurück in den Kühlschrank und ging wieder ins Bad, um sich die Zähne zu putzen. Danach kroch sie zwischen die Laken des breiten Doppelbetts.

Einen Moment lang genoss sie das Gefühl der frischen Laken auf ihrer Haut und tat einen tiefen Atemzug. Dann schloss sie die Augen.

Erschöpft wie sie war, kam der Schlaf fast sofort.

Leider schlief sie unruhig.

Inmitten der Schatten, die sich in ihr Denken drängten, war eine Gestalt, groß … und stark.

Sie sah alles wie durch einen Nebel, am Ende eines Tunnels, gerade so außerhalb ihrer Reichweite. Neugierig und wütend jagte sie dem Bild hinterher, und dann sah sie es ganz klar, aber leider nur von hinten.

Er stand am Rande einer Klippe, trug eine Art Rüstung, wie sie noch nie eine gesehen hatte. Sie schien teils aus Metall zu sein, mit Furchen und Dellen, die von einem heftigen Gefecht zeugten. Sein helles Haar war windzerzaust, und Blut, Blutergüsse und Schnittwunden unterschiedlicher Heilungsgrade zeichneten seine kräftigen Armmuskeln. Er hielt ein Schwert, das so hell und scharf glänzte, dass es ihr in den Augen wehtat.

Sie wollte sein Gesicht sehen.

Doch sie sah es nicht.

Der Traum hatte eine Aura, die eine beängstigende Endgültigkeit besaß. Sie war eine Warnung.

Rhiannon stand auf trockenem, brüchigem Grund hinter dem Fremden. Sie wollte zurückweichen, aber ihre Beine bewegten sich so langsam, als wären sie mit unsichtbaren Fesseln an die Welt ihrer Träume gebunden, wie so oft. Doch sie riss sich zusammen, strengte sich an und schaffte es, einen Schritt zurückzutreten.

Dann einen zweiten.

Als spürte er sie – vielleicht hörte er auch ihre Schritte –, neigte der Mann seinen Kopf leicht zur Seite. Er wandte ihn ein wenig, und Rhiannon erhaschte einen Blick auf ein kräftiges Kinn und eine römische Nase.

Dann schoss eine solche Angst durch sie hindurch, dass ihr Herz raste und sie nach Luft rang, als er sich ganz umwandte.

Dieses Gesicht hatte nichts mit den Gesichtern der Dutzenden oder gar Hunderten von Menschen gemein, die sie im Laufe der letzten Jahre befreit oder geheilt hatte. Es war das Gesicht eines Fremden – eines vollkommenen, wunderschönen, beängstigenden Fremden.

Seine Augen durchdrangen die Dunkelheit ihres Traums und blickten bis in ihr Innerstes.

Rhiannon fühlte, wie etwas in ihr aufwallte. Sie öffnete den Mund – und schrak aus dem Schlaf, als ihr Handy im Nebenzimmer klingelte. Es war leise gestellt, doch sie hatte ein sehr gutes Gehör und einen sehr leichten Schlaf.

Blau …

Rhiannon fühlte ihre Stirn und stellte fest, dass sie heiß und feucht war. Sie strich sich das Haar aus den Augen und setzte sich im Bett auf. Das Telefonklingeln verstummte, um gleich darauf erneut zu beginnen. Sie kannte diesen Klingelton. Das war ihr Arbeitgeber.

Blau, dachte sie wieder oder *sah* es beim Zurückspulen ihrer Erinnerungen. Nur ein einziges Mal in ihrem Leben hatte Rhiannon solche Augen gesehen. Sie waren nicht ganz von derselben Farbe, aber genauso einprägsam in ihrer auffallenden Klarheit.

Rhiannon schob das Laken beiseite und machte sich auf den Weg ins Bad. Dort schaltete sie das Licht an und blickte in den Spiegel. Aus dem Zimmer hörte sie das Telefon weiterläuten und ignorierte es immer noch.

Sie beugte sich über den Waschtisch. Zum zehntausendsten Mal, seit sie sich Kontaktlinsen anfertigen ließ, hatte sie vergessen, die Dinger vorm Schlafengehen herauszunehmen. Nicht dass es besonders schlimm wäre; die Linsen waren eigens so gemacht, dass sie wochenlang durchgetragen werden konnten, Duschen und Heulkrämpfe überstanden, ohne dass Augentropfen oder eine Spezialreinigung nötig wurden. Es war erstaunlich, was man für Geld alles bekommen konnte. Und ihr Boss hatte Beziehungen, denn eine gute Tarnung war oft sehr wichtig.

Trotzdem versuchte Rhiannon, möglichst daran zu denken, die Linsen vorm Schlafen herauszunehmen. Sie wollte sie ja schließlich nicht ruinieren.

Nun lehnte sie sich dicht vor den Spiegel und sah genauer hin. Es waren ausgezeichnete Kontaktlinsen: Sie bedeckten ihre Augen vollständig, sodass nicht einmal eine Andeutung ihrer eigentlichen Farbe zu sehen war.

Mit Zeigefinger und Daumen der linken Hand hielt Rhiannon die Lider ihres einen Auges auf und drückte behutsam mit zwei Fingern der rechten Hand die Linse zusammen. Sie löste sich sofort und enthüllte die leuchtend grüne Iris darunter.

Vor Jahren einmal hatte ein Fotograf vom National Geographic ein Foto von einem afghanischen Mädchen mit grünen Augen gemacht. Der Name des Mädchens war Sharbat Gula, und der Fotograf wurde weltberühmt mit dem Bild, weil es solch eine hypnotische Wirkung gehabt hatte.

Rhiannon betrachtete ihr eigenes grünes Auge, das einen deutlich hellblauen Unterton hatte. Sharbat und sie hatten dieselben Augen.

Deshalb verbarg Rhiannon ihre Augen hinter farbigen Kontaktlinsen, denn sie wären ein auffälliges, unverwechselbares Merkmal, sollte jemand sie der Polizei oder den Behörden zu beschreiben versuchen. Manche Dinge spielte man besser herunter.

Doch beim Anblick ihres Spiegelbildes jetzt musste sie wieder an ihren Traum und den Mann darin denken, dessen saphirblaue Augen ihr bis in die Seele geblickt hatten. Es hatte sich angefühlt, als wäre sie für ihn ein offenes Buch gewesen, was gleichermaßen befreiend und beängstigend war.

Rhiannon seufzte, schüttelte den Kopf, spülte die Kontaktlinse rasch ab und setzte sie wieder ein. Dann ging sie ins Wohnzimmer, nahm ihr Telefon und wählte die Nummer ihres Arbeitgebers. Er meldete sich nach dem ersten Klingeln.

»Sie hatten gesagt, dass Sie mich heute Abend anrufen, Miss Dante.«

»Hatte ich«, antwortete Rhiannon. »Mein Fehler.«

»Dann sind Sie nicht tot.«

»Scheint so.«

»Nehmen Sie sich die nächsten vierundzwanzig Stunden frei zum Einkaufen und zur Erholung. Die Gala, von der ich Ihnen erzählte, findet in Chicago statt, und Sie sind ja schon dort. Praktisch, nicht wahr?«

Rhiannon stutzte. »Und wie.« Sie dachte an New York mit seinen unzähligen Verbrechen und dass er sie diesmal nach Chicago geschickt hatte. »Sie hatten das die ganze Zeit geplant, oder?«

»Hatte ich«, gestand er ungerührt. »Die Kleider, die Sie besitzen, kommen für diese Veranstaltung nicht infrage. Ich schicke Ihnen morgen alle nötigen Informationen. Morgen Abend um neun holt Sie ein Wagen. Träumen Sie schön.«

Rhiannon legte auf … und fragte sich, ob sie in dieser Nacht wirklich noch einmal träumen wollte.

4

Rhiannon holte tief Luft, als ihr Wagen vor einem roten Teppich hielt. Sie blickte nach rechts, wo der Teppich durch die wuchtige Doppeltür einer riesigen vormaligen Kirche führte. Sicherheitsleute mit Headsets standen überall um das neogotische Gebäude herum, und am Eingang begrüßten Männer in Anzügen und mit weißen Handschuhen die Gäste.

Licht, wummernde Musik und Schatten in Bewegung deuteten Rhiannon an, was sie drinnen erwartete. Sie wollte wetten, dass schon an die hundert Gäste in dem Kirchengebäude waren. Und sie alle dürften Geschäftspartner aus Mr. Verdigris Vergangenheit sein, sprich: Leute, von denen sie nichts wusste und die nichts von ihr wussten. Was letztlich egal war.

Es wären sowieso alle maskiert.

Bei seinen Spendengalas scheute Mr. Verdigri grundsätzlich keine Ausgaben. Soweit Rhiannon es vom Wagen aus sehen konnte, hatte man den Eingangsbereich im Steampunk-Stil dekoriert, mitsamt großen Wanduhren und zerrissenen Gobelins, die sich im Abendwind bauschten.

An Rhiannons Handgelenk summte es. Ihre Hände lagen auf der kleinen Abendtasche, in der sie nur etwas Bargeld, ihr Handy, Lippenstift und die Schlüsselkarte zu ihrem Hotelzimmer hatte. Sie öffnete die Tasche, holte das Telefon heraus und wischte mit dem Finger über den Antwortbalken.

»Wie ich höre, sind Sie angekommen«, sagte eine vertraute Stimme. Es war ihr geheimnisumwobener Arbeitgeber.

»Bin ich.«

»Schön. Ich treffe Sie an der Tür. Warten Sie auf mich, ich begleite Sie persönlich hinein.«

Sie legten auf, und nicht zum ersten Mal, seit sie für Mr. Verdigri arbeitete, lächelte Rhiannon ein wenig stolz vor sich hin. Dem Mann gelang es immer wieder, ihr das Gefühl zu geben, sie wäre wichtig. Und das würde sie gegen nichts eintauschen wollen.

Dreißig Sekunden später sah sie Mr. V. aus dem Gebäude treten und ihr entgegenkommen. Dass er es war, erkannte sie lediglich an seinem Stock, dem weißen Haar und Schnauzbart sowie dem leuchtend bunten Schmetterlingsanstecker an seinem schwarz-weißen Anzug aus dem späten neunzehnten Jahrhundert. Eine Maske, die vage an die schwarzen Flügel eines Falters erinnerte, bedeckte den Großteil seines Gesichts.

Die Wagentür wurde geöffnet, jemand half ihr hinaus, und ihr Arbeitgeber bot ihr seinen Arm an.

»Sie sehen exquisit aus, Miss Dante«, flüsterte er ihr zu, und wieder lächelte Rhiannon. Sie fühlte sich in ihrem Aufzug heute Abend auch recht wohl, und falls die Blicke der Sicherheitsleute und Diener am Eingang etwas zu besagen hatten, durfte sie das auch.

Das Kleid hatte man auf ihre Maße geändert und vorhin

ins Hotel geliefert. Verdigris Schneider hatte ihre Maße genommen, und er war ein Zauberer mit Nadel und Faden.

Ein raffiniert gearbeitetes Mieder aus Leder und Sterling-Silber über dem langen Samtkleid brachte ihre schmale Figur gut zur Geltung. Die Farben des umwerfenden Kleids verdunkelten sich vom Elfenbeinweiß oberhalb des Mieders über einen hellen Pfirsichton in der Taille zu einem zarten Violett weiter unten und schließlich einem Blutrot am Saum. Der Rock bestand aus mehreren Lagen, die mit Bändern und Silberketten nach hinten gebunden waren, sodass er sich dort bauschte. Ein klassischer Steampunk-Look.

Vervollständigt wurde er durch eine passende Abendhandtasche an einer silbernen Kette, fingerlose Handschuhe aus Spitze, deren Farbe vom Blutrot des Kleidersaums zu Schwarz changierte, ein Paar Overknee-Stiefel aus Samt und Leder mit hohen Absätzen und eine Maske.

Die Maske war eine Kombination aus weißem Samt, weichem Wildleder und wertvollen Taschenuhrteilen, die kunstvoll seitlich drapiert waren, sodass sie silbrig goldene Engelsflügel um ihre Augen bildeten. Als sie die Maske im Hotel anprobiert hatte, war sie von ihrem Spiegelbild fasziniert gewesen. Sie konnte nicht anders. Steampunk hatte sie von jeher gemocht, und Räderwerke alter Uhren waren schlicht wunderschön. Außerdem schimmerten die Engelsflügel wie ein zartes Versprechen.

Nun hängte sich Rhiannon die dünne Silberkette ihrer Tasche über den Unterarm, raffte ihre Röcke und schritt mit ihrem Arbeitgeber durch den Eingang ins Hauptschiff der Kirche.

Ein Kellner erwartete sie gleich drinnen, und Rhiannon blieb kaum Zeit, die Dekoration richtig zu würdigen. Hoch über ihr zeigten aufwendige Gobelins mit eingerissenen und ausgefransten Rändern Szenen mit bunten Schmetterlingen, edel durchwirkt mit Gold- und Silberfäden. Zwischen ihnen hingen gewaltige Kronleuchter mit elektrischen Kerzen, die sogar flackerten und ein mysteriöses Licht auf die Flaneure unten warfen.

Verdigri reichte ihr einen Drink – eine reizvolle Mischung aus unterschiedlichen Violett-Tönen mit einem glitzernden Zuckerfilm am Rand des Kristallkelches. Rhiannon nahm ihn und wartete, bis Verdigri ebenfalls ein Glas hatte; dann gingen sie weiter in die Menge.

Anders als bei viktorianischen Maskenbällen voller Celli und Geigen, lieferte bei dieser Gala eine Band die Musik, für die ein Podest errichtet worden war, wo ursprünglich die Kanzel gewesen sein musste. Männer und Frauen in passender Steampunk-Garderobe umarmten Gitarren oder hielten Mikrofone dicht vor ihr Gesicht, während unsichtbare Lautsprecher ihre Musik gleichmäßig im Raum verteilten.

An einer Wand der Kirche war ein langer Tisch aufgestellt, auf dem sich so viel Essen türmte, dass es wie ein Gelage aus Caligulas Zeiten anmutete, und das Aroma der Köstlichkeiten lockte Rhiannon an.

»Ich vermute, Sie haben heute noch nichts gegessen«, sagte Verdigri.

»Sieht man das?«, fragte sie, als sie bei dem Tisch stehen blieben und Rhiannons Augen immer größer wurden. Hier fand sich jedes Schokoladendessert, das sie jemals gekostet oder sich erträumt hatte.

Verdigri lachte leise, so wie Eltern über ihre unmöglichen Kinder lachten, und drückte ihren Arm ein wenig. Das Lachen sollte heißen: *Ich gebe mich mit dir ab, weil ich dich sehr mag.* »Sie kümmern sich um sich selbst immer zuletzt«, sagte er.

»Das geht natürlich nicht«, erklang eine dritte, tiefe und sehr anziehende Stimme.

Rhiannon merkte, wie Verdigri ihren Arm freigab. Die Zeit schien sich zu verlangsamen, während sie auf seine fortgleitende Hand hinabsah, als er einen Schritt zurücktrat. Dann drehte sie sich zu der neuen Stimme um.

Ein großer, breitschultriger Mann mit weißblondem, schulterlangem Haar stand in einem aufwendig gearbeiteten Anzug aus dem neunzehnten Jahrhundert vor ihr. Seine Kleidung war aus edlen grauen Stoffen gefertigt, und er hatte sogar eine Taschenuhr aus purem Gold in seiner Westentasche stecken. Sein Gesicht war hinter einer ebenfalls grauen Maske verborgen, die schlicht, aber edel war und weder sein kantiges Kinn noch den sinnlichen Mund bedeckte, dessen Winkel ein klein wenig nach oben wiesen.

Grausam, ging Rhiannon durch den Kopf, ohne dass sie den Grund dafür wusste.

Ihr Blick wanderte weiter nach oben, bis er bei seinen Augen ankam. Dann stand sie wie erstarrt da. Seine Augen waren vom Dunkelgrau eines aufziehenden Gewitters, das jederzeit mit Blitzen drohte.

Keine Maske hätte die Schönheit des Fremden verbergen können, und diese schien seine Anziehungskraft eher noch zu verstärken. Trotzdem überkam Rhiannon der Wunsch, sie ihm herunterzureißen, als sie wie gebannt vor ihm stand.

Ohne den Blick von ihr abzuwenden, hob der Fremde einen kleinen Porzellanteller vom Tisch neben ihnen und reichte ihn ihr. »Cremetorte?«, fragte er. Seine Stimme überrollte Rhiannon wie eine samtige Welle.

Groß, sagenhaft gut aussehend, und er reicht mir Schokolade.

Der Gedanke schoss ihr durch den Kopf wie Kanonendonner, und plötzlich wurde ihr schwindelig. Unwillkürlich erwiderte sie sein Lächeln, und sie konnte nicht anders, als den Teller anzunehmen. Sie hätte so oder so die Schokoladencremetorte gewollt.

»Miss Dante«, sagte Verdigri hinter ihr und kam wieder näher, »darf ich Ihnen Mr. Lambent vorstellen, unseren neuesten Klienten? Mr. Lambent, dies ist Rhiannon Dante, das Herz, die Seele und der Verstand unseres Unternehmens.«

Rhiannon starrte den Mann stumm an, der sich nun leicht verbeugte und breiter lächelte, sodass seine geraden weißen Zähne zu sehen waren. Sie hob eine Hand, und er nahm sie und küsste sie leicht.

Ein Kribbeln durchfuhr sie bei der Berührung seiner weichen Lippen; es lief ihr den Arm hinauf und im Zickzack über ihre Brust, bevor es schließlich verschwand. Rhiannon war ein wenig atemloser, als sie es jemals zuvor gewesen war.

Sie schluckte und senkte den Kopf.

»Wenn Sie mich entschuldigen«, sagte Verdigri plötzlich. Sie sah ihn an, doch er blickte zu irgendetwas oder irgendwem auf der anderen Seite des Kirchenschiffs. »Ich werde offenbar andernorts gebraucht.« Dabei winkte er jemandem zu, den Rhiannon nicht richtig sehen konnte, bevor er eine Hand auf ihren Arm legte. »Ich bin gleich wieder zurück.« Er blickte sie direkt an, ehe er wieder zurücktrat, und seine unausgesprochene Bitte war: *Seien Sie nett zu ihm, und bezaubern Sie ihn – oder zaubern Sie wenigstens seine Brieftasche hervor.*

Sie nickte verhalten, und ihr Boss tauchte in der Menge unter. Dann wandte Rhiannon sich wieder dem Fremden zu. Er beobachtete sie aufmerksam, und sie nahm einen Hauch seines Duftes wahr; es war ein betörend maskulines und teures Aftershave.

Rhiannon räusperte sich, als ihr Puls schneller wurde. »Nun, Mr. Lambent«, sagte sie und passte sich schnell der Situation an, indem sie sich bemühte, sich von ihrer besten Seite zu zeigen. »Gehe ich recht in der Annahme, dass Sie sich bereits für Swallowtail entschieden haben?«

»Wie könnte ich nicht?«, antwortete er lässig. »Die Dienste der Swallowtail Foundation hat dieser Planet schon seit zahllosen Generationen bitter nötig.«

Rhiannon bemerkte, dass sie die Stirn runzelte, und zwang sich, es zu unterlassen. Dennoch wunderte sie sich über seine Worte – oder vielleicht auch bloß über die Art, wie er sie sagte.

Normalerweise schützte Mr. Verdigri eine Tarntätigkeit vor, um Sponsoren anzulocken. Und diese »Wohltäter« sahen sich selbst gar nicht als solche. Sie hielten sich schlicht für Kunden, denn in ihren Augen hatte die Swallowtail Foundation nichts mit der Befreiung von Unterdrückten oder der Zerstörung des Bösen zu tun. Sie gingen vielmehr davon aus, dass sie in eine Firma für Special Effects investierten, die für sagenhafte Shows überall auf der Welt berühmt war. Genau genommen war die einzige Gruppe, die eine noch bessere Show ablieferte als sie, Valley of Shadow, die Rockband, deren Sänger ausschließlich als *der Maskierte* bekannt war.

Bei ihnen lag es allerdings nur daran, dass sie allesamt Vampire waren. Das hatte Rhiannon schon vor Jahren begriffen. Nicht dass es sie störte. Vampire kümmerten sich heutzutage um ihren eigenen Kram, und Rhiannon hatte noch nie irgendwelchen Ärger mit ihnen gehabt.

Jedenfalls wurde Swallowtail für Konzerte und Events angeheuert oder von den größten Produzenten Hollywoods, weil sie scheinbar unmögliche Effekte zustande brachten. Die zumeist Rhiannons sehr besonderen Fähigkeiten zu verdanken waren. Immerhin konnte nicht jede x-beliebige Firma unheimlich echt wirkende Blitze erzeugen.

Doch Mr. Lambent, wer immer er sein mochte, hörte sich an, als würde er nicht von Special Effects sprechen. Seine kryptischen Worte deuteten an, dass er Bescheid wusste.

Etwas, was dieser Planet schon seit zahllosen Generationen bitter nötig hat?

So redeten Leute nicht über Pyrotechnik.

Wie viel wusste er über die Stiftung? War ihm klar, dass sie regelmäßig gegen das Gesetz verstießen, um etwas gegen Verbrechen zu tun, die von den offiziellen Stellen nicht aufgedeckt werden, geschweige denn wirksam bekämpft werden konnten? Wusste er, dass Verdigri eine ganze Organisation aufgebaut hatte, die letztlich Selbstjustiz übte?

Und vor allem: Wusste er, dass *sie* die eigentlich wirkende Kraft hinter Swallowtails Erfolg war?

Wusste er von ihren Fähigkeiten?

Ausnahmsweise hatte Rhiannon keine Ahnung, was sie sagen sollte. Deshalb griff sie auf die Vermeidungstaktik zurück, die sie sich schon vor Jahren angeeignet hatte, lächelte, sagte nichts und wechselte das Thema, indem sie eine Silbergabel vom Büfett-Tisch nahm und einen kleinen Bissen von ihrer Schokotorte probierte.

Sie zog die Gabel gerade wieder aus dem Mund, als ihr Boss zurückkehrte und sich neben sie stellte.

»Wie ist die Torte?«, fragte Mr. Lambent. Seine Stimme war genauso seidig wie das Dessert.

Einen Moment lang ließ sie die Schokoladencreme auf ihrer Zunge zergehen, dann schluckte sie und konnte nicht umhin zu lächeln. »Unfassbar gut.«

Etwas blitzte in Mr. Lambents Augen auf. Wie passend bei diesem Gewitterwolkengrau. Sein schönes, grausames Lächeln wurde breiter und ließ Rhiannon dahinschmelzen wie die Schokolade.

»Hat sie sich benommen, solange ich weg war?«, fragte Verdigri schmunzelnd.

Mr. Lambent war Gentleman genug, diese Frage nicht zu beantworten, aber das Blitzen blieb in seinen Augen. »Einige Geschäftsfreunde wollen später noch etwas mit mir trinken«, sagte er an sie beide gewandt. »Ich hoffe, Sie erweisen uns die Ehre, zu uns an den Tisch zu kommen.« Er wies zu einem dunkleren, abgelegeneren Bereich der Kirche, wo Tische aufgestellt waren, auf deren weißen Decken Kerzen und Kristall funkelten, und Kellner Essen und Getränke servierten.

»Sehr gern.« Verdigri nickte, verneigte sich ein wenig und grinste. Was immer Lambent ihm zugesagt hatte, es musste eine unglaublich hohe Summe gewesen sein.

Mr. Lambent entschuldigte sich, und Rhiannon beobachtete, wie sich die Menge teilte, um ihn durchzulassen. Als er schließlich verschwunden war, atmete sie tief ein.

»Ich glaube, Sie haben mächtig Eindruck auf unseren Medienmogul gemacht«, flüsterte Verdigri ihr zu, bevor er um sie herumging und sich diverse Desserts auf einen Teller lud. Was Süßspeisen betraf, war er noch schlimmer als sie.

Rhiannons erste Reaktion waren Hoffnung und Stolz – bis ihr klar wurde, was er eben gesagt hatte.

»Sagten Sie Medienmogul?«

»Ja, sagte ich«, antwortete er, bevor er sich etwas von einem Brownie mit weißer und dunkler Schokolade in den Mund steckte.

Rhiannon war schockiert. Sie drehte sich wieder zu der Menge um, in der Lambent verschwunden war. »O mein Gott«, hauchte sie. »Das war *Samuel* Lambent.«

»Ja, war es«, sagte Verdigri mit halb geschlossenem Mund. »Also benehmen Sie sich bitte vorbildlich, wenn wir uns zu ihm und seinen Freunden gesellen, denn der Mann ist reicher als jeder andere.«

Das kann ich nicht, dachte sie auf einmal. Samuel Lambent war seit Jahren der begehrteste Junggeselle der Welt. Er war unfassbar, ja, beängstigend umwerfend, und sie konnte nur bestätigen, dass alle Gerüchte über seine Augen stimmten. Sie waren wahrlich wie ein aufziehendes Gewitter.

Und Verdigri hatte recht: Er *war* reicher als alle anderen. Er war überwältigend. Er war Furcht einflößend. Er könnte jede Frau haben – und wahrscheinlich auch so gut wie jeden Mann –, und *sie* sollte ihn mit ihrem Charme bezaubern?

»Ich muss es einfach wissen«, murmelte sie ein wenig benommen. »Wie viel hat er Ihnen gegeben?«

Verdigri schluckte und nahm ihr Getränk vom Tisch, um auch den letzten Rest hinunterzuspülen. Nachdem er sich die Lippen geleckt und Rhiannons Kelch wieder auf den Tisch gestellt hatte, neigte er sich zu ihr und flüsterte: »Stellen Sie sich eine achtstellige Zahl vor. Und das ist nur die erste Hälfte.«

5

Die Lichter der Gala wurden ein wenig heruntergedimmt, die Musik etwas aufgedreht, und die »Tanzfläche« in der Mitte der umfunktionierten Kirche füllte sich nach und nach mit Leuten.

Als eine Maskierte mit enormer Oberweite von hinten gegen Mr. Verdigri stieß, sodass ihm ein Stück des Kuchens herunterfiel, den er gerade aß, drehte er sich zu der kurvenreichen Fremden um. Sie schlug sich eine Hand vor den Mund und bat beschämt um Verzeihung, doch er bestand darauf, dass es seine Schuld gewesen sei. Rhiannon musste an sich halten, um nicht zu grinsen, als er sich die Hände an einer Serviette abwischte und die Frau fragte, ob sie mit ihm tanzen wolle.

Um ihre Pfauenmaske herum errötete die Frau heftig, nahm seine Aufforderung an und legte ihre Hand in seine. Rhiannon sah ihnen nach, als sie auf die Tanzfläche gingen.

Die Musik passte perfekt zum Motto des Abends: ein hypnotischer, ungewöhnlicher Mix aus Klassik und Rave, aus Walzer und irgendeinem unterschwelligen Beat, der die Lichter flackern ließ und die jüngeren Gäste zum Tanzen ermunterte.

Rhiannon hatte eben ein frisches Glas mit einem hübschen pinken und orangefarbenen Drink angenommen, als sich neben ihr ein Maskierter verlegen räusperte. Sie drehte sich um und fand sich einem eher kleinen Herrn mit zwar schütterem Haar, aber einem hervorragenden Kostümgeschmack gegenüber, der nervös nähertrat.

»Mylady, ich hatte gehofft, dass Sie mir die große Ehre erweisen, mir einen Tanz zu gönnen«, sagte er, und ihr entging nicht, dass seine Stimme vor Unsicherheit bebte. Das machte ihn ihr sofort sympathisch.

Sie lächelte. »Mit Freuden! Vielen Dank.« Tatsächlich liebte sie Gesellschaftstänze, und dank ihrer Arbeit und vor allem ihres Arbeitgebers hatte sie seit Jahren reichlich Übung darin. Sie hatte sogar einmal Unterricht bei einem Profi genommen.

Der Mann strahlte überrascht und triumphierend zugleich und bot ihr seine weiß behandschuhte Hand. Rhiannon stellte ihr Glas ab, legte ihre Hand in seine und ließ sich von ihm auf die Tanzfläche führen.

Kaum waren sie dort, schien sein Selbstvertrauen in ungeahnte Höhen zu schnellen, so wie er Rhiannon in seine Arme zog, als die Band einen Walzer anstimmte. Die Menge bewegte sich in synchronen Kreisen. Der Mann war ein wunderbarer Tänzer, wirbelte Rhiannon mal in diese, mal in jene Richtung, um sie im perfekten Rhythmus wieder einzufangen, während die Musik über sie hinwegfegte.

Rhiannon stellte fest, dass sie erneut lächelte und sich ihre Anspannung trotz des Tanzens merklich löste. Jede anfängliche Sorge, was den Eindruck betraf, den sie auf den Gönner ihres Arbeitgebers machte, schwand, da die Musik sie von einem Schritt zum nächsten leitete.

An einer Stelle im Tanz trennten sich die Partner, und

jeder Frau wurde ein anderer Mann zugeteilt. Rhiannons neuer Partner war ein etwas älterer, größerer Herr mit grau meliertem Haar.

Beim nächsten Partnerwechsel war Rhiannon ein bisschen außer Atem, denn das Tempo hatte zugenommen, und die Frauen in ihren Ballkleidern wurden beständig schneller herumgewirbelt.

Die Lichter über ihnen flackerten rhythmisch, alle Farben um Rhiannon herum verschwammen, und als die Partner zum letzten Mal wechselten, landete sie in den starken Armen eines großen, breitschultrigen Fremden.

Die Nacht schien irgendwie zu kippen, und eine Art elektrischer Schlag durchfuhr Rhiannons schmale Gestalt.

Sie blinzelte verwirrt. Dann sah sie zu ihrem neuen Partner auf, und die Kirche, die Dekoration, die Uhren und Gobelins, das Essen und die Getränke sowie die sich drehenden Gäste, alles tauchte in den Schatten ab, bis sie allein war … mit dem Mann aus ihrem Traum.

Genau wie in ihrem seltsam beunruhigenden Traum konnte sie auch jetzt nicht alles von ihm sehen, denn das meiste von seinem Gesicht war hinter der Maske verborgen. Doch was sie sehen konnte, war genug.

Der Mann hielt sie um die Taille fest, und seine sicheren Schritte erledigten alle Arbeit für Rhiannon und führten sie durch den Tanz, während sie zu ihm aufblickte. Sein Duft nach endloser Nacht wehte über sie hinweg und verführte ihre Sinne. Er kam ihr wie der Inbegriff der Dunkelheit vor, von der Maske bis hin zu den hohen Stiefeln elegant in Schwarz gehüllt, und diese Finsternis umfing sie wie ein lebendiger Schatten, der sie vollkommen gefangen nahm.

In ihrem Traum war sein Haar heller gewesen, wie von

Sonne und Salz ausgeblichen. Aber es war definitiv dasselbe dichte, wellige Blond mit einem Glanz, der es so unsagbar weich wirken ließ, dass sich Rhiannon bei dem Wunsch ertappte, mit den Fingern durch sein Haar zu fahren.

Was ihn jedoch unverwechselbar machte und ihn eindeutig als den Fremden aus ihrem Traum auswies, waren seine unbeschreiblich blauen Augen, in denen sie sich in ebendiesem Moment verlor.

Rhiannon stolperte unter dem Eindruck der schrecklichen, verwirrenden Macht seines Blicks.

Er indes brachte sie mühelos wieder in den Takt, und dabei hoben sich seine Mundwinkel zu einem Lächeln, das noch grausamer war als das von Samuel Lambent, und seine Augen, die sie in ihren Traum zurückkatapultierten, fixierten sie gnadenlos.

Was Rhiannon, zu ihrer eigenen Verwunderung, nicht anders wollte.

Der Fremde wurde mit dem verklingenden Stück langsamer, und Rhiannon spürte den Druck seiner Hand in ihrem Rücken, als er sie näher an sich zog. Dann beugte er sich ein wenig vor, und ihr bereits heftig pochendes Herz wurde noch schneller. »Ich muss sagen, Miss Dante«, raunte er leise, »Sie sehen heute Abend hinreißend aus.«

Seine Stimme war tief und melodisch, jede Hebung, jede Note vollkommen, und jeder Ton war wie warme Seide auf Rhiannons Haut. In ihrem Hinterkopf läuteten Alarmglocken, doch die wurden von dem Nebel überlagert, den seine Stimme in ihr aufsteigen ließ.

»Ich fürchte, Sie erwischen mich in einem Moment der Schwäche«, hörte sie sich antworten, und ihre Stimme klang merkwürdig gedämpft, überlagert von ihrem Herzklopfen. Sie war überrascht, dass sie überhaupt solch eine intelligente Reaktion zustande brachte.

»Hm«, machte er mit einem kleinen, überlegenen Lächeln und drehte sie im Takt mit den anderen Tänzern. »Ich schätze, das tue ich.« Sein Lächeln wurde zu einem Grinsen. Etwas daran jagte ihr Schmetterlinge in den Bauch – schwarze mit roten Flügelspitzen. »Aber wenn ich eines im Laufe der Jahre gelernt habe, dann ist es, niemals einen taktischen Vorteil zu vergeuden.«

Hört sich nach einem Krieger an, dachte sie.

Sofort blitzte das Bild aus ihrem Traum vor ihrem geistigen Auge auf: Der Fremde am Rande einer Klippe, schlachten- und narbengezeichnet und absolut, schrecklich schön …

Sie schluckte, weil sich ihr die Kehle zuschnürte. »Wenn es eines gibt, was ich gelernt habe«, konterte sie mit einer Selbstsicherheit, von der sie nicht wusste, woher sie sie nahm, »ist es, dass ich nicht gut damit umgehen kann, wenn man mich in die Enge treibt.«

Ein Grollen setzte ein, fern, aber unüberhörbar, und kündigte ein Gewitter an. Es dauerte nicht lange, bis Rhiannon begriff, dass sie die Ursache war.

Dieser Fremde setzte ihr zu.

Er blickte hinauf zum Deckengewölbe, dann wieder zu ihr. Und jetzt lag etwas in seinem Ausdruck, was Rhiannon für einen Moment den Atem stocken ließ und ihren Puls in die Höhe trieb. »Man sollte Sie sicher nie unterschätzen.«

Auf einmal wurde seine Umarmung fester, und noch ehe sie reagieren konnte, blieb er mitten auf der Tanzfläche stehen und zog sie richtig dicht an sich. Sein harter Körper an ihrem, seine Dunkelheit, sein Duft und seine unsagbar tiefen Augen raubten ihr den Atem. Zum ersten Mal in ihrem Leben war Rhiannon Dante, die Frau, die mittels Gedankenkraft Autos durch die Gegend werfen konnte und deren pyrotechnische Fähigkeiten Gebäude zum Einsturz brachten, ja, die fast mühelos einen Hurrikan auslösen konnte, vollkommen hilflos.

»Aber Sie haben Schwächen«, flüsterte er so dicht an ihrem Mund, dass sie seinen Atem auf ihren Lippen spürte, und das, im Verein mit der Nähe seines Mundes, war eine solch schwindelerregende Kombination, dass ihre Knie nachzugeben drohten. Draußen rückte das Gewitter näher.

Hätte er sie nicht gehalten, sie wäre wohl umgefallen.

»Die hat jeder, Rhiannon«, flüsterte er ihr ins Ohr, und ein Schauer köstlicher Sehnsucht durchfuhr sie. »Ich möchte wetten, dass ich jede von Ihren entdecke.«

Um wie viel …, dachte sie, noch während sie, wider jede Logik und Vernunft, ihre Augen schloss und ihren Kopf so drehte, dass sie ihm ihren Hals darbot. *Um wie viel wollen Sie wetten?*

»Um alles, was Sie sich jemals gewünscht haben«, sagte er, als hätte er die Frage gehört, die sie nur gedacht hatte. »Und mehr.«

Gleich darauf fühlte Rhiannon seine Lippen an ihrer pulsierenden Halsschlagader.

Blitze schlugen in die höchsten Dachfirste der Kirche ein, und krachender Donner übertönte die Musik. Die Lichter flackerten und gingen aus. Leute schrien, aber auch das ging im wilden Zischen durchbrennender Lautsprecherkabel und verglühender Mischpulte unter. Funken sprühten aus den Wänden und schossen wie Feuerwerk von der Bühne.

Rhiannon blinzelte und zwang sich zurück aus dem brodelnden Meer, in dem sie zu ertrinken drohte.

Sie wurde von einem Wohlgefühl erfüllt, das sie wärmte, aber auch schwächte. Es erforderte nicht mehr als einen Kuss, die zarteste Berührung von Haut auf Haut, und sie war praktisch verloren.

Währenddessen nahm um sie herum das Chaos zu: Leute rannten hin und her, Feuerlöscher fauchten.

Rhiannons Wille war noch nie leicht zu brechen gewesen. Etwas stimmte hier nicht. Sie musste sich konzentrieren, denn jemand könnte Hilfe brauchen.

Ihr war, als wäre sie in Raum und Zeit gefangen, während sie um die Kraft rang, sich von dem Fremden zu lösen. Es gelang ihr, einige Zentimeter auf Abstand zu gehen. Sie blickte auf, wobei sie sich wie in Zeitlupe bewegte, gebannt von der verführerischen Umarmung des Fremden.

»Das war schon mal eine«, sagte er. Seine Worte hallten durch ihren Leib. Wie lässig und grausam sie waren, und diesmal lächelte er nicht, als er in die Dunkelheit zurücktrat. Seine Augen glühten wie das Innere einer Kerzenflamme.

Das heißeste Feuer ist blau.

Seine Augen verschwanden als Letztes in dem Schatten der ersterbenden Beleuchtung.

Und dann war er fort.

»Das heißeste Feuer ist blau.«

Der Chauffeur ihrer Limousine sah sie im Rückspiegel an. »Verzeihung, Miss Dante?«

Erschrocken stellte Rhiannon fest, dass sie es laut gesagt hatte. »Nichts, Frank, entschuldigen Sie. Ich führe bloß Selbstgespräche.« Ihr war gerade wieder eingefallen, was ihre Geografielehrerin in der achten Klasse gesagt hatte, als sie ihnen die unterschiedlichen Sternentypen erklärte. Anders als das Aussehen nahelegte, waren die roten Sterne die kältesten, ungeachtet ihrer enormen Größe. Die gelben, wie die Sonne, waren schon deutlich wärmer. Weiße waren noch heißer, und die blauen Sterne waren die heißesten von allen.

Um den Unterschied in der Temperatur zu veranschaulichen, hatte die Lehrerin eine Kerze angezündet und sie alle aus nächster Nähe die Flamme ansehen lassen. Die äußeren Ränder der Flamme waren rot und gelb gewesen, die Mitte weiß – und blau. »Das heißeste Feuer ist blau«, hatte die Lehrerin ihnen erklärt. »Deshalb darf man kein Fleisch auf den Grill legen, solange die Kohlen noch mit blauen Flammen brennen. Man muss warten, bis das Feuer rot geworden ist, sonst verbrennt man alles.«

Auf dem Fahrersitz schüttelte Frank lächelnd den Kopf. »Sie müssen sich nicht entschuldigen, Miss Dante. Sie hatten einen ereignisreichen Abend.«

Rhiannon erwiderte sein Lächeln, auch wenn ihres recht müde ausfiel. Von »ereignisreich« zu sprechen war noch weit untertrieben. Die Begegnung mit dem Fremden hatte Rhiannons gefährlichste Fähigkeiten hervorgekitzelt; und sie hatte geglaubt, dass sie diese Dinge schon seit Jahren im Griff hatte. Auch wenn es weit schlimmer hätte ausgehen können, waren die Folgen doch beträchtlich.

Der Schaden in und an dem Kirchengebäude dürfte sich auf Zehntausende Dollar belaufen. Zum Glück konnte Mr. Verdigri sich das leisten, erst recht, wenn Samuel Lambent seine »Spende« nicht zurückzog. Und Rhiannon betete wie verrückt, dass er das nicht tat.

Nichts wünschte sie sich sehnlicher, als dass Mr. Verdigri

die Mittel bekam, die er brauchte, um die Welt wenigstens ein bisschen mehr so zu gestalten, wie sie seiner Meinung nach sein sollte. Er war ein guter Mensch. In den richtigen Händen war Macht etwas Gutes. Das Problem war, dass Mr. Verdigri nie irgendwelche Ausgaben scheute. Es entsprach schlicht nicht seinem Naturell, denn er liebte die Extravaganz und duldete keine halben Sachen. »Das Leben ist zu kurz«, hatte er ihr schon häufiger gesagt; er musste es ja wissen. »Und funkelnde Dinge funkeln nun mal so sehr.«

Deshalb warb er ständig Spenden ein.

Was würde sie nicht alles geben, damit er sich nie wieder Geld erschwindeln müsste.

Bei den Bränden und Mini-Explosionen durch die Blitze war niemand verletzt worden, auch wenn der Lärm und die Detonationen die Leute reichlich verstört hatten.

Als Mr. Verdigri Rhiannon mitten in der aufgescheuchten Menge fand und sie beiseitezog, um sich zu vergewissern, dass mit ihr alles okay war, konnte er sich die Frage nicht verkneifen, ob sie eine Ahnung hätte, was geschehen war. Natürlich wusste er von ihrer Fähigkeit, das Wetter zu beeinflussen – und zu Beginn der Gala war keine einzige Wolke am Himmel gewesen.

Rhiannon hatte sofort gestanden, dass sie für einen kurzen Moment die Kontrolle verloren haben könnte. Erstaunt hatte er sich erkundigt, wie es dazu kommen konnte, und es war ihr unmöglich gewesen, ihm darauf ehrlich zu antworten.

Statt ihm die *ganze* Wahrheit zu sagen, hatte sie nur hilflos den Kopf geschüttelt. »Ich weiß es wirklich nicht, Mr. Verdigri. Das ist mir seit Jahren nicht mehr passiert.« Was teils stimmte. Sie hätte stärker sein müssen, imstande sein müssen, jeder Form von Verführung zu widerstehen, ob magisch oder nicht. Sie sollte ihre Fähigkeiten im Griff haben. Doch sie hatte sie nicht im Griff gehabt, und das verwirrte sie.

Mr. Verdigri hatte überlegt und schließlich genickt. Er wusste, dass es sehr lange her war, dass sie zuletzt die Beherrschung verloren hatte.

»Ich weiß«, sagte er ruhig, aber sie spürte, dass hinter dieser äußerlichen Gefasstheit eine Unmenge Fragen lauerten.

Doch in dem Moment kam Samuel Lambent zu ihnen, der sich in dem allgemeinen Durcheinander die Maske abgenommen hatte.

Und an dieser Stelle verschwammen Rhiannons Erinnerungen an den Abend. Lambent war nicht nur so ungeheuer gut aussehend, wie die Klatschpresse fortwährend behauptete, er war geradezu *schmerzhaft* schön, angefangen bei seiner Stimme bis hin zu seinem finsteren, unruhigen Blick, der ebenjene stürmischen Gefühle spiegelte, die Rhiannon an diesem Abend überwältigt hatten.

Und er bewies ein Höchstmaß an Toleranz. Als Rhiannons nervöser Arbeitgeber begann, sich in aller Form zu entschuldigen, winkte Lambent gelassen ab und sagte: »Mr. Verdigri, die Natur ist die wilde, rothaarige Stieftochter des Kosmos; sie ist bestenfalls unberechenbar, schlimmstenfalls tödlich.« Dann lachte er und fügte hinzu: »Außerdem, wenn dies die Effekte sind, die Sie mir für meine Produktionen anbieten können, dann haben Sie mich jetzt schon überzeugt. Ich bin beeindruckt.«

Elegant, dachte Rhiannon nun, als sie in der Limousine saß. *Wirklich sehr elegant.*

Lambent war ein rätselhafter Mann. Rhiannon hatte schon mit genügend nicht menschlichen Leuten zu tun gehabt, um die kleinen Zeichen oder Hinweise zu erkennen. War Lambent mehr, als er zu sein vorgab? Seit er im Licht der Öffentlichkeit stand, war der Mann nicht gealtert. Andererseits könnte er sich mit seinem Vermögen auch Schönheitschirurgen leisten, die das verhinderten.

Nur hatte er nicht die Aura von jemandem, bei dem kosmetisch »nachgeholfen« worden war. Nein, es würde Rhiannon kein bisschen wundern, sollte Lambent mehr als menschlich sein. Er sah zu gut aus, war zu erfolgreich, hatte beängstigend großen Einfluss, und die Gefühle, die sein Blick in ihr auslöste …

»Er kann kein Vampir sein«, flüsterte sie und erschrak mal wieder, weil sie es ausgesprochen hatte. Zum Glück war es so leise gewesen, dass Frank es nicht gehört hatte.

Lambent konnte kein Vampir sein. Er war schon tagsüber draußen gesehen worden, und nach allem, was sie bisher von Vampiren mitbekommen hatte, vertrugen sie gar keine Sonne. Und sie war erst wenigen Vampiren begegnet, die alt genug waren, um ihre Reißzähne kontrollieren zu können; so alte Vampire waren äußerst selten.

Womit auch der Fremde in Schwarz als Vampir ausfiel. Als er sie anlächelte, war da keine Andeutung von Vampirzähnen gewesen. Rückblickend erinnerte sie sich, dass sie fast mit welchen gerechnet hatte. Sie hätten zumindest manches erklärt.

Rhiannon seufzte und lehnte ihren Kopf nach hinten. Die beiden Männer würden vorerst mysteriös bleiben.

Das Komische war, dass ihr gegenüber keiner den Mann in Schwarz erwähnt hatte. Niemand hatte sie mit ihm tanzen sehen, ja, Mr. Verdigri sagte sogar, er hätte sie überhaupt nicht auf der Tanzfläche bemerkt. Als wäre sie für Minuten verschwunden gewesen.

Das war schon mal eine …

Rhiannon fröstelte, als sie an die Augen des Fremden und an seine Stimme dachte. Wie es aussah, hatte er sich vorgenommen, ihre Schwächen zu entdecken.

Aber welche genau hatte er gemeint? Sie hatte weder etwas getan noch etwas gesagt, womit sie sich verraten hätte.

Sie holte tief Luft. Selbst wenn er ein Wesen war, das Gedanken lesen konnte, hatte sie doch nur an ihn gedacht. Außer als der Blitz einschlug und sie sich aus ihrer Trance zwang, weil sie fürchtete, dass Menschen verletzt werden könnten.

O mein Gott!

Das musste es gewesen sein: Ihre größte Schwäche waren ihre Angst, dass andere litten, und ihr Hass auf die Tatsache, dass sie es taten.

Um das herauszufinden, hätte er allerdings nicht ihre Gedanken lesen müssen. Sie war vor ihm zurückgewichen, als das Chaos ausbrach. Bis zu dem Moment war sie vollkommen von ihm gefesselt gewesen, und erst ihre Angst um die Leute in der Kirche hatte ihr endlich die Willenskraft gegeben, den Bann zu brechen.

Insofern war ihre Sorge nicht bloß ihre größte Schwäche, sondern vielleicht auch ihre größte Stärke.

Rhiannons Blick wurde verträumt. Der Fremde war ihr wahrlich unter die Haut gegangen, um es milde auszudrücken. Sie rieb sich das Gesicht, blickte aus dem Fenster und beobachtete gedankenverloren die Lichter und die vorbeiziehenden Menschen. Minuten später hielt der Wagen vor dem roten Teppich an ihrem Hoteleingang, und der Portier öffnete ihr die Tür. Rhiannon wünschte Frank eine gute Nacht, gab dem Portier ein Trinkgeld und machte sich auf den Weg zu ihrem Zimmer.

Das »Do Not Disturb«-Schild hing noch an ihrem Türknauf. Sie schob es beiseite, steckte ihre Schlüsselkarte in den Schlitz und wartete, bis das rote Licht grün wurde. Dann trat sie in ihre saubere, kühle Suite. Wie immer hatte sie das Licht angelassen, um unliebsame Überraschungen zu vermeiden.

Doch hatte es heute nichts genützt.

Rhiannon hörte, wie die Tür laut hinter ihr ins Schloss fiel. Sie stand wie angewurzelt im Eingangsbereich, konnte sich nicht rühren und starrte auf das Objekt in der Mitte des Wohnzimmers.

Es war eine Schatztruhe. Eine richtige, echte *Schatztruhe* mit aufgeklapptem Deckel. Und soweit Rhiannon es den halb über den Rand hinausstehenden schimmernden kleinen Plättchen entnehmen konnte, quoll sie über von *Goldmünzen*.

Am offenen Riegel der Truhe baumelte etwas Schwarzes, bedeutungsschwanger in seiner Symbolik.

Eine Maske.

Wie in einem Traum schritt Rhiannon auf die Truhe zu, hob die Maske hoch und drehte sie in ihrer Hand. Auf der Innenseite klebte eine Nachricht. Rhiannon zog sie ab und faltete sie auseinander.

Das wäre die zweite.

6

»Nein, Gabe, dieser Fall erfordert, dass ich hierbleibe.« Michael lief rastlos auf dem dicken Teppich in seinem neu angemieteten Apartment auf und ab. Der weiche Flor streichelte seine bloßen Füße, was er jedoch kaum registrierte, denn er war viel zu aufgewühlt.

Und er hatte Hunger.

Er fuhr sich mit der Hand durchs Haar und drückte sich auf die Nasenwurzel, während sein Bruder mal wieder versuchte, ihn, aus welchen Gründen auch immer, ins Herrenhaus zurückzulocken. Bei Michael gingen Gabriels Worte zum einen Ohr hinein, zum anderen wieder hinaus. *Ich habe keine Zeit für das hier*, dachte er. Dann seufzte er. *Erzähl ihm einfach, was er hören will.*

»Na gut, Gabe, die Wahrheit ist, dass ich ein bisschen Zeit brauche. Allein, für mich, um das alles zu verarbeiten.« Ihm war klar, dass sich seine Brüder Sorgen um ihn machten. Und er ahnte auch, was sie dachten, hatte er es doch vor Tagen noch selbst gedacht: Wenn er angeblich von dem Alten Mann bevorzugt wurde, warum war dann sein Sternenengel der letzte, den sie fanden? Warum war er es, der sich Gedanken über den »Höhepunkt« machen musste, den seine Vereinigung mit ihr auslösen würde? Seine Brüder bemitleideten ihn, weil er quälend lange warten musste, weil ihm eine große Entscheidung bevorstand und neuerdings auch, weil Samael ihm seine Heilkraft geraubt hatte.

Und das war gut so, denn das alles konnte er jetzt ausspielen, um die Zeit zu gewinnen, die er brauchte, ohne dass sie sich einmischten.

Gabriel dachte anscheinend noch über seine Worte nach, denn er schwieg eine Weile, bevor er sagte: »Also schön. Du weißt ja, wo wir sind.«

Sie beendeten das Gespräch, und Michael schleuderte sein Telefon auf die Couch. Dann schloss er die Augen und ließ seinen Geist schweifen.

Er lernte Neues hinzu … War man sowohl ein Vampir als auch ein Incubus, hatte das zur Folge, dass einige der Schwächen des einen durch die Stärken des anderen ausgeglichen wurden. Als frischgebackener Vampir müsste er sich eigentlich mit der Unfähigkeit abfinden, die Kräfte und Schwächen zu kontrollieren, die mit dem Vampirsein einhergingen. Er wäre außerstande, die Länge seiner Reißzähne zu steuern, würde so »allergisch« gegen Sonnenlicht, dass ihn schon der kleinste Strahl dauerhaft verbrannte; dagegen stünden ihm die Stärken des Vampirs erst weit später zur Verfügung, beispielsweise das Gedankenlesen oder die Kunst der Schattenreise.

Michael jedoch war kein gewöhnlicher Vampir. Er war zugleich ein Incubus und besaß dessen Stärken, wodurch die Vampirschwächen gemildert wurden. Überdies war Michael vor seiner Verwandlung kein Sterblicher gewesen, sondern ein Krieger-Erzengel. Er war ein übernatürliches Wesen, geboren, um zu kämpfen. Nun wehrte sich jede seiner Gehirnzellen gegen die Invasion des Monsters.

Folglich konnte er seine Reißzähne beliebig verlängern und sie sogar ganz verschwinden lassen. Konzentrierte er sich, hörte er die Gedanken der Menschen um ihn herum. Er konnte durch die Schatten reisen, genau wie Incubi, schwarze Drachen und Azrael. Und innerhalb von Stunden nach seiner Verwandlung hatte er die Fähigkeit erlangt, in der prallen Sonne zu stehen und davon bestenfalls einen leichten Kopfschmerz zu bekommen – statt der enormen Schmerzen, die er anfangs gelitten hatte.

Obendrein stellte er Effekte fest, die er niemals den drei Gattungen zugeordnet hätte, die er nun in sich vereinte: Erzengel, Vampir, Incubus. Im Moment konnte Michael seine Augen schließen, seine Konzentration ausweiten und über die Mauern hinausblicken, die ihn umgaben.

Einige Stockwerke unter ihm herrschte reges Treiben in einer Küche, wo man ein Bankett vorbereitete. Weißgekleidete Menschen huschten umher, aus Töpfen dampfte und blubberte es, und ein Chefkoch brüllte Befehle auf Französisch. Michaels Bewusstsein bewegte sich über die Leute hinweg, als würde er fliegen. Er bewegte sich durch eine Flügeltür in einen riesigen Speisesaal, in dem Tische und Stühle aufgestellt und Dekorationen angebracht wurden.

Michael schwenkte ein wenig zur Seite, verließ das Gebäude und schwebte über dem rauschenden Verkehr auf der Interstate. Rote und weiße Lichter, hier und da von Blau durchzuckt, jagten in beide Richtungen. Michael ließ sich mit der Straße zur South Michigan Avenue treiben, wo er den schwachen Klang eines Orchesters wahrnahm, das Bach spielte; weiter nördlich hörte er das Knallen eines Schlags und den Jubel der Zuschauer im Cellular Field Stadion. Sein Instinkt führte ihn nach Osten, und Michael bewegte sich durch Raum und Zeit, bis er über dem Four Seasons war.

Dort wartete er.

Er konnte sie drinnen fühlen, spürte das Pulsieren ihres Herzens. Ihre Präsenz zog ihn an. Eines, was er an seinem neuen Vampirsein leider nicht abstellen konnte, war der Blutdurst.

Und er war sicher, dass sie himmlisch schmecken würde.

Obwohl er sich heute Nacht jede Frau nehmen könnte, um seinen Hunger zu stillen, tat er es nicht. Der Erzengel in ihm verlangte nach nur einer Frau. Seit er sie gesehen, sie berührt und in den Armen gehalten hatte, könnte ihm keine andere mehr genügen, für gar nichts. Seine Verwandlung hatte diesen Teil von ihm um nichts geschwächt, obwohl Samael fraglos das Gegenteil erhofft hatte. Stattdessen war er stärker geworden. Und auch wenn Michael teils ein Incubus war, verspürte er keinerlei Verlangen, mindestens die Hälfte der weiblichen Bevölkerung des Planeten zu verführen.

Rhiannon. Nur sie.

Er wollte nicht bloß ihren Körper oder ihr Blut. Er sehnte sich danach, ihr Haar zu fühlen und ihren Duft zu atmen. Er wollte ihre Seele, verzehrte sich nach ihrem Lächeln.

Er brauchte ihre Liebe.

Auf der Tanzfläche mit ihr hatte er sich einen Patzer geleistet und war kurz davor gewesen, sich selbst zu verdammen.

Sie hatte ihn überwältigt: die strenge Göttin, die ganz Feuer, Rechtschaffenheit und unglaubliche Kämpfernatur war, hatte seinen Willen bezwungen. Als er sie in seine

Arme zog und ihren Leib an seinem fühlte, war er ihr Sklave geworden.

Ihr Duft hatte ihn umfangen, vom Shampoo in ihrem Haar bis hin zu dem Blut unter ihrer Porzellanhaut.

Und als er sich vorbeugte und ihr etwas ins Ohr flüsterte, hatten sich die finsteren Kräfte in ihm geregt und ihm suggeriert, er könne haben, was er wollte, ohne Konsequenzen fürchten zu müssen. Er könnte seine Zähne in seinen Sternenengel versenken und sie beide vor allen anderen dort abschirmen. Es wäre möglich gewesen, gleich dort, vor Hunderten ahnungslosen Gästen. Er hätte es tun können, und es wäre *göttlich* gewesen. Und sie hätte ihm gehört.

Doch der Krieger in ihm hatte gewonnen, als er einen zarten Kuss auf ihren Hals hauchte und ihr Blitz die Festlichkeiten in ein Chaos stürzte. Da endlich hatte er die Kraft gefunden, sich zurückzuziehen und ihr die Flucht zu ermöglichen. Vorerst.

Ein Blitz.

Lächelnd beendete er seine mentale Reise und öffnete die Augen. Er war der Grund für die Blitze gewesen, die sie unbewusst über sie alle gebracht hatte. Oh, sie würde sich gegen diese Erkenntnis sträuben! Und zweifellos würde sie es leugnen. Ihm war klar, dass er lange und hart um sie würde kämpfen müssen. Dabei wusste sie tief in ihrem Innern, dass sie sich ihm nicht entziehen konnte. Sie wusste weder wie noch warum, doch in ihr lebte ein Sternenengel, der Michael verflucht gut als seine zweite Hälfte erkannte.

Rhiannon wusste, dass er der Eine war.

Er musste sie lediglich daran erinnern.

»Das sind Pennies«, sagte sie benommen ins Telefon.

»Pennies?«

»Ja, ehrlich. Auf jedem ist vorne drauf Lincoln und hinten sein Denkmal. Mr. Verdigri, das hier sind Pennies, und sie alle wurden in pures Gold verwandelt.«

»Sind Sie sicher, dass sie nicht einfach nur besprüht wurden?«

Rhiannon schüttelte den Kopf, obwohl er es nicht sehen konnte. Sie hatte den alten Trick mit den Zähnen angewandt, um zu prüfen, ob sich die Münzen verbiegen ließen, und sie hatten sich verbiegen lassen. Außerdem war sie eine Frau und erkannte echtes Gold auf Anhieb.

»Ich bin mir sicher.«

Eine längere Pause trat ein, bevor Mr. Verdigri fragte: »Nun ... Welche Kreaturen, die Sie kennen, können Gegenstände in Gold verwandeln?«

»Keine. Und ich zermartere mir schon das Hirn, seit ich hier hereingekommen bin.« Ihr waren schon Wesen begegnet, die Festkörper schmelzen oder vereisen konnten, doch keines konnte das Material selbst, die Atome, aus dem die Dinge bestanden, ändern.

»Aber das ist nicht das Seltsamste«, sagte sie. *Und auch nicht das Beängstigendste.* Sie bückte sich, hob die schwarze Samtmaske vom Bett, wo sie sie vorhin abgelegt hatte, und drehte sie um. Derjenige, der dies hier getan hatte, hatte sie heute Abend in den Armen gehalten. Er war aus dem Nichts aufgetaucht, hatte sie verführt und geneckt und sie zur Musik bewegt, als würde er seit Jahrhunderten tanzen, ehe er in den Schatten verschwand.

Vorher allerdings hatte er sie auf den Hals geküsst ...

Rhiannon wurde feuerrot, und ihre Haut kribbelte. Sie

berührte ihre Stirn, atmete zittrig ein und schloss die Augen, um sich zu konzentrieren.

Die Seidenmaske fühlte sich unter ihren Fingerspitzen und auf ihrem Handrücken sinnlich an, irgendwie *verboten*. Und sie erinnerte Rhiannon an die Berührung seiner Lippen.

»Aha?«, antwortete Verdigri und riss sie damit jäh aus ihren Gedanken.

Erschrocken schlug sie die Augen auf. »Ähm. Nein, ist es nicht.«

Das Seltsamste ist, dass derjenige, der dies getan hat, mich kennt, und ich habe keinen Schimmer, wer er ist oder warum er das für uns tun sollte. In der Truhe war genug Gold, um jeden Auftrag zu finanzieren, den sie in ihrem Leben bekommen würde – oder zumindest jeden, den Verdigri ihr gab. Ihr Boss war somit finanziell abgesichert und müsste nie wieder Spenden eintreiben.

Als hätte der Fremde in Schwarz geahnt, dass sie sich genau das wünschte. Und es war eine ihrer Schwächen.

Das wären schon zwei.

Jetzt verstand sie es. Er hatte ihren Wunsch gekannt, Leiden zu beenden, wann und wo sie es für angemessen hielt. Und er hatte gewusst, dass sie das Richtige tun wollte, ohne finanziell eingeschränkt zu sein, und dass sie sich dasselbe für Verdigri wünschte. Mit so viel Gold bräuchten sie sich wahrscheinlich nicht einmal mehr Gedanken über *juristische* Einschränkungen zu machen, denn alle Menschen waren käuflich.

Offensichtlich sogar sie.

Rhiannon blickte zu der Truhe, die so voller Gold weit mehr wiegen dürfte, als irgendwer tragen konnte. Der Mann mit der Maske hatte nicht bloß Pennies in Gold verwandelt, er hatte es auch an den Sicherheitskräften vorbei und trotz der Schlösser in ihre Suite geschafft. Womit sich gleich die nächste Frage aufdrängte, nämlich, wie er wissen konnte, wo sie wohnte. Dass er ihren Namen gekannt hatte, war schon merkwürdig gewesen. Dies hier war noch schräger.

Sie schluckte. »Ich denke, Sie sollten baldmöglichst einige Leute herschicken«, sagte sie zu ihrem Boss. Sie dachte vor allem an das Gold und was sie damit anstellen sollten.

»Ist schon erledigt, Rhiannon«, sagte Verdigri. Er klang besorgt. Sicher merkte er, dass sie ein bisschen ängstlich war. »Und ich bin in zehn Minuten da.«

7

»Wenn ich der Klarheit halber nachfragen darf, Sir, wir halten uns jetzt bedeckt, nicht wahr?« John Smith nahm seine Brille ab, putzte sie mit dem Tuch, das er eigens zu diesem Zweck immer bei sich trug, setzte sie wieder auf und sah seinen … *Chef* an.

Der Mann war sehr groß, sehr gut aussehend und sehr eindrucksvoll in seinem weißen Anzug. Er starrte weiter in das nur wenige Schritte von seinem großen Ohrensessel entfernte Kaminfeuer. In der Stille war nichts außer dem Knacken des Feuerholzes und dem Fauchen der Flammen zu hören.

»Ja, Mr. Smith, wir warten«, sagte Gregori.

Mr. Smith, der auf den ersten Blick wie ein völlig durchschnittlicher, nichtssagender Mann aussah, zeigte ein alles andere als durchschnittliches Lächeln. Es war von einer Bosheit, die selbst seiner braunen Iris ein unangenehm gelbliches Leuchten verlieh.

»Zu diesem Zeitpunkt gibt es keinen Grund, uns einzuschalten«, fuhr Gregori fort. Seine übernatürlich schöne Stimme füllte das große Wohnzimmer mühelos aus. »Wie es scheint, ist das Schicksal auf unserer Seite. Das Finale ist für die vier Bevorzugten verflucht.« Hier stockte Gregori, und Smith fühlte, dass der sehr alte Mann nachdachte. »Er wurde zu einem Monster gemacht. Mit ein wenig Glück wird ihn sein Sternenengel nicht annehmen, und dann gibt es keinen ›Höhepunkt‹. Was wiederum uns genügend Zeit einräumt, den Alten Mann aufzuspüren.«

John Smith nickte, blieb aber, wo er war. »Man darf jedoch nicht außer Acht lassen, dass der Todesengel selbst mal ein Monster war. Und nicht alle betrachten Vampire als absolute Ungeheuer.«

»Mm«, stimmte Gregori ihm zu. Seine Miene blieb unverändert. »Ja, der Gedanke kam mir auch schon. Azraels Sternenengel hat ihn trotz dieses augenfälligen Mankos angenommen.«

John Smith lächelte. »Die junge Miss Bryce war den dunkleren Seiten des Erzengels nicht abgeneigt.«

»Nein, war sie nicht. Sie erinnerte mich sehr an Amara.«

Hier entstand wieder eine Pause, in der Smith sicher war, dass Gregori alten Erinnerungen nachhing. Irgendwo draußen, über der endlosen weißen Ebene, brauten sich Wolken zusammen. Das taten sie oft, wenn Gregori wehmütig wurde.

Der Mann in Weiß seufzte. »Wir werden die Situation im Blick behalten. Sobald es den Anschein hat, dass der Fluch als Abschreckung nicht ausreicht, müssen wir die Sache selbst in die Hand nehmen. Doch bis dahin, falls es denn so weit kommt, lassen wir der Natur ihren Lauf.«

»Eine weise Entscheidung, Sir.« John Smith nickte und ging hinaus auf den Flur. Das Eis unter seinen Füßen knackte nur ein wenig, als er an mehreren Türen vorbeischritt, die in die verschiedenen Palastbereiche führten.

Der große Prachtbau war vor Millionen Jahren in einen

Gletscher gehauen worden. Natürlich sorgte Magie dafür, dass das Feuer in den Kaminen und Herden dem Eis nichts anhaben konnte und sämtliche Technik funktionierte. Diesen Palast hier hatte Gregori vor sehr langer Zeit zu seinem Zuhause gemacht.

Mr. Smith blieb vor einem großen Porträt stehen, das am Ende des langen Korridors an der Wand hing. Es stellte eine Frau mit langem, karamellbraunem Haar, sanften braunen Augen, dichten Wimpern, rosigen Wangen und einem gewinnenden Lächeln dar. Sie war in ein schlichtes, weites weißes Gewand gehüllt und hielt einen kleinen Strauß Löwenzahnblüten in den gefalteten Händen, ihre Lieblingsblumen.

Ihr Name war Amara gewesen.

Als sie starb, zog Gregori hierher, an diesen verlassenen und unbewohnbaren Ort. Er wollte es um sich herum genauso starr gefroren, wie er innerlich war. Genauso kalt und unerbittlich, genauso tot.

Mr. Smith wandte sich von dem Gemälde ab und betrat die Bibliothek, in der sich Bücherregale aus Eis zwischen Fenstern, die bis zum Boden gingen, reihten. Vor den Fenstern lag ein klarer blauer See, unter Eis erstarrt. Nichts regte sich in dem Wasser, dessen Schönheit ebenso tot war wie alles andere in Gregoris Welt.

An den Seeufern jedoch gab es Leben, das einzige im Umkreis von Meilen. Löwenzahn wuchs dort in dichten Büscheln, nur waren dessen Blüten im krassen Kontrast zum weißen Eis und unwirklichen Blau des Sees nicht gelb. Sie waren schwarz.

Rhiannon blieb stehen, als sie die nächste Gasse erreichte, schoss um die Ecke und kollidierte mit einer Mauer. Zwischen einem Müllcontainer und einem Stapel leerer Kartons sackte sie vor den kalten, harten Steinen zu Boden. Ihr Herz wummerte schmerzhaft vor Angst, ihr Atem ging schnell, doch sie bemühte sich, ruhiger zu werden. Ihr Leben könnte davon abhängen.

Von der Anstrengung, ihre Atmung zu drosseln, beschleunigte sich ihr Puls erst recht, und ein scheußlicher Druck baute sich hinter ihren Augen auf. Sie hielt sich beide Hände in der Hoffnung vors Gesicht, jedes Geräusch zu dämpfen, das sie machte. Verborgen vor der Straße und den Scheinwerfern der vorbeifahrenden Autos, zitterte sie unkontrollierbar und fragte sich, wie um alles in der Welt es hierzu hatte kommen können.

Sie war gerade erst nach New York zurückgekehrt, als sie diesen Auftrag bekommen hatte, und der war schrecklich schiefgegangen.

Sie kniff die Augen fest zu, um den Schmerz in ihrem linken Bein auszublenden, der von vier parallelen Schnitten an ihrem Oberschenkel herrührte. Die Wunde musste geheilt werden, und Rhiannon spürte bereits irgendein Gift in ihren Adern. Doch sie hatte so viel von ihrer Kraft verbraucht, um ihre Gegenwart zu verbergen und lebend davonzukommen; und sie hatte keine Ahnung, wie viel mehr sie heute Nacht noch brauchen würde.

Ihre Gedanken überschlugen sich, als sie überlegte, wo alles aus dem Ruder gelaufen war. Noch nie hatte sie derart übel versagt. Ihre Erinnerungen an den Abend waren nicht minder wirr als der Verlauf des Einsatzes, total chaotisch, und ihr blieb keine Zeit, alles zu entwirren, denn sie hörte ihre Verfolger nahen.

Deren Flügel machten ein entsetzliches Geräusch im

Wind, und Rhiannon konnte sie im Geiste vor sich sehen. Sie waren riesig und ihre Farbe wie Stein, weil sie aus Stein waren.

Vor Jahren hatte Rhiannon samstags morgens gern die Zeichentrickserie »Gargoyles« gesehen. Ihr gefielen die Grafik und die Geschichten; ganz besonders aber hatten es ihr die Sprecher der Figuren angetan, von denen viele bei *Star Trek: The Next Generation* mitgespielt hatten. Zu jener Zeit allerdings hatte sie noch keine Bekanntschaft mit Phantomen und Icaranern, Vampiren und Incubi, Drachen und Gespenstern gemacht. Ihr war noch nicht bewusst gewesen, dass sie mit ihren übernatürlichen Kräften nicht allein war und dass Magie alle in der Welt berührte, nur sie nicht.

Heute war sie schlauer. Dennoch hatte sie nach dem Ende der Serie eigentlich nie mehr an die Gargoyles gedacht, oder höchstens flüchtig, wenn sie am Chrysler Building hinaufsah oder eine richtig alte Bibliothek entdeckte. Ihr war gar nicht der Gedanke gekommen, dass neben Vampiren und Drachen auch Gargoyles real existieren könnten.

Man lernt jeden Tag dazu, sagte nun ihre innere Stimme, triefend vor Sarkasmus.

Und ich werde heute Nacht sterben, folgte als Nächstes. Es war einer dieser pudrig leichten Gedanken, die doch eine glühende Spur im Verstand hinterließen. Was für eine absurde Schicksalswendung! Sie hatte sich aufgemacht, um Schmuggelware von bösen Jungs zu vernichten, die eindeutig in die Kategorie Ü.M. – Üble Mistkerle – fielen, die Soldaten im Sudan und im Kongo mit Waffen belieferten, mit denen dann Frauen und Kinder getötet wurden. Und jetzt war sie im Begriff, von etwas zerstört zu werden, was nichts mit alldem zu tun hatte.

Das Lagerhaus der Ü.M. hatte dummerweise direkt gegenüber von einem Gebäude gestanden, das offenbar von einer *Rotte* von Gargoyles bewohnt wurde. Und anscheinend gefiel ihnen nicht, dass Rhiannon sie gesehen hatte. Deshalb waren sie nun hinter ihr her, um sie zum Schweigen zu bringen. Das fasste die Sache wohl ungefähr zusammen. Für eine ausführlichere Analyse war jetzt keine Zeit.

Jedenfalls hatte Rhiannon zunächst so viel wie möglich in dem Lagerhaus zerstört, ehe sie auf der Flucht vor drei Gargoyles nach draußen gelaufen war, wo es zu einem riesigen Durcheinander kam, zu einem Kampf, im Zuge dessen sie Männer abwehrte, deren Gliedmaßen sich unter ihren Tritten und Hieben wie Fels anfühlten und die sich nicht im Mindesten von ihren telekinetischen Fähigkeiten bremsen ließen, es sei denn, sie ließ richtig große Objekte auf sie zufliegen. Sie waren immun gegen die Blitze und das Feuer, mit denen Rhiannon sie bewarf, und als sie ganz banal auf die Kerle schoss, machte es ihnen schlichtweg nichts aus.

Es war eine wahnwitzige, unkontrollierte und entsetzlich laute Schlacht gewesen, in der Rhiannon die Maske heruntergerissen wurde, sodass sie am Ende, um ihre Spuren zu verwischen, das Lagerhaus in Brand gesetzt hatte und zur Flucht gezwungen gewesen war. Plötzlich war sie im Schutz der Nacht um ihr Leben gerannt, inständig hoffend, dass keiner der Schaulustigen in der Nähe des Lagerhauses sie richtig gesehen oder mit einem Smartphone aufgenommen hatte.

Sie war ja die Einzige, die man gesehen haben könnte.

Die Gargoyles waren ihr, über die Stadt fliegend, gefolgt.

Und jetzt waren sie hier.

Rhiannon schlich ein Stück tiefer in die Gasse hinein und sah hinauf zu dem schmalen Streifen Himmel zwischen den hohen Häusern links und rechts. Einige blasse Sterne linsten durch den Staub und die Abgase über der Stadt, und weit weg blinkte ein Flugzeug in der Dunkelheit. Ansonsten waren weder Lichter noch Bewegungen zu erkennen.

Das Flügelschlagen hatte aufgehört ... und Rhiannon hielt den Atem an.

»Sie muss ganz in der Nähe sein.«

»Ich fühle nichts.«

Rhiannons Augen weiteten sich, als sie die Stimmen vernahm. Sie waren also oben auf dem Gebäude, fünfzehn oder zwanzig Stockwerke über ihr, und suchten nach ihr. Noch nie war sie so froh gewesen, ganz dunkel gekleidet zu sein.

»Ich konnte sie markieren, bevor sie entkam. Deshalb fühle ich sie ... irgendwo hier ...« Die Stimme klang jung.

»Hoffentlich hast du recht. Sie hat uns gesehen und darf nicht entkommen.« Die zweite Stimme war eindeutig älter.

Denk nach, verdammt! Rhiannon biss die Zähne zusammen, als sie spürte, wie das ätzende Gift durch ihre linke Hüfte und in ihren Bauch schoss. Es fühlte sich wie kaltes Feuer an, ähnlich Trockeneis, das die Nerven in ihrem Unterleib durchzuckte.

Er hat mich markiert. Mich gezeichnet ... Sie blickte hinab zu den Krallenschnitten und begriff. Er verfolgte sie mithilfe der Wunde, was bedeutete, dass Rhiannon sie heilen musste. Und wenn es das Letzte war, was sie tat, blieb es ihre einzige Chance. Hier wäre sie vorerst gut versteckt, und solange sie sich nicht rührte, keinen Mucks machte, würde er sie nicht mehr fühlen können und weiterziehen.

Und dann würde sie überleben.

»Hier lang«, sagte die erste Stimme.

Der Nachtwind wehte ferne Schrittgeräusche herbei.

»Sie ist eine gute Ergänzung für die Rotte«, sagte die zweite Stimme. »Es ist lange her, dass wir frisches Blut hereinbekamen.«

Jetzt oder nie. Rhiannon streifte ihren linken Handschuh ab, legte die Hand neben die blutende Wunde an ihrem Oberschenkel und bedeckte sie mit dem Handschuh, um das Licht ihrer Magie abzuschirmen.

Dann schloss sie die Augen. Sie stellte sich ihr Bein wieder vollständig geheilt vor, die Haut unversehrt, das Blut rein und frei von Gift und unerwünschter Magie. Sie malte sich aus, dass sie nicht mehr schwitzte vor Schmerz, dass ihr Herz langsamer schlug und ihre Lunge nicht mehr wehtat.

Und ihr Körper begann zu heilen. Sie fühlte, wie sich die Haut schloss, der Druck in ihrem Kopf nachließ, wie sich ihre Lunge langsam wieder weitete und ihr Herz in einen ruhigen, gleichmäßigen Rhythmus verfiel. Es war herrlich. In einem E-Book von einem ihrer Lieblingsautoren hatte sie mal gelesen, dass es keine größere Wonne gäbe als das Nachlassen von Schmerz.

Wie wahr!

Rhiannon wagte auszuatmen, was eine Wohltat war, und öffnete die Augen, um wieder nach oben zu sehen. Die Schritte waren verstummt, und außer den Dachkanten war oben nichts zu sehen.

Sie wartete.

Wieder einmal ertappte sie sich dabei, dass sie den Atem

anhielt. Was, wenn es nicht funktioniert hatte? Was war, wenn die sie trotzdem sahen?

»Was ist los?«, fragte die zweite Stimme.

»Weiß ich nicht. Ich kann sie nicht mehr fühlen.«

»Vielleicht hast du sie nicht so gut markiert, wie du dachtest.«

Es folgte ein verärgertes Seufzen, eine Pause, und dann sagte die zweite Stimme: »Das ist nicht gut. Wenn sie von uns erzählt …«

»Wird man sie für verrückt halten«, sagte die erste Stimme rasch. »Vertrau mir, keiner würde ihr glauben. Und wenn sie trotzdem reden will, finden wir sie, was sie sicher weiß. Nein, ich bezweifle, dass sie es riskieren wird, gefunden zu werden.«

Wieder trat eine Pause ein, und Rhiannon hielt weiter den Atem an. Schließlich sagte die zweite Stimme: »Wahrscheinlich hast du recht. Die Menschen glauben nichts, was sich den Gesetzen der Logik widersetzt, es sei denn, es hat mit Religion zu tun.« Die Schritte bewegten sich etwas weiter von ihr weg. »Ist aber ein Jammer. Sie war etwas Besonderes.«

Mächtige Flügel peitschten die Luft, und Rhiannon zuckte ein klein wenig zusammen. Dem ersten Flügelschlagen gesellte sich ein zweites hinzu. Rhiannon wartete, regungslos lauschend, während die riesigen Schwingen die Gargoyles weiter und weiter von dem Dach über ihr forttrugen.

Ganz langsam, als könnte jeden Moment wieder etwas schiefgehen, stand Rhiannon auf, stieß sich von der Mauer ab und trat aus dem Schatten.

Nachdem sie sich einen Augenblick gegönnt hatte, um

sich zu fangen und zu konzentrieren, zog sie ihren anderen Handschuh aus und steckte beide in die Tasche ihrer Burberry-Lederjacke. Ohne nachzudenken, verfiel sie in ihre Routine, während sie in Gedanken die Ereignisse der Nacht auf der Suche nach den Gefahrenpunkten durchging. Sie musste alles herausfiltern, was sie in Schwierigkeiten bringen könnte. Oder Mr. Verdigri.

Währenddessen kämmte sie sich mit den Fingern durchs Haar, trug Parfüm auf und öffnete ihre Jacke, unter der mal wieder ein teures Top und eine edle Kette zum Vorschein kamen. Dann blickte Rhiannon hinunter zu dem großen Blutfleck und den Rissen in ihrer Jeans.

Gegen die konnte sie jetzt nichts tun, und leider waren sie sehr verräterisch. Jeder würde sich fragen, woher der Fleck und die Risse stammten. Sie würde auffallen, was wiederum bedeutete, dass man sich an sie erinnern würde. Und wenn die Nachricht von dem niedergebrannten Waffenlager erst in die Schlagzeilen kam, würde man an sie denken.

Sie holte ihr Handy aus einer ihrer Jackentaschen. Auch wenn sie es höchst ungern tat, weil es einem Eingeständnis ihres Versagens gleichkam, war es manchmal nicht zu vermeiden. Sie hatte eben versagt. So spielte das Leben.

Rhiannon wählte Mr. Verdigris Nummer und wartete, dass er abnahm, was er gleich nach dem ersten Klingeln tat. Und ehe sie ein Wort sagen konnte, fragte er: »Rhiannon, geht es Ihnen gut?«

Sie blinzelte verwirrt. »Ja«, antwortete sie. Immerhin konnte sie so viel von sich sagen.

»Wo sind Sie?«

»An der Ecke Dritte und Dreiunddreißigste.«

»Ich schicke Frank hin. Bleiben Sie, wo Sie sind, und sorgen Sie dafür, dass keiner Sie sieht.«

Hiermit legte er auf, und Rhiannon steckte ihr Telefon wieder ein. Danach wartete sie. Und während sie wartete, dachte sie an die Gebäude, an denen sie in ihrer Zeit in New York schon vorbeigekommen war. Es gab eines, unweit von ihr, das sie stets wegen seiner besonderen Wasserspeier bewundert hatte.

Nun fragte sie sich unweigerlich, ob die steinernen Figuren des Bedford Hotels mit ihren verzerrten Gesichtern, Flügeln, Klauen und Fängen nicht lebensechter waren, als sie bisher geglaubt hatte. Waren jene gemeißelten Figuren und die Kreaturen, mit denen sie es gerade hatte aufnehmen müssen, irgendwie verwandt?

Nicht dass es von Bedeutung gewesen wäre.

Heute Nacht war alles derart außer Kontrolle geraten, dass sie nun in mächtigen Schwierigkeiten steckte und einiges aufzuräumen hatte.

Rhiannon blickte auf, als ein Paar Scheinwerfer an der Mündung der Gasse vorbeihuschte. Gleich darauf hörte sie Reifen auf den Bordstein rollen. Das war ihr Zeichen. Sie floh aus der Gasse und rannte auf die Limousine zu. Frank hatte bereits die hintere Tür für sie geöffnet. Er sah zu ihrem Bein und warf ihr einen bedeutungsvollen Blick zu, ehe er hinter ihr die Tür schloss.

Eines nach dem anderen. Sie musste zu ihrem Boss und herausfinden, wie viel oder ob überhaupt etwas von ihrem misslungenen Einsatz aufgezeichnet worden war. Und dann sollten sie so viel wie möglich über Gargoyles in Erfahrung bringen – und wie man die Biester mied.

8

»Ich hätte Sie gestern Abend nicht losschicken dürfen.«

Mr. Verdigri blickte nachdenklich und mit sichtlichem Bedauern in die Ferne.

Rhiannon lehnte sich an dem kleinen runden Tisch im Tropenhaus ein Stück vor. »Wie kommen Sie darauf? Sie hatten doch keine Ahnung, dass das passieren würde. Bis letzte Nacht wussten wir nicht einmal, dass es Gargoyles gibt!«

Kopfschüttelnd sah er sie an. »Aber ich wusste, dass etwas passieren würde, Rhiannon«, sagte er leise. »Ich wusste es, weil gestern der Tag war …« Weiter sprach er nicht, sondern wandte plötzlich das Gesicht ab, merklich gequält. Rhiannon begriff sofort, dass er nicht mehr sagen konnte, weil er fürchtete, die Fassung zu verlieren. Er hatte Angst, dass er zusammenbrechen und losweinen könnte.

Gestern war der Tag … Rhiannon überlegte und versuchte, eins und eins zusammenzuzählen. *Gestern war der Tag* …

Dann hatte sie es. *O mein Gott!* Sie kam sich wie ein Vollidiot vor. Gestern hatte sich der Tag, nein, vielmehr die Nacht gejährt, in der Verdigris Tochter von dem Mann entführt wurde, der sie vergewaltigte und umbrachte.

Entsprechend war der gestrige Tag für ihn mit diesem Trauma verbunden. Eigentlich war es jeder Tag, denn es verging kein Moment, in dem er nicht an sein kleines Mädchen und das Entsetzliche dachte, das ihr widerfuhr. Doch an dem Tag war es so viel schlimmer.

Und Rhiannon war gar nicht darauf gekommen.

Sie war wirklich in ihrer eigenen kleinen Welt gekreist, abgelenkt von ihrem Traum, den Geschehnissen beim Maskenball und der darauffolgenden Nacht; abgelenkt von dem Fremden in Schwarz mit den unglaublich blauen Augen.

»Mr. Verdigri«, sagte sie nun und wählte ihr Worte mit Bedacht, als sie eine Hand auf seinen Arm legte und ihn sanft drückte. »In jedem Moment, den wir tatenlos warten, wird ein Unschuldiger verletzt. Aufstehen, kämpfen und das Richtige tun, das ist es, was Ihre Tochter gewollt hätte. Und nicht bloß *sogar* an dem Tag, sondern insbesondere an dem.«

Sie wartete.

Langsam wandte er sich ihr wieder zu, sah sie an und begann zögerlich zu lächeln. Dann nickte er und tätschelte ihre Hand. »Sie sind ein gutes Geschöpf, Miss Dante.«

Er wechselte in der Anrede häufig zwischen ihrem Vor- und ihrem Nachnamen, und gewöhnlich war das ein Indiz für einen Stimmungswechsel. Was er nun bewies, indem er tief einatmete, sich gerade hinsetzte und sich einigen Akten auf dem Tisch zuwandte, von denen er die oberste aufnahm und öffnete.

»Sehen wir mal, was meine Männer über Ihre Gargoyles herausfinden konnten.« Er blätterte in der ersten Akte, während Rhiannon sich die nächste nahm und sie durchging.

»Soweit ich sehe, scheint alles meinen Eindruck zu bestätigen«, stellte sie fest. »Sie schotten sich vollständig ab, bis hin zur Xenophobie. Und sie sind fast ausschließlich männlich – ich habe keine weiblichen gesehen, was allerdings auch heißen könnte, dass die weiblichen Wesen anderswo waren oder nicht kämpfen. Sie bewohnen alte Gebäude, vorzugsweise solche mit Wasserspeiern. Und sie sind so ziemlich gegen alles immun, was man sich denken kann.«

»Sie haben alles ausprobiert, nicht wahr?«

»Große, schwere Objekte konnten ihnen ein bisschen was anhaben, so wie Stein eben beschädigt wird, wenn etwas Schweres dagegenknallt. Aber ansonsten schien sie nichts aufzuhalten. Auf einen habe ich sogar geschossen.« Sie schüttelte den Kopf. »*Nichts.*«

»Das entspricht dem, was hier steht. Anscheinend sind sie so gut wie unsterblich. Sie leben noch länger als Vampire.«

»Tja.« Rhiannon tippte sich mit dem Finger an die Lippen und dachte an die Farbe der Gargoyles, als sie in die Luft aufstiegen. »Das würde einleuchten, wenn sie tatsächlich aus Stein sind. Nur weniges überdauert länger als Stein.«

»Faszinierend«, sagte Mr. Verdigri, was Rhiannon immer an Spock aus *Star Trek* erinnerte.

»Sie wirken menschlich, wenn sie sich von einem Gebäude gelöst haben. Oder zumindest wollten sie das letzte Nacht.« Sie lehnte sich zurück und ging die Ereignisse Schritt für Schritt durch. »Ich kam gegen ein Uhr nachts bei dem Lagerhaus an, und es war niemand dort. Aber ich habe etwas auf der gegenüberliegenden Straßenseite gehört, dachte allerdings, jemand würde ein Fenster öffnen.«

Natürlich durfte Rhiannon niemals bei einem ihrer Einsätze gesehen werden, deshalb hatte sie sich gleich in den Schatten gedrückt und hinübergesehen. Sie rechnete damit, dass jemand den Kopf zu einem der Fenster des sehr alten renovierten Wohnhauses herausstreckte, das aus den Zwanzigern des vorigen Jahrhunderts stammen musste. »Doch da hatte keiner ein Fenster geöffnet. Stattdessen …« Bei der Erinnerung an das Bild fröstelte sie. »Stattdessen landeten zwei Männer auf dem Dach. Im Mondlicht konnte ich ihre Umrisse deutlich erkennen. Sie hatten riesige Flügel.«

»Hm. Eine der Legenden in diesen Akten besagt, dass sie jeden Teil ihres Körpers nach Wunsch verändern und auch zwischen Fleisch und Stein wechseln können, wenn sie es für angebracht halten.«

»Ah, das würde erklären, warum es so gemein wehtat, als mich einer von ihnen schlug. Es fühlte sich wirklich an wie ein Hieb mit einem schweren Stein.« Weil es das gewesen war.

Kopfschüttelnd fuhr sie fort: »Ich muss irgendein Geräusch gemacht haben, auch wenn ich mich nicht daran erinnere. Jedenfalls drehten sie sich um, und ihre Augen waren wie rote Suchscheinwerfer. Auf einmal waren vier rote Laser direkt auf mich gerichtet. Es war klar, dass sie mich gesehen hatten, und irgendwie ahnte ich, dass das nicht gut war.«

»Also sind Sie weggerannt.«

»Nein, nicht gleich. Ich bin in das Lagerhaus, weil ich hoffte, dass ich vielleicht doch nicht entdeckt worden war. Aber als ich anfing, mittels Telekinese so viel wie möglich zu zerstören, bekam ich so ein komisches Gefühl. Als würde ich beobachtet.«

Verdigri stieß einen Laut aus, teils besorgt, teils anerkennend.

»Ich blieb stehen, drehte mich um und sah drei Männer auf der anderen Seite der Lagerhalle. Die standen da einfach nur an der Wand.« Es war seltsam gewesen, wie stocksteif – oder vielmehr versteinert – die drei dort gestanden hatten, während Rhiannon Sachen durch die Luft schleuderte wie ein Tornado. Sie hatte verwirrt innegehalten.

»Dann sind Sie weggelaufen.«

Sie nickte. »Ich bin auf demselben Weg wieder raus, auf dem ich auch reingekommen war.« Die Gargoyles hatten die Tür offen gelassen, sodass der Lärm, den Rhiannon drinnen veranstaltet hatte, bis auf die Straße gedrungen war. Sie wusste sofort, dass sie wahrscheinlich Aufmerksamkeit erregt hatte, doch das war ihre geringere Sorge gewesen. Sie wollte vor allem weg von diesen verstörenden Männern.

Sie rannte hinaus auf die Straße, und in dem Moment verwandelte sich das Gebäude gegenüber vor ihren Augen. Rhiannon war vor Schreck erstarrt, als sich lauter Gestalten von den Mauern lösten. Sie wurden größer, nahmen lebendige, menschliche Formen an. *Mehr* Männer.

Es war unmöglich gewesen, so schnell zu rennen, dass sie ihnen allen entkam, und es war ein Kampf ausgebrochen, in dem die Männer aus dem Lagerhaus und die von gegenüber sie umzingelten und ihr die Maske herunterrissen. Rhiannon konnte es nicht leiden, demaskiert zu werden, und noch viel weniger konnte sie es ausstehen, in die Enge getrieben zu sein.

Trotz der Zuschauer war sie auf diese Kreaturen losgegangen, hatte Blitze auf sie niedergejagt und mit allem geworfen, was sich anbot: mit Kisten, Mülleimern und Autos, während sie zutrat und -schlug, wo immer sie konnte. In ihrer Verzweiflung hatte sie schließlich ihre Waffe gezogen und direkt auf einen der Kerle gefeuert. Die Kugel prallte von ihm ab wie von einer Wand und verschwand. Rhiannon hatte es noch einmal versucht, und das Resultat war dasselbe gewesen.

Da wurde ihr klar, dass sie diesen Kampf nicht gewinnen konnte. Die größeren und kräftezehrenderen telekinetischen Angriffe hatten ihre Angreifer zwar ein wenig bremsen können, doch es waren zu viele, und Rhiannons Kraft war begrenzt. Ihr Entkommen hatte Vorrang.

Rückblickend betrachtet, musste sie zugeben, dass diese Gargoyles sie weit übler hätten zurichten können. Tatsächlich schien es, als hätten sie lediglich mit ihr gespielt oder versucht, sie müde zu machen. Trotzdem war sie blau und grün geschlagen, blutend und verängstigt aus der Schlacht hervorgegangen. Zudem hatte der Krach immer mehr Leute aus ihren Häusern gelockt, und irgendwann erkannte Rhiannon, dass sie das Lagerhaus hinter sich in Brand stecken musste, um mögliche Spuren zu vernichten, die auf sie hindeuteten. Sobald sie die Gelegenheit dazu hatte, ließ sie einen Blitz an einer Stelle einschlagen, von der sie sicher war, dass sie sich entzünden würde, und dann rannte sie los, hinaus in die Nacht.

Daraufhin waren ihren Verfolgern Flügel gewachsen, und sie flogen ihr nach. So war Rhiannon gezwungen gewesen, sich im Schatten zu halten und durch schmale Gassen zu fliehen. Aber letztlich war sie entkommen.

»Tja, da wir jetzt wissen, womit wir es zu tun haben und dass es eines Bulldozers bedarf, um diese Kreaturen loszuwerden, sollten wir unser Bestes tun, sie künftig zu meiden.«

»Meinen Sie, ich sollte einen Riesenumweg um Häuser machen, in deren Fassaden Gesichter gemeißelt sind?«

»Um jedes Einzelne von ihnen, Rhiannon«, erwiderte ihr Boss und wurde sehr ernst. »Oder hatten Sie gedacht, ich hätte die Stelle in den Akten überlesen, an der es heißt, dass Gargoyles nie weibliche Nachfahren gebären?«

Rhiannon musste schlucken und senkte den Blick. Ja, sie hatte gehofft, dass er es übersehen hätte.

»Sie pflanzen sich fort, indem sie weibliche Menschen in Gargoyles verwandeln«, fuhr er fort. »Und das können sie nur, wenn eine Frau sie bemerkt. Das allein weist die Betreffende offenbar als etwas Besonderes aus. Demnach dürfte es gewöhnlichen Menschen unmöglich sein, diese Wesen zu sehen. Für sie existieren die Gargoyles nicht. Sie hingegen haben sie gesehen, und die haben gesehen, dass sie gesehen wurden.«

Rhiannon musste unweigerlich grinsen, obwohl sich ihr Magen verkrampfte. »Ich weiß, was Sie denken.«

»Sie müssen einzigartiger sein, als Ihnen bewusst ist, Miss Dante.«

Rhiannon schwieg. Es war bereits ziemlich offensichtlich, dass sie besonders war. Sie war eine bescheuerte Superheldin. Dennoch hatte sie sich selbst immer irgendwie als Menschen gesehen, denn alles andere war ihr schlechterdings zu unheimlich.

Außerdem sagte sie nichts, weil sie nicht glauben wollte, was er andeutete.

»Und sie haben Sie gezeichnet«, fuhr er fort und sprach damit aus, was sie am liebsten nicht mal denken wollte.

Er nahm seinen Eistee, trank einen kräftigen Schluck und stellte das Glas wieder hin. »Sie täten gewiss gut daran, nicht selbstverständlich davon auszugehen, dass sie die Suche nach Ihnen aufgeben. Ich bezweifle nämlich, dass diese Geschichte vorbei ist. Das dürfte sie noch lange nicht sein.«

Wieder einmal sagte Rhiannon nichts, denn sie hätte ihm höchstens zustimmen können. Deshalb hatte sie sich ja die Mühe gemacht, eine Wohnung in einem anderen Teil der Stadt zu mieten. Sollte jemand hinter ihr her sein, wollte sie nicht, dass derjenige oder diejenigen auch nur in Verdigris Nähe kamen.

Er mochte es mit einigen bösen Jungs aufnehmen können, und die Sicherheitsvorkehrungen in dem Apartmenthaus waren ausgezeichnet – von den Wachen, die überall ungesehen, aber tödlich im Einsatz waren, ganz zu schweigen. Doch jetzt waren Gargoyles hinter ihr her, da sollte sie sich lieber nicht auf den Schutz hier verlassen. Es war höchste Zeit, dass sie die Aufmerksamkeit von Verdigri, seinem Zuhause und seinen Schmetterlingen ablenkte.

»Sind letzte Nacht irgendwelche Informationen durchgesickert?«

»Nicht dass wir wüssten. Wie wir feststellen konnten, wurden vierzehn Leute von dem Lärm geweckt, und sechs weitere waren um die Zeit schon auf und draußen unterwegs. Immerhin sind wir in Manhattan. Doch wir konnten keine Handyaufzeichnungen finden, und bisher ist online nichts aufgetaucht. Wir sind zuversichtlich, dass nichts Belastendes gegen Sie gefunden wurde.«

»In dem Lagerhaus gab es Kameras«, sagte sie, »aber die habe ich gleich bei meiner Ankunft ausgeschaltet. Ich mache mir eher Sorgen wegen der Schaulustigen.«

Verdigri nickte, als wäre damit alles gesagt, und atmete erschöpft durch.

»Sie brauchen Schlaf«, sagte sie und stand auf. »Ich komme morgen Nachmittag wieder.«

Verdigri sah sie an, und ihr war, als könnten seine grünen Augen bis in ihre Seele blicken. »Ach ja, Sie fahren jetzt zu Ihrer neuen Wohnung.«

Rhiannon stutzte, tat aber ihr Bestes, um nicht so überrascht auszusehen, wie sie war. Schließlich wusste sie doch, dass Mr. Verdigri seine Quellen hatte.

»Mir entgeht nur wenig, Miss Dante«, sagte er mit einem leisen Lachen. »Gewiss macht es Ihnen nichts aus, dass ich einige meiner vertrauenswürdigsten Mitarbeiter abgestellt habe, damit diese auf Sie aufpassen. Und natürlich wartet Frank unten, um Sie zu fahren.«

Jetzt musste Rhiannon grinsen. »Ich wette, Sie kennen sogar meinen Blutdruck.«

»Nein«, erwiderte er. »Sie sind ja zu trotzig, um ihn regelmäßig messen zu lassen. Andernfalls würde ich ihn natürlich kennen.«

9

Rhiannon rutschte beinahe in einer Pfütze auf ihrem Badezimmerfußboden aus, als sie versuchte, schnell zum Telefon zu gelangen. Sie stieß die Tür auf und schlitterte durch die Diele ins Wohnzimmer, wo sie das Handy aus einer Schale nahm, in die sie es normalerweise zusammen mit dem Wohnungsschlüssel und dem Lippenbalsam warf. Atemlos und tropfend sah sie nach, wer der Anrufer war.

Auf dem Display stand »Alex«. Rhiannon wollte sofort auf den grünen »Annehmen«-Balken tippen, doch es funktionierte nicht. Der Teppichboden unter ihr wurde schon nass von dem Wasser, das an ihr hinabrann. Sie versuchte noch einmal, über den Display-Balken zu wischen, bevor sie begriff, dass ihr Finger zu nass war.

Leise fluchend trocknete sie sich die Finger an einem Zipfel des Handtuchs ab, aber da endete das Klingeln schon.

Rhiannon fluchte lauter und umklammerte das Telefon wütend. Dann begann es wieder zu läuten, und diesmal konnte sie sich gleich melden.

»Miss Dante, geht es Ihnen gut?«, fragte eine sehr ernste Stimme. Alex, oder Alexander, wie Mr. Verdigri ihn nannte, war einer von Verdigris besten Bodyguards: ein Kleiderschrank von einem übermenschlichen Ex-Navy-Seal, den Rhiannon noch niemals hatte lächeln sehen. Aber sie verstand sich wortlos mit ihm, was wohl einzig ihren eigenen übermenschlichen Fähigkeiten zu verdanken war. Wahrscheinlich schätzten Navy Seals Frauen, die auf sich selbst aufpassen konnten.

Was Alex natürlich nicht davon abhielt, seinen Job zu machen. Sie war seit drei Tagen in dem Apartment, und er bewachte sie schon die ganze Zeit.

»Mir geht es gut. Ich bin nur … im Augenblick nicht so recht vorzeigbar.«

Alex stockte. Sicher überlegte er und kombinierte dann anscheinend von selbst, dass sie gerade geduscht hatte. »Sie bekommen gleich Gesellschaft. In diesem Moment überquert ein NYPD-Officer die Straße zu Ihrem Haus, und er ist in einem Zivilfahrzeug hier.«

Schlagartig bekam Rhiannon Angst. Es war zwecklos, Alex zu fragen, woher er wusste, dass der Mann ein Cop war. »Wie kommen Sie darauf, dass er zu mir will?«, fragte sie. In dem Haus gab es einunddreißig Wohnungen.

»Das sehe ich.«

Rhiannon kniff die Augen zu und fuhr sich mit der Hand durchs Haar, ohne zu bedenken, dass es klatschnass war. Prompt verhedderten sich ihre Finger darin, und sie hatte einige Mühe, sie aus dem Knotenchaos zu befreien. Hastig dankte sie Alex für die Warnung und legte auf.

Dann lief sie ins Schlafzimmer. Sie hatte es eben geschafft, in eine Jeans und ein T-Shirt zu schlüpfen, und war dabei, sich ein Handtuch um das Haar zu wickeln, als an die Tür geklopft wurde. Es war ein festes, aber höfliches Klopfen … sofern man das von einem Klopfen sagen konnte.

Rhiannon wurde sagenhaft wütend. Sie hatte sich weder eincremen noch richtig anziehen können, geschweige denn richtig abtrocknen; und sie hasste es, mitten beim Duschen gestört zu werden. Sie wusste nicht einmal mehr, ob sie die Spülung schon aus ihrem Haar herausgewaschen hatte; dem Seifengeruch nach zu urteilen, hatte sie zumindest nicht alles rausgespült. Wer immer dieser Cop vor ihrer Tür war, er würde einiges zu hören bekommen!

Rhiannon ging wütend zur Wohnungstür und riss sie weit auf.

Sie wollte schon sehr barsch »Was?« fragen, als sie erstarrte, ihr der Atem stockte und die Welt um sie herum kreischend zum Stehen kam.

Blaue Augen …

»Miss Dante?«, fragte der Mann mit dieser tiefen, melodischen, sinnlichen und vor allem allzu vertrauten Stimme. »Entschuldigen Sie die Störung.« Sein Blick schoss zu dem Handtuch auf ihrem Kopf und dann zu ihrem T-Shirt, wo sich ihre Brustwarzen unter dem dünnen Stoff so hart aufrichteten, dass es scheuerte. »Sie sind offensichtlich beschäftigt.« Er zog die Dienstmarke unter seiner Lederjacke hervor und hielt sie ihr hin. »Ich kann ein anderes Mal wiederkommen, wenn Sie wollen.«

Rhiannon antwortete nicht, weil sie nicht *konnte.* Das war *er!*

Er war es, der Mann aus ihrem Traum.

Und auch der Fremde in Schwarz vom Maskenball.

Der Schock war so überwältigend, dass Rhiannon sich fragte, ob sie vielleicht doch im Bad ausgerutscht war und gerade bewusstlos auf dem Boden lag. Benommen hörte sie sich antworten: »Ja, die bin ich. Und, nein, ist schon gut.«

Aber das ist es nicht!, schalt sie sich. *Du bist nur halb angezogen, du bist klatschnass, und du kriegst keinen einzigen klaren Gedanken zusammen!* Doch momentan hatte sie jedwede Kontrolle über ihre Motorik verloren. Es war, als wäre sie wieder auf jener Tanzfläche, wo sie zuließ, dass ein Fremder sie führte.

»Ich bin Detective Michael Salvatore vom NYPD«, stellte er sich mit diesem strahlend weißen Killerlächeln vor und steckte die Dienstmarke wieder ein. »Und ich hatte mich gefragt, ob Sie vielleicht Zeit haben, mir ein paar Fragen zu beantworten.«

Rhiannons Verstand hatte sich quasi in zwei Hälften geteilt, als sie die Tür öffnete: der vernünftige, reife und ein bisschen stolze Teil ihres Hirns schrie sie an, zur Besinnung zu kommen, eine strenge Miene aufzusetzen und mit dem klarzukommen, was auch immer jetzt geschehen mochte. Der andere Teil steckte knietief im Traumland, verglich den Mann vor ihr mit dem, den sie im Schlaf gesehen hatte, wie er verwundet, wunderschön und mit einem Schwert in der Hand am Rande einer Klippe stand. Dieselbe Hälfte ihres Gehirns war parallel auch auf der Tanzfläche, erinnerte sich an seine Hand auf ihrem Rücken, an seine geschmeidigen Bewegungen, seinen festen Leib an ihrem und daran, wie sein Atem stockte, als sie Blitze aus dem Himmel schießen ließ.

Zum Glück hatte die eine Hälfte ihres Verstandes noch ein wenig Kontrolle über die andere und zwang sie, rational zu denken.

Und die Vernunft sagte ihr, dass der Mann vor ihr ein Police Officer war und daher ein Feind, was sie und ihre Tätigkeit betraf.

»Wozu?«, fragte sie, als wollte sie ihn herausfordern. Sie

war ja nicht umsonst ein Rotschopf. Und ihm entging sicher nicht, dass sie ihn bisher nicht hereingebeten hatte – Dienstmarke hin oder her.

Seine blauen Augen blitzten auf, und Schmetterlinge – vermutlich Schwalbenschwänze – schwirrten durch Rhiannons Bauch.

Sein Blick war warnend, streng und unerbittlich. Sie spielte mit blauem Feuer, dem heißesten von allen.

»Leider gab es vor wenigen Tagen einen Zwischenfall in Downtown, und ein Augenzeuge hat alles mit seinem Handy aufgenommen.« Er verstummte, damit sie seine Worte sacken lassen konnte.

Was sie auch tat. Sie sanken so tief ein, dass Rhiannon das Gefühl bekam, sie würde mit ihnen in die Knie gehen.

Das war's, dachte sie. *O mein Gott, das war's. Sie haben mich erwischt, und jetzt ist alles vorbei!*

»Miss Dante, dürfte ich vielleicht reinkommen? Ich habe einige Fragen an Sie, und ich schätze mal, Sie möchten nicht, dass ich meine Ermittlungen vor Ihrer Tür weiterführe.« Er zeigte hinter sich zu dem Vorgarten, wo schon einer ihrer Nachbarn, der gerade seinen Hund spazieren führte, neugierig stehen blieb.

Dennoch zögerte Rhiannon, weil sie das Gefühl hatte, wenn sie ihn erst über die Schwelle ließ, gäbe es kein Zurück mehr.

Detective Salvatore lehnte sich ein wenig vor. »Miss Dante, lassen Sie es mich klar ausdrücken. Ich fürchte, die Frau auf dem Video hat große Ähnlichkeit mit Ihnen.«

Rhiannon merkte, dass sie sehr blass wurde. So wie er es sagte, stand es praktisch schon fest. Die Bildtechnik heute war oft sehr gut.

Jemand hatte sie gefilmt.

Ihr schlimmster Albtraum war wahr geworden.

Sie fühlte sich, als würde sie durch Wasser waten und sich selbst von oben sehen, wie sie beiseitetrat und den Detective in ihre Wohnung ließ. Sie schloss die Tür hinter ihm, und das Geräusch hallte durch ihren Kopf.

»Am Schauplatz eines Brandes wurde eine Patronenhülse gefunden. Besitzen Sie zufällig einen Colt 1911, Miss Dante?« Detective Salvatore ging in ihr Wohnzimmer und blickte sich verstohlen um. Rhiannon spürte, wie er alles aufnahm, jedes noch so winzige Detail. Ohne Zweifel bemerkte er, dass alles sauber und ordentlich und der Teppichboden neu war. Die Wohnung schrie förmlich »neue Mieterin«, folglich dürfte ihm klar sein, dass sie erst seit wenigen Tagen hier wohnte. Und sie fragte sich, ob er das für wichtig hielt.

Ihr Körper antwortete für sie, indem ihr Mund Worte produzierte, die ihr Verstand nicht schnell genug lieferte: »Ja, besitze ich. Aber das tun eine Menge Leute. Es ist die zweitbeliebteste Waffe in den USA.«

Detective Salvatore drehte sich zu ihr um und fixierte sie mit seinen blauen Augen, sodass Rhiannon sich nicht mehr rühren konnte.

Sie wurde rot. Sein Lächeln sagte tausend Dinge gleichzeitig, unter anderem, dass er klug war und ihre Worte sofort als einstudiert erkannte. Er wusste, dass sie diese Waffe wahrscheinlich aus genau dem Grund gewählt hatte. Und er wusste auch, dass sie sich Sorgen machte.

Außerdem deutete sein Lächeln alle möglichen heißen, unaussprechlichen Sachen an, die schlicht undenkbar waren, weil er ein Cop war und sie eine Verdächtige.

»Ich nehme an, Sie haben einen Waffenschein.«

»Selbstverständlich.«

Er nickte. »Miss Dante«, sagte er, legte nachdenklich eine Hand an sein Kinn und kam so nahe, dass Rhiannon das Leder seiner Jacke und das Aftershave riechen konnte, das er morgens benutzt hatte. Er duftete ein wenig nach Sandelholz, und ihr wurde schwindelig davon. »Können Sie mir sagen, wo Sie Donnerstagnacht gegen ein Uhr waren?«

Auf diese Frage war Rhiannon vorbereitet. Man machte keine Arbeit wie ihre, ohne sich routinemäßig Alibis zu verschaffen.

»Ich war bei meinem Freund«, sagte sie und reckte das Kinn. »Wir waren im Kino und haben den neuen Avengers-Film gesehen.«

Der Detective zog eine Braue hoch, und seine Augen blitzten. »Ach ja?«, fragte er leise und eindeutig ungläubig. »Dann müsste ich natürlich noch mit ihm sprechen und bei dem Kino nachfragen, in dem Sie waren, um Ihr Alibi zu bestätigen.«

»Sicher.« Rhiannon ging zum Küchentresen, wo ein Schreibblock lag und ein Becher mit Stiften stand. Sie schrieb zwei Telefonnummern auf, riss das oberste Blatt ab und reichte es Salvatore.

Als der Detective es nahm, streiften seine Fingerspitzen Rhiannons, und sie fühlte sich wie elektrisiert, doch sie zwang sich, es nicht zu beachten.

»Danke«, sagte er. »Macht es Ihnen etwas aus, wenn ich mir Ihre Waffe ansehe, wo ich schon mal hier bin?«

Auch hierauf war sie vorbereitet. Sie hatte die Waffe professionell reinigen lassen, wie immer. »Nein, ganz und gar nicht«, antwortete sie und ging an ihm vorbei in den Flur.

Sie fühlte, dass er ihr folgte, und wollte etwas sagen. Sie müsste ihm sagen, dass er bleiben sollte, wo er war, und kein Recht hatte, ohne Durchsuchungsbeschluss weiter in ihre Privatsphäre einzudringen.

Aber das wäre praktisch ein Eingeständnis, dass sie etwas zu verbergen hatte.

Also sagte sie nichts und ging ins Schlafzimmer, während sich sein Blick in ihren Rücken bohrte.

Immerhin bewies er Manieren, indem er auf dem Flur wartete und nicht mit ihr ins Schlafzimmer kam. Drinnen ging Rhiannon um ihr Bett herum zu dem Safe auf der anderen Seite. Sie legte eine Hand auf das Scannerfeld und wartete, bis es sie identifiziert hatte und es im Schloss klickte. Dann zog sie die Tür auf und nahm ihre Waffe heraus.

Als sie wieder auf den Flur trat, hielt sie die Pistole am Lauf nach unten, damit sie ja nicht gefährlich wirkte. Der Detective war nicht mehr da.

»Detective Salvatore?«, rief sie leise.

»Hier drinnen«, antwortete er aus ihrem Wirtschaftsraum.

Nur wenige Apartments in New York waren mit Waschmaschine und Trockner ausgestattet, und noch viel weniger boten einen richtigen Hauswirtschaftsraum. Aber das war etwas, worauf Rhiannon bei einer Wohnung bestand, und zum Glück bezahlte ihr Arbeitgeber sie gut genug, dass sie sich die zusätzlichen Kosten leisten konnte. Sie hasste es, überall über schmutzige Wäsche zu stolpern, weil es keinen Stauraum für sie gab, bis man sie wusch. Und wenn sie ehrlich sein sollte, war sie meist zu beschäftigt, zu müde oder zu faul, um dauernd zu waschen.

Rhiannon ging durch den Flur zu dem Raum und spähte

hinein. Der Detective hatte das Licht eingeschaltet und stand vor dem Wäschekorb.

In der Hand hielt er eine Jeans. Es war die Hose, die sie Donnerstagnacht getragen hatte, und die Risse und der große rote Blutfleck am linken Bein waren deutlich zu erkennen.

Wieder wurde Rhiannon sehr blass.

Detective Salvatore nutzte das Überraschungsmoment. »Das hier ist wirklich interessant«, sagte er und blickte von der Jeans zu ihr. »Die Frau auf dem Video, das uns gebracht wurde, schien ebenfalls verletzt zu sein. Und zwar auf dieselbe Art.«

»Das war ein Rasierunfall«, erwiderte Rhiannon kühl, obwohl ihr Herz wie verrückt pochte.

Der Detective lächelte sehr verhalten, und sein Blick wurde halb spöttisch, halb bewundernd. »Dann würde ich an Ihrer Stelle überlegen, auf einen Elektrorasierer umzusteigen.«

Er ließ die Jeans wieder in den Wäschekorb fallen und ging auf Rhiannon zu. Sie erstarrte, als er dicht vor ihr stand. »Anscheinend könnten Sie einen Wäsche-Service gebrauchen«, sagte er, ein wenig über sie gebeugt. Sie fühlte, wie er ihr die Waffe aus der Hand nahm, konnte aber nicht aufhören, ihm in die Augen zu sehen. Sie hielten sie vollkommen gefangen, und Rhiannon versank mit Freuden in diesem unglaublichen Blau.

»Sie haben hoffentlich nichts dagegen, wenn ich mir die für ein, zwei Tage ausleihe, damit die Kriminaltechnik sie untersuchen kann. Sobald sie fertig sind, bringe ich sie Ihnen zurück.«

Rhiannon konnte sich immer noch nicht bewegen. Genau

genommen konnte sie kaum atmen. Seine Gegenwart reizte ihre Sinne auf jede erdenkliche Art, angefangen bei seiner Größe bis hin zum Klang seiner tiefen, sinnlichen Stimme. Inzwischen waren ihre Brustwarzen so hart, dass sie beinahe wehtaten, und sie war ziemlich sicher, dass sie unter ihrer dünnen Kleidungsschicht sichtbar zitterte.

Ein Killer-Lächeln trat auf seine Züge. »Ich lasse Ihnen meine Karte da, Miss Dante«, sagte er fast flüsternd. »Und falls Ihnen etwas einfällt – irgendwas, was Sie mir mitteilen möchten –, rufen Sie mich an. Sie erreichen mich jederzeit.«

Im Hinausgehen streifte sein Oberarm für einen kurzen Moment ihre Schultern – hart, unnachgiebig und verlockend.

Rhiannon sah Sterne, als sie sich benommen umdrehte und beobachtete, wie er seine Karte auf ihren Küchentresen legte, bevor er durchs Wohnzimmer zur Tür ging und sie öffnete. Die Spätnachmittagssonne zauberte goldene Strähnen in sein Haar, sodass Rhiannon unweigerlich an ihren Traum denken musste.

Er trat durch die Tür und sah sich zu Rhiannon um.

Auch dieses Bild entsprach ihrem Traum.

»Wir sehen uns, Miss Dante«, sagte er.

Rhiannon, dachte sie. *Ich heiße Rhiannon. Nenn mich Rhiannon …*

Er lächelte wieder, wissend diesmal, und ging nach draußen. »Schließen Sie hinter mir ab, Rhiannon.«

Dann zog Detective Michael Salvatore die Tür hinter sich zu und ließ sie sprachlos, verängstigt und von einem unerklärlichen Verlangen erfüllt im Flur zurück. Dieser Cop würde sie wahrscheinlich vernichten.

10

Rhiannon saß in der Ecke des Coffee Shops und behielt die anderen Gäste scharf im Auge. Sie hatte ein Starbucks in einem Target-Markt gewählt, wo ein bisschen mehr Lärm und Betrieb um sie herum waren, was ihr sowohl Deckung als auch die Privatsphäre verschaffte, die sie brauchte.

Das Klingeln aus dem Telefon an ihrem Ohr verstummte, und ihr Chef meldete sich.

»Mr. Verdigri, ich glaube, wir haben ein Problem«, kam sie direkt zur Sache.

»Das würde ich auch sagen, meine Liebe, sofern stimmt, was Alexander mir erzählt hat.«

Natürlich hatte Alexander ihn bereits informiert. Das hätte sie sich denken können. Und das hätte sie sich wohl auch gedacht, wäre sie nicht so neben der Spur.

Sie war völlig durcheinander, und das verdankte sie einem unglaublich schönen Mann, der ihr den Verstand vernebelte.

»Dieser gut aussehende Detective scheint sich für Sie zu interessieren.«

Das war noch maßlos untertrieben. Er hatte ihr praktisch gesagt, dass er sie für schuldig hielt. Und als er die Jeans fand, war es so gut wie vorbei gewesen.

»Wenn ich es mir genau überlege, ist mir schleierhaft, warum er mich noch nicht verhaftet hat.«

»Aha? Hat er denn Beweise?«

»Nun ja …« Nicht direkt. Sie hatte ja nichts zugegeben; ihr Alibi würde bestätigt werden, und ihre Waffe war gründlich gereinigt, sodass sie daran nichts finden konnten. Und selbst wenn das mit dem Video stimmte, waren solche Aufnahmen gewöhnlich sehr verschwommen. Es würde bestenfalls eine schwarz gekleidete Frau mit roten Haaren zeigen. Hoffte Rhiannon.

»Ich glaube nicht«, gestand sie.

»Sie müssen sich entspannen. Er will Sie natürlich verunsichern, doch solange Sie fest daran glauben, dass er es nicht kann, wird er es auch nicht schaffen. Kommen Sie zu mir. Ich möchte mit Ihnen über Ihren nächsten Auftrag reden.«

Rhiannon riss die Augen weit auf. »Wie bitte?«, fragte sie. Das konnte nicht sein Ernst sein. Rhiannon hielt es für sicherer, vorerst nicht zu Verdigri zu gehen; schon ihn anzurufen fühlte sich gefährlich an. Sie hatte eigens ein neues Telefon auf einen neuen Namen gekauft. Trotzdem war sie beunruhigt.

»Wie gesagt, wir machen weiter wie immer, Rhiannon«, sagte Mr. Verdigri sanft. »Es wird keinerlei Veränderungen geben. Und ich habe einen neuen Job für Sie. Sie lassen mich doch nicht warten, oder?«

Rhiannon nahm das Telefon herunter und starrte es an, als wäre es ein Alien. Dann hielt sie es wieder an ihr Ohr. »Ich glaube, das wäre momentan eine ganz schlechte Idee«, sagte sie. »Sie beobachten mich, und ich würde sie direkt zu Ihnen führen.«

Am anderen Ende wurde es eine Weile still. Es war das erste Mal, dass Rhiannon eine Bitte von Mr. Verdigri ablehnte, und sie fragte sich, wie er es aufnahm. Ihr jedenfalls war gar nicht wohl dabei.

»Ich fürchte, für Einwände ist es zu spät, Miss Dante«, sagte er schließlich, und dass er wieder auf ihren Nachnamen umschwenkte, signalisierte einen klaren Stimmungswechsel. »Alex steht bereits draußen vor dem Supermarkt. Und wenn Sie nicht bald kommen und Mimi besuchen, treibt sie mich noch in den Wahnsinn. Steigen Sie in den Wagen.«

Als Rhiannon aus dem Gebäude trat, stand dort Alex mit einem Grinsen vor der Tür zum Fond eines schwarzen Lincoln Town Car und schüttelte verwundert den Kopf, sobald er sie sah. »Jetzt machen Sie ihm richtig Angst.«

»Was hätten Sie getan, wäre ich nicht rausgekommen?«, fragte sie neugierig.

Er zuckte mit den Schultern und blickte sich flüchtig auf dem Parkplatz und am Eingang um. Natürlich wusste Rhiannon, dass er jedes Detail wahrnahm. »Manche Fragen bleiben besser unbeantwortet, Miss Dante.«

»Unser Boss ist wahnsinnig«, murmelte sie, während er ihr die Tür aufhielt.

»Dem kann ich nicht widersprechen.«

Sie stieg in den Wagen. Sehr zu ihrem Verdruss stieg Alex nach ihr ein und setzte sich ihr gegenüber hin. Erstaunt sah Rhiannon von ihm zu dem Fahrer, der ihr im Rückspiegel zulächelte.

»Guten Morgen, Frank.«

»Miss Dante«, begrüßte er sie freundlich. »Wie gefällt Ihnen Ihre neue Wohnung?«

Rhiannon sah von ihm zu Alex, der wieder mit den Schultern zuckte, als wollte er sagen: *Geben Sie mir nicht die Schuld! Unser verrückter Boss sorgt sich bloß um Sie.*

»Sie ist schön«, antwortete sie schlicht. »Ich habe einen Hauswirtschaftsraum und alles.«

Lachend fädelte sich Frank in den Verkehr ein. Zwanzig Minuten später parkte er in der Tiefgarage des Gebäudes der Swallowtail Foundation. Alex öffnete, stieg aus und hielt Rhiannon die Tür auf – durch und durch Bodyguard.

Rhiannon ging direkt auf den Fahrstuhl zu, der sie ins Tropenhaus bringen würde, wo sie sich immer mit Verdigri traf. Als bestünde sein einziger Lebenszweck darin, ihr möglichst gründlich auf die Nerven zu gehen, wich Alex ihr nicht von der Seite.

»Sie müssen nicht mitkommen.«

»Doch, muss ich.«

Rhiannon versuchte, nicht die Augen zu verdrehen. »Ich laufe schon nicht weg.«

»Weiß ich«, sagte Alex, und es wirkte, als müsste er sich tatsächlich das erste echte Lächeln ihr gegenüber verkneifen. »Fast würde ich mir wünschen, dass Sie es versuchen. Sie sind nicht annähernd so schwierig, wie Sie es bei meinem Gehalt sein sollten.«

Der Fahrstuhl bimmelte, und Alex bedeutete ihr, vor ihm einzusteigen. Vor der Regenwaldhalle ließ er sie endlich allein, und sie ging den Weg entlang zu der Laube, in der Mr. Verdigri sie erwartete.

Rhiannon war gerade an den Kakao-Bäumen vorbei und duckte sich unter einer Bananenstaude hindurch, als Mimi vor ihr auf den Weg sprang.

»Mimi!« Rhiannon presste sich eine Hand aufs Herz. Sie musste tief in Gedanken und ein bisschen angespannt gewesen sein, dass Mimi es geschafft hatte, sich unbemerkt an sie heranzuschleichen und sie auch noch zu erschrecken.

»Nein!«, rief Mimi. »Rate noch mal!«

Rhiannon trat einen Schritt zurück und blinzelte verwirrt. »*Nicht* Mimi?«

»Nein! Du darfst noch zweimal raten«, sagte Mimi, deren braune Augen funkelten. Sie begann, um Rhiannon herumzutanzen, und kicherte vergnügt. Ihr zu einem Bubikopf geschnittenes schulterlanges hellrotes Haar wippte schimmernd auf und ab, und die wenigen Sommersprossen auf ihrer Nase und den Wangen verschwanden in einer aufgeregten Röte.

Mimi trug ein weißes T-Shirt mit kurzen Puffärmeln und Jeansshorts mit Latz. An den Füßen hatte sie geschnürte Kampfstiefel von Steve Madden. Die Stiefel waren ihr Markenzeichen; Mimi zog selten andere Schuhe an. »Und die Zeit läuft!«, rief sie. »Ticktack, Ticktack!«

Rhiannon kratzte sich übertrieben am Kopf. »Gibst du mir einen Hinweis?«

»Ich bin ein lila Fuchs oder so klein, wie du dich duckst!«

Rhiannon machte große Augen. »Ähm …«

»Ach, komm schon!«, schalt Mimi sie spielerisch. »Muss ich dir noch einen Tipp geben? Deine Zeit ist fast um.«

»Ja, einen Tipp bitte noch.«

»Na, offensichtlich bin ich ein Pokémon. Und ich richte gerne *Unheil* an!«, sagte sie mit einem genüsslichen breiten Grinsen. »Vor allem in meiner Lieblingsgestalt.«

»Die da wäre …«

»Keine Tipps mehr«, sagte Mimi, blieb vor Rhiannon stehen und stemmte die Hände in die Hüften. Ungeduldig wippte sie mit dem Fuß.

Rhiannon nickte. *So klein, wie du dich duckst.* »Deine Lieblingsgestalt ist ein Kind.«

»Ja! Also, wer bin ich?«

Rhiannon lachte, als es ihr einfiel. Und sie wunderte sich, dass sie so lange gebraucht hatte. Offenbar war sie aus der Übung und musste dringend mal wieder den dicken Pokédex wälzen, in den sie manchmal hineinsah, damit sie Mimi beim Kartenspiel gewachsen war und sie samstags bei Laune halten konnte. »Du bist Zorua.«

Mimis Grinsen wurde noch breiter, was wirklich eindrucksvoll aussah … beinahe schon ein bisschen schmerzhaft. »Ja!«, kreischte sie aufgeregt, hüpfte auf und ab und beruhigte sich wieder.

Rhiannon war stolz.

»Wo warst du denn?«, fragte Mimi nun streng. »Ich habe dich ja seit Tagen nicht gesehen!«

»Tut mir leid«, antwortete Rhiannon, was die reine Wahrheit war. »Du weißt ja, wie es manchmal ist. Es war alles ein bisschen verrückt.«

Mimi beäugte sie nachdenklich. Und während sie Rhiannon noch anstarrte, landete ein großer bunter Schmetterling auf ihrer Schulter. »Das passiert dir oft«, sagte sie und beachtete den Schmetterling überhaupt nicht.

Rhiannon nagte an ihrer Unterlippe. »Erzähl mir von dir«, sagte sie und hoffte, das Thema wäre damit erledigt.

Mimi ahmte sie unbewusst nach und biss sich auf die Lippe, bevor sie schließlich sagte: »Na gut, Mr. V. wartet auf dich. Aber du hast was verpasst. Am Samstag habe ich mir mein Yveltal gefangen. Ich will es dir noch zeigen, wenn du fertig bist.«

Nun flatterte der Schmetterling wieder los, und die Neunjährige lief in die entgegengesetzte Richtung den Weg hinunter, wobei ihre Stiefel laut auf den Steinplatten polterten. Rhiannon sah ihr einen Moment nach, ehe sie weiter zur Laube in der Mitte des riesigen, dschungelartigen Gewächshauses ging.

Verdigri saß dort und trank eisgekühlte Limonade aus einem hohen Glas. Als sie näherkam, stand er auf – ganz Gentleman.

Rhiannon wappnete sich und setzte sich ihm gegenüber hin. Er nahm ebenfalls wieder Platz und lächelte. »Mimi hat Sie gefunden, nehme ich an?«

»Ja, oder vielmehr hat Zorua mich gefunden.«

Er schob ihr eine dünne Aktenmappe über den Tisch zu.

Rhiannon sah auf den braunen Pappdeckel. »Mein nächster Einsatz?«

»Ja, allerdings dürfte es Sie freuen zu erfahren, dass Sie sich bei diesem etwas weniger durch Gassen schleichen oder vor Gargoyles verstecken müssen.«

Rhiannon runzelte die Stirn.

»Sehen Sie nach.«

Sie schlug die Akte auf und fand darin mehrere Blätter, auf denen die nötige Verkabelung für Special Effects dargestellt wurde. »Das ist Samuel Lambents Auftrag«, sagte sie.

»Richtig. Die Swallowtail Foundation hat schließlich auch ein legales Betätigungsfeld. Und welcher Zeitpunkt würde sich besser eignen als der jetzige, um unsere Tarnung zu nutzen?«

Rhiannon atmete auf. Ihr war nicht bewusst gewesen, dass sie die Luft angehalten hatte. »Okay, ich gebe zu, ich bin ein bisschen erleichtert.«

Verdigri lachte leise. Er trank noch einen Schluck von seiner Limonade, und der Kellner kam an den Tisch, um Rhiannon ein großes Glas Eistee hinzustellen, wie sie es normalerweise bestellte. Sie lächelte ihm dankbar zu, bevor sie mehrere Tütchen Splenda aufriss und den Inhalt ins Glas schüttete. Dann rührte sie mit einem Löffel aus dem Ständer in der Tischmitte um.

»Rhiannon, ich möchte, dass Sie wieder in Ihre Wohnung hier ziehen«, sagte Verdigri plötzlich. Mitten im Rühren hielt Rhiannon inne und blickte zu ihm auf. »Dieser Polizist«, fuhr er fort, »Detective Salvatore …« Kopfschüttelnd lehnte er sich zurück und bekam einen geistesabwesenden Blick. »Er beunruhigt mich.«

»Aber ich dachte, wir wären uns einig, dass wir uns seinetwegen keine großen Sorgen machen müssen.«

Verdigri sah sie wieder an. »Was die Bloßstellung unserer Organisation angeht? Nein, darum mache ich mir gar keine Sorgen. Aber ich war nicht ganz ehrlich zu Ihnen.«

Wieder einmal wappnete Rhiannon sich gegen das, was da kommen mochte.

Mr. Verdigri atmete tief ein und seufzte. »Alles, was ich zu der Frage sagte, ob er eine Bedrohung für Swallowtail ist, stimmt. Ich glaube, er hat keine echten Beweise, um Ihnen die Geschehnisse von Donnerstagnacht anzuhängen oder die Stiftung als das zu entlarven, was sie eigentlich ist. Allerdings bin ich nicht sicher, dass dies das Einzige ist, was wir von Mr. Salvatore zu befürchten hätten.«

»Aha?« Nun merkte Rhiannon auf.

»Er scheint dem Fremden in Schwarz ganz erstaunlich zu ähneln, nicht wahr?«

Rhiannon erschrak. »Ähm …«

Natürlich war es ihr aufgefallen. Doch sie hatte es Verdigri gegenüber mit keinem Wort erwähnt.

»Miss Dante«, sagte Verdigri ein kleines bisschen vorwurfsvoll, »wann werden Sie je einsehen, dass mir so gut wie nichts entgeht?«

Genau das hatte er ihr das letzte Mal schon gesagt, als sie mit ihm hier saß.

Rhiannon zuckte mit den Schultern. »Na gut, ich gebe zu, dass er dem Fremden von der Gala äußerlich ein wenig ähnelt. Und mir kam der Gedanke auch, aber ich habe nichts gesagt, weil es mir unwahrscheinlich erschien und ich es inzwischen für absurd halte. Der Mann ist *Detective* beim NYPD. Sicher hat er ein lausiges Gehalt, ist den ganzen Tag eingespannt … Nein, wenn man genauer darüber nachdenkt, passt es überhaupt nicht. Welche übernatürliche Kreatur, die simples Metall in Gold verwandeln kann, setzt sich freiwillig dem Albtraum aus, als Polizist in New York City zu arbeiten? Da müsste er schon ein Heiliger oder so sein. Und der Mann auf der Tanzfläche war kein Heiliger.« Dessen war sie sich vollkommen sicher.

Mr. Verdigri sah sie eine Weile schweigend an. Dann lehnte er sich noch weiter zurück und sagte: »In der Bibel steht, dass der Teufel, Luzifer, einst ein Lieblingsengel Gottes war.« Er lächelte. »Miss Dante, wenn Engel so tief in Ungnade fallen können, möchte ich wetten, dass Heilige es auch können.«

»Dann wäre er kein Cop mehr. Nur ein Mann, dem wirklich daran liegt, Menschen zu helfen, würde so einen Job in dieser Stadt machen.« Es war nicht dasselbe, wie in einem schicken, aus Steuergeldern finanzierten Geländewagen durch irgendein Kaff in West Texas zu fahren, wo nie irgendwas Gefährliches passierte und, falls doch, fünfunddreißig übergewichtige, gelangweilte und schlecht ausgebildete Polizisten gegen einen Kriminellen standen. »Das hier ist Manhattan.«

Mr. Verdigri überlegte kurz, berührte seinen buschigen weißen Schnauzbart und seufzte wieder. »Dennoch möchte ich, dass Sie wieder hier einziehen. Ob Detective Salvatore unser mysteriöser Fremder ist oder nicht, er ist nicht der Einzige, der es auf Sie abgesehen hat.«

Rhiannon sagte nichts.

Ungesagt blieb, dass Verdigi und seine Stiftung in dieser Form nicht existieren könnten, wären ihre … besonderen Fähigkeiten nicht. Er hatte viele gute Gründe, sich um sie zu sorgen.

»Bis dahin«, fuhr er fort, sodass ihr eine Antwort erspart blieb, »haben wir morgen um neun ein Treffen mit Lambents Leuten. Verausgaben Sie sich heute Nacht nicht. Wir werden Sie bald zum Zündeln brauchen.«

11

Es war der Schrei eines Kindes. Dieser hohe Schrei, der einer Frau tief in die Brust fuhr und ihr das Herz zusammendrückte. Er bewirkte, dass sofort Adrenalin und Cortisol freigesetzt wurden, um der Frau Schnelligkeit und Kraft zu verleihen. Es war der Hilfeschrei eines unschuldigen weiblichen Wesens, und keiner, der die Seele in seinem Leib wert war, könnte ihn ignorieren. Erst recht nicht Angel.

Sie drehte sich im Traum um, und ihr Haar wehte ihr ins Gesicht, was ihre sowieso schon verschwommene Sicht in dem Durcheinander um sie herum noch unschärfer machte. Lichter blitzten, Schlangen zischelten, und Männer riefen.

Angel nahm etwas Rotes wahr und vermutete sofort, dass es sich um das Haar des letzten Sternenengels handelte, Rhiannon. Blitze zuckten in dichter Folge herab, große und kleine Gegenstände flogen durch die Luft, krachten in Wände, Autos oder Menschen, und die Hitze des Feuers versengte Angel hier und da die Kleidung, während sie durch das Chaos stolperte.

Die Schreie des Kindes verstummten, sodass Angels einzige Orientierung dahin war, und sie gab einen verärgerten Laut von sich, als ihr etwas in die Seite knallte und sie umwarf, was sie noch orientierungsloser machte. Sie sprang auf und schlug mit aller Kraft zurück. Dabei wusste sie nicht einmal, wogegen sie sich wehrte oder wie viel sie dagegen ausrichten konnte, bevor sie aufwachte und feststellte, dass ein Sonnenstrahl auf ihr Kissen und direkt in ihre Augen fiel. Sie setzte sich auf, strich sich das Haar aus dem Gesicht und blickte sich um.

Es war noch früh. Die Müllabfuhr war noch nicht einmal da gewesen, wie sie an den überquellenden Tonnen drei Stockwerke tiefer erkannte. Ihre Nachbarn waren auch noch nicht auf, sonst könnte sie das Geplärr der Zeichentrickserien durch die dünne Wand hören.

Angel warf die Bettdecke beiseite, stand auf und ging schnell nach nebenan, wo ihr Laptop auf dem Schreibtisch an der Wand an die Steckdose angeschlossen war. Mit dem Bein schob sie den Stuhl aus dem Weg, lehnte sich auf die Schreibtischplatte und fuhr den Rechner hoch.

Als der Monitor aufleuchtete, gab sie ihr Passwort ein, öffnete einen ihrer üblichen Chatrooms und schickte eine Nachricht an eine ihrer Freundinnen.

Rhee, tolle Neuigkeit! Ich habe gerade erfahren, dass ich heute in deine Gegend komme, um mir eine Immobilie für unsere Firma anzusehen. Wollen wir uns zum Kaffee oder Abendessen treffen?

Sie schickte die Nachricht ab und starrte auf den Bildschirm. Es kam natürlich keine prompte Antwort. Überhaupt waren die Chats zwischen ihr und den anderen Sternenengeln nicht mehr so intensiv wie früher. Dieser Tage hatten alle viel zu tun – mit Heiraten und die Welt retten.

Außerdem war es eben noch sehr früh. Und kein Sternenengel auf Erden war jemals eine Frühaufsteherin gewesen. Im Fall von Sophie Bryce, Azraels Sternenengel, konnte Angel es besonders gut verstehen.

Angel ging in die Küche und schaltete ihren Wasserkocher ein. Sogleich erklang dieses herrliche, beruhigende Morgengeräusch, und das half ihr, die Anspannung etwas zu lösen, die ihr Traum in ihrem Nacken und ihren Schultern hinterlassen hatte.

Sie hatte das starke Gefühl, dass etwas Schlimmes geschehen würde. Das passierte ihr nicht zum ersten Mal, und vor allem war es nicht das erste Mal gewesen, dass sie von einem Sternenengel geträumt hatte. Vielmehr hatte sie durch ihre Träume erfahren, wie sie alle aussahen und wo sie lebten. Die meisten von ihnen beobachtete sie bereits ihr ganzes Leben lang, ohne dass sie es wussten.

Doch es war kein Sternenengel gewesen, von dem der Schrei in dem letzten Traum kam. Das war ein *Kind* gewesen. Und die Unmenge an Feuergewalt, Blitzen und das ganze Chaos waren beängstigend gewesen. Etwas Monumentales kündigte sich an.

Der Höhepunkt …

Nein, das konnte es nicht sein. Der »Höhepunkt« hätte nichts mit Kindern zu tun, jedenfalls nicht unmittelbar. Und in dem Traum war Rhiannon allein gewesen – weit und breit keine Spur von Michael, dem ihr bestimmten Erzengel. Die beiden konnten sich noch nicht begegnet sein, und der Höhepunkt käme erst, nachdem das geschehen war.

Angel zuckte leicht zusammen, als sie das *Pling* aus ihrem Computer hörte, das ihr eine Antwort auf ihre Chat-Frage signalisierte.

Sie eilte hin und blickte auf den Monitor. Rhiannon hatte ihr eine kurze Bestätigung und eine Adresse geschickt.

Angel atmete auf, bevor sie sich umdrehte und in ihr Schlafzimmer ging, um sich anzuziehen.

Überall wimmelte es von Leuten. Da waren die Leute vom Soundcheck, die Pyrotechniker, die Beleuchter und haufenweise Crew-Mitglieder, die sich mit Sachen befassten, von denen Rhiannon nichts verstand. Zwei Dinge allerdings hatten sie alle gemein: Sie ahnten nicht einmal, dass ihre Aufbauten hier nur die halbe Show waren. Und sie alle waren von der Swallowtail Foundation angeheuert, um eine überzeugende Vorstellung für Kunden wie Samuel Lambent abzuliefern.

Für Rhiannon arbeitete die Tatsache, dass hinterher, wenn alles gesagt, getan und gefilmt war, jedes einzelne Crew-Mitglied glauben würde, die spektakulärsten Special Effects hätte einer von den anderen zustande gebracht, denn weder kannten sie sich untereinander persönlich, noch hatten sie jemals zuvor gemeinsam bei einem Dreh gearbeitet. Keiner von ihnen käme auch bloß auf die Idee, dass es keine Spezialeffekte waren, sondern echte Magie.

Ausgleichende Gerechtigkeit war ein Fernsehableger einer unglaublich beliebten Vampirfilmreihe von vor ein paar Jahren. Anscheinend hatte Lambent so viel Geld damit gemacht, dass er beschloss, die Serie auf seinem Fernsehsender neu laufen zu lassen, und die Zuschauer beklagten sich nicht. Auf allen erdenklichen Kanälen wurde vom Serienbeginn geredet, und die Gesichter der Schauspieler zierten die Titelseiten der Zeitschriften und Zeitungen überall im Land.

Es waren nicht dieselben Schauspieler wie in den Filmen. Der berühmte Christopher Daniels zum Beispiel war nicht dabei, weil die Serie vorsah, dass das Privatleben der Figuren auf ihre jeweiligen Familien, Geschwister und vergangenen Lieben ausgedehnt wurde, was in den Filmen höchstens flüchtig angerissen worden war. *Ausgleichende Gerechtigkeit*-Fans hatten kein Problem damit. Sie waren geradezu ekstatisch, dass etwas im Fernsehen kommen sollte, was »ihren« Film vertiefte. Sie gierten nach allem, was diese Fantasy-Welt vertiefte, in der sie praktisch lebten – aus Sicht der meisten von ihnen war das ihrer Existenz in der realen Welt klar vorzuziehen.

Rhiannon konnte das sehr gut nachvollziehen.

Mit anderen Worten: Dieser Job war wichtig, schon wegen der Sichtbarkeit. Deswegen hatte Lambent der Firma so viel im Voraus bezahlt, damit es ja richtig gemacht wurde. Und von Rhiannon hing eine Menge ab. Sie war der Grund für Swallowtails Ruf, bessere Special Effects zu liefern als jeder andere.

Und darum kippte sie nachmittags um drei ihren dritten doppelten Espresso herunter. Die Vormittage waren nie ein Zuckerschlecken; wenn sie früh raus musste, verdarb ihr das grundsätzlich den Tag.

Sie warf den Styroporbecher in die Mülltonne, als sie schwere Schritte hinter sich hörte. In Erwartung eines Elektrikers oder Bühnenarbeiters drehte sie sich um, fand sich jedoch jemandem gegenüber, den sie bisher nur vom Bildschirm kannte.

Unsicher und überrascht riss sie die Augen auf. »Angel?«, hauchte sie.

Die wunderschöne Frau mit dem braunen Haar und den

braunen Augen grinste von einem Ohr zum anderen, bevor sie lachend nickte. »Ja, ich bin's!«, antwortete sie unsicher. »Hi, Rhee.«

Rhiannon strahlte. Sie hatte es vergessen. Bei allem, was um sie herum vorging, wollte sie es nicht glauben, doch sie hatte tatsächlich vergessen, dass sie heute endlich Angel treffen sollte. Wie konnte ihr so etwas entfallen?

Ihr Gefühl sagte ihr, dass es mit Detective Salvatore zusammenhängen könnte. Und Samuel Lambent machte es um nichts besser. Der Mann war entschieden zu charmant; die Begegnung mit ihm heute Morgen hatte ihr glatt die Sprache verschlagen. Und seitdem ging es den ganzen Tag drunter und drüber.

Rhiannon schüttelte verwundert den Kopf. Ihre Welt hatte sich wahrlich seltsam entwickelt. Und eine Folge war, dass sie diese Frau schon seit über sechs Jahren kannte, ihr aber nie persönlich begegnet war. Es hatte Abende gegeben, an denen sie stundenlang chatteten, gemeinsame Heulattacken hatten, zusammen über peinliche Momente lachten, die im Grunde jeder kannte, über die aber keiner zu sprechen wagte. Sie hatten sich gegenseitig als Referenz angegeben, sich hin und wieder Pakete geschickt und sogar mal eine virtuelle Pyjama-Party veranstaltet. Doch obwohl sie beide in der winzigen Riesenstadt lebten, hatten sie sich noch niemals gegenübergestanden.

Vielleicht war es eine menschliche Eigenart, dieses Verlangen nach Nähe und Sich-Verstecken zugleich. Oder es lag einfach an New York.

Für eine kleine Weile musterten sie einander auf diese altmodische Art, wie Leute es unweigerlich bei der ersten Begegnung taten, und dann lagen sie sich in den Armen.

Sie drückten sich gegenseitig, als wären sie Zwillinge, die bei der Geburt getrennt wurden und sich endlich wiedergefunden hatten. »Es ist so klasse, dich zu sehen!«, sagte Rhiannon leise und meinte es vollkommen ernst.

»Kann ich nur bestätigen«, entgegnete Angel lachend und drückte Rhiannon fester.

Schließlich lösten sie sich voneinander und lachten wieder. »Du siehst genauso aus wie auf deinem Bild. Kann es sein, dass du in sechs Jahren keinen Tag gealtert bist?«, fragte Rhiannon.

»Sieben, doch das bin ich durchaus«, antwortete Angel. Tatsächlich sprach ihr Blick von Erlebnissen, die einen von innen nach außen altern ließen – und die waren Rhiannon nur allzu vertraut. Sie selbst war Mitte dreißig, doch was sie emotional und physisch hinter sich hatte, zeigte sich bisher ebenso wenig in ihren Zügen. Manchmal fragte sie sich, ob sie es ihren Heilkräften zu verdanken hatte, dass sie weder Falten noch geweitete Poren noch dünneres Haar oder schlaffes Bindegewebe an sich bemerkte. Aber was auch immer der Grund sein mochte, sie hatte Glück, und das in vielerlei Hinsicht.

»Tja, du siehst fantastisch aus«, stellte Rhiannon lächelnd fest und überspielte routiniert ihre verstörenden Gedanken.

»Dito«, erwiderte Angel. »Also, wie lange noch, bis du für das versprochene Abendessen frei hast? Wie wäre es mit Giancarlo's? Die sind berühmt für ihre Pizza und ihre Insalata Caprese.«

»Hm.« Rhiannon schloss kurz die Augen. Bei der Erwähnung von Essen machte sich ihr völlig leerer Magen bemerkbar. »In einer, höchstens zwei Stunden, hoffe ich. Wir müssen bloß den ersten großen Knall proben, dann übernimmt das Reinigungsteam, und wir können gehen. Wollen wir uns wieder hier treffen?«

»Ja, hört sich gut an. Dann lasse ich dich mal arbeiten. Ich muss sowieso noch ein paar Last-Minute-Anrufe erledigen.«

Sie umarmten sich wieder und trennten sich. Rhiannon ging zurück ins Studio, während Angel in die entgegengesetzte Richtung verschwand.

12

Mimi strich sich das rote Haar hinter die Ohren und spähte immer wieder um die Ecke des unechten Gebäudes, das Rhiannons Crew errichtet hatte. Sie passte auf, dass sie sich nicht dranlehnte, denn das Ding war aus Pappe oder so, und Mimi war sicher, dass es umkippen und auf jemandem landen würde, sollte sie es auch nur antippen.

Bei der Vorstellung musste sie grinsen, denn sie malte es sich wie in einem Comic aus, wo jemand verdutzt aus dem Loch guckte, das sein Kopf in die Pappfassade gerissen hatte. Dann duckte sie sich wieder, als einer von den Arbeitern mit einem großen Armvoll Feuerwerkskörpern und Zündschnüren vorbeiging.

Sobald der Mann weg war, kroch Mimi aus ihrem Versteck und lief auf Zehenspitzen zur anderen Seite des Studios, wo ihr Hund Strike schon still hinter mehreren aufgestapelten Kisten wartete.

Mimi hockte sich hin und legte einen Arm um ihn, während sie in dem Lagerhaus nach einem anderen Rotschopf Ausschau hielt.

Strike stupste ihre Wange mit der Nase an und setzte sich auf. Er war eine Mischung aus Australian Shepherd und Golden Retriever mit dichtem weißem, orangerot geflecktem Fell und blau-goldenen Augen, bei deren Anblick Mimi sofort hin und weg gewesen war, als sie ihn im Tierheim sah. Nach Rhiannon war Strike ihr zweitbester Freund auf der ganzen Welt, und er hatte sich geweigert, sie allein an diesen FX-Drehort, oder wie sie das nannten, kommen zu lassen.

Heute würde die Swallowtail Foundation ein riesiges Spektakel aufführen, so viel wie im Haus von Mr. V. vorher los gewesen war. Mimi hatte noch nie eines ihrer Feuerwerke gesehen, und dabei wollte sie es immer schon mal. Also hatte sie heute, weil sowieso einer der letzten Schultage war und sie alle ihre Arbeiten schon längst abgegeben hatte, die letzten paar Stunden geschwänzt und war quer durch die Stadt hierhergekommen.

Keiner wusste, dass sie hier war. Jedenfalls keiner außer Strike. Aber sie hoffte, Rhiannon zu finden, damit sie einen der vordersten Plätze bekam, wenn es losging. Außerdem wusste sie, dass Rhee sie vor Mr. V. und ihrer Tante in Schutz nehmen würde, falls jemand anders herausfand, dass sie hier war.

»Schöner Hund.«

Mimi rang erschrocken nach Luft und drehte sich um. Wenige Schritte hinter ihr stand ein Mann halb im Schatten. Er hatte sich vollkommen lautlos angeschlichen.

Strike knurrte ganz leise, blieb aber, wo er war, die Augen auf den Fremden gerichtet. Mimi sah den Fremden an. Sie konnte richtig gut in Rekordzeit alle möglichen Kleinigkeiten an Leuten sehen. Dafür hatte sie einfach einen Blick.

Er war groß und hatte schulterlanges, welliges Haar, das entweder dunkelblond oder hellbraun war, was man im

Schatten nicht so gut erkennen konnte. Er hatte ein kantiges Kinn, eine hübsche Nase und blaue Augen. Die waren gut zu sehen, denn sie strahlten so blau, wie Rhiannons Augen grün leuchteten. Die meisten Frauen würden sicher sagen, dass er sehr gut aussah … und Mimi fand es eigentlich auch, obwohl sie sich noch nicht so für Jungen oder Männer interessierte.

Er hatte eine Jeans, Biker-Stiefel und ein schwarzes T-Shirt unter einer braunen Lederjacke an, die wie die von Indiana Jones aussah. Als er sich ein kleines bisschen bewegte, um von ihr zu Strike zu sehen, blinkte etwas Goldenes an seinem Gürtel.

Eine Polizeimarke.

Das erleichterte Mimi zwar, machte ihr aber auch Angst, denn immerhin schwänzte sie die Schule. »Danke«, sagte sie zu seinem Kompliment wegen Strike. Es wäre Blödsinn gewesen, unhöflich zu sein, und vielleicht fand er ihr Schulschwänzen nicht so schlimm, wenn sie höflich war. Was sie allerdings nicht so recht glaubte. Etwas an ihm sagte Mimi, dass er genauso ein guter Beobachter war wie sie – wenn nicht noch besser.

»Eine Australian-Labrador-Mischung?«, fragte er und hakte seine Daumen vorn in die Jeanstaschen.

»Australian Shepherd und Golden Retriever«, korrigierte sie und kraulte Strike. »Der klügste Hund der Welt.«

»Da bin ich mir sicher«, sagte der Fremde. Seiner Stimme nach glaubte er es wirklich und sagte es nicht nur so. Deshalb sah Mimi ihn etwas genauer an. In seinen Augenwinkeln waren ein paar ganz zarte Falten, die bedeuteten, dass er viel lachte. Entweder das, oder er blinzelte oft in der Sonne, aber Mimi tippte eher auf Ersteres.

Der Fremde ging auf ein Knie, sodass er mit Mimi auf Augenhöhe war. »Du verrätst mir deinen Namen nicht, stimmt's?«, fragte er lächelnd.

»Nein«, antwortete sie. »Ich habe gelernt, dass ich nie etwas sage, was gegen mich verwendet werden kann.«

Der Fremde – der *Cop* – lachte leise. »Hat Rhiannon dir das beigebracht?«

Mimi merkte, wie sie die Augen weit aufriss. Das wollte sie eigentlich nicht, denn er sollte nicht sehen, dass sie überrascht war. »Kennen Sie Rhiannon?«

»O ja«, sagte er und streichelte Strike, der vertrauensvoll seine Hand anstupste. »Ich bin Michael. Rhiannon und ich …« Er hörte auf, Strike zu streicheln, und ließ die Hand auf sein Knie sinken, bevor er wieder Mimi anlächelte. »Tja, wir kennen uns schon lange.«

»Sind Sie darum hier?«

»Bin ich.« Dann stand er auf und neigte seinen Kopf zur Seite. »Und du hast anscheinend beschlossen, deine Sommerferien früher anfangen zu lassen, was?«

Mimi bekam nur ein klein wenig Angst. Etwas an seinem Benehmen sagte ihr, dass sie sich keine großen Sorgen machen musste, so komisch es auch war. Und nun wechselte er auf einmal das Thema, als würde es ihn gar nicht kümmern, dass sie schwänzte.

»Das ist ein interessantes T-Shirt.«

Mimi sah an sich hinunter. Es war tatsächlich ein Einzelstück, das Rhiannon ihr zum Geburtstag geschenkt hatte. Rhee hatte es auf so einer Website bestellt, wo man ein eigenes Bild mit Photoshop bearbeiten und auf T-Shirts, Becher, Kühlschrankmagneten oder sonst was drucken lassen konnte. Es war das Bild von Professor Xavier von den

X-Men, der zwischen einem wütend dreinblickenden Storm und einem glitzernden Pikachu saß. Der Professor versuchte anscheinend, sie zu trennen und den Streit zwischen den beiden Blitzwerfern zu schlichten. Es war ein megacooles Shirt.

»Ist ein Geschenk von Rhiannon«, gestand Mimi.

Der Cop nickte, sah aber aus, als würde es ihn nicht wundern. »Und in welcher Stunde solltest du jetzt eigentlich sitzen?«, fragte er und sah auf seine Uhr. Es war eine große schwarze Uhr, die abgewetzt und nicht teuer aussah, aber exakt wie die Art Uhr, die Mimi gern hätte. »Ich wette, du bist in der sechsten Klasse, denn du bist viel zu schlau, um mit den anderen Neunjährigen in einer Klasse zu sitzen. Also musst du auf der Franklin Magnate sein, was wiederum heißt, dass du jetzt gerade … ›Erde und Kosmos‹ verpasst.«

Mimi stöhnte. Woher wusste er das? »Das ist eigentlich mein Lieblingsfach«, sagte sie traurig. Das war es. Sie mochte alles, was mit Sternen, dem Weltraum, Antimaterie, schwarzen Löchern und dem Kosmos zu tun hatte – und sie mochte die Mineralien und die verschiedenen Erdschichten, die alles über die Vergangenheit der Erde erzählten. Doch das Feuerwerk wollte sie eben noch lieber sehen.

Wie auf Stichwort rief jemand aus der Crew nach Positionen und Licht. Neben Mimi machte Strike einen Laut, und sie richtete sich in ihrem Versteck auf. Der Cop, Michael, drehte sich von Mimi weg und blickte sich um. Er musste etwas gesehen haben, was ihn interessierte, denn er wandte sich ihr wieder zu und sagte: »Strike, pass auf sie auf.« Dann ging er weg und verschwand um die Ecke.

»Ich habe ihm meinen Namen nicht verraten«, murmelte Mimi. Sie sah den Hund an, der sie mit seinen klugen Augen anguckte und leise winselte.

»Ich glaube ja, dass er mehr weiß, als er sagt«, flüsterte Mimi.

Wieder winselte Strike.

»Du magst ihn, nicht wahr?«, fragte sie.

»Hunde können die Seele eines Menschen fühlen«, sagte eine Frauenstimme. Mimi zuckte zusammen und drehte sich um. Ihr gegenüber stand eine schöne, große Frau mit braunem Haar und braunen Augen. Strike ging sofort auf sie zu und wedelte mit dem Schwanz. Die Frau bückte sich und kraulte ihn unterm Kinn. »Bist du Mimi?«, fragte sie, ohne von Strike aufzusehen.

Mimi war ein bisschen überrascht, nickte aber. Wenn Strike sie mochte, war sie okay. »Ja.«

»Ah, dann muss das hier Strike sein. Rhee hat mir schon viel von euch zweien erzählt.«

Mimi zog die Brauen hoch, doch dass sie von Rhiannon sprach, war ein gutes Zeichen, vor allem, wenn sie ihren Spitznamen benutzte. »Wer sind Sie?«, fragte Mimi sicherheitshalber.

»Ich bin Angel«, antwortete die Frau und richtete sich wieder auf. Strike winselte leise, weil er weitergekrault werden wollte.

»Hi, Angel«, sagte Mimi höflich und trat aus dem Schatten, um der Frau die Hand zu reichen wie eine Erwachsene.

Angel lächelte breiter, nahm Mimis Hand und schüttelte sie. Das fand Mimi sogar richtig gut. Angel gefiel ihr, denn sie erkannte gleich, dass sie eine von den Guten war.

»Ich bin hier, um mich mit Rhiannon zu treffen«, sagte

Angel, »aber sie ist gerade sehr beschäftigt. Wie wäre es, wenn du, Strike und ich uns die Zeit bis zur Show mit einem Smoothie nebenan vertreiben?«

Prompt knurrte Mimis Magen. Sie hätte sehr gern einen Smoothie aus dem Laden nebenan. Das war nur so ein Naturkostladen, keine von den schicken Ketten wie Jamba Juice, aber die Smoothies aus solchen Läden waren kalt und extra cremig und schmeckten wirklich nach den Früchten, die drin sein sollten. Oder nach der Schokolade, was gut war. Auch wenn Schokoladenmilch eigentlich kein Smoothie war, mochte Mimi die am liebsten.

»Ja, super. Aber keine Schokolade für Strike.«

»Natürlich nicht!«

Angel legte sanft eine Hand auf Mimis Rücken und führte sie aus dem Lagerhaus, das als Studio fungierte. Sie blickte sich über die Schulter zu dem Trubel um, den sie hinter sich ließen. Bei ihrer Ankunft in dem Lagerhaus hatte sie sofort erkannt, dass es der Schauplatz ihres Traums war. Und dann hatte sie Mimi gesehen und eins und eins zusammengezählt und erkannt, dass das rote Haar und die Schreie zu diesem kleinen Mädchen gehört hatten.

Ihr war gleich klar gewesen, dass sie Mimi dringend aus dem Lagerhaus bringen musste und sie nicht aus den Augen lassen durfte. Was sie allerdings in einen Zwiespalt stürzte. Einerseits beschützte sie so Mimi, andererseits aber war der vierte Sternenengel, Rhiannon, immer noch in dem Gebäude.

Und dort würde etwas passieren: Angel konnte nicht genau sagen, was, sondern nur, dass es laut, chaotisch und extrem gefährlich werden würde.

Andererseits war Rhiannon eine gestandene Frau und konnte auf sich selbst aufpassen. Wie Angel zufällig aus erster Hand wusste, hatte ihre Freundin schon reichlich heikle Situationen erlebt und sie jeweils heil überstanden.

Und sie hoffte, dass es diesmal nicht anders sein würde.

13

Michael war sicher, dass die Frau ihn nicht gesehen hatte. Und falls doch, war sie verblüffend gut darin, es zu verbergen. Er hingegen hatte sie durchaus gesehen und erinnerte sich gut an sie.

Angel. So hieß sie. Jedenfalls hatte Hesperos sie so genannt, als die beiden in dem abgelegenen Teil des Central Parks auftauchten, um ihm in seinem Kampf gegen die Drachen und deren monströse Begleiter beizustehen. Und er erinnerte sich auch noch, dass die Frau unmittelbar vor Samaels Erscheinen verschwunden war.

Jetzt verließ sie das Lagerhaus mit der kleinen Mimi im Schlepptau. Michael fragte sich, was das zu bedeuten hatte. War Hesperos in der Nähe? Er erwog sogar, Angels Gedanken zu lesen, um es herauszufinden. Oder Mimis; die von Kindern waren erheblich einfacher zu lesen, da sie noch nicht jene mentalen Mauern errichtet hatten, die Erwachsene mit der Zeit um sich herum bauten.

Diese Gedankenleserei hatte er sehr schnell lernen müssen, nachdem ihm aufging, in was Sam ihn verwandelt hatte. Azrael hatte die Gabe von jeher gehabt, während sie über Michael wenige Stunden nach seiner Wandlung quasi hereingebrochen war – zusammen mit einer Vielzahl von anderen Talenten, unter denen einige waren, die nicht einmal Az besaß.

Letztlich hatte er sich entscheiden müssen. Er könnte sich leicht der Unmenge oberflächlicher Gedanken um ihn herum öffnen, doch das waren derart viele, dass sie sich wie ein besonders lästiges Störungsrauschen ausnahmen. Michael besaß nun zwar die Fähigkeit, aber nicht die Erfahrung Azraels, und die Gedanken eines Einzelnen zu lesen kostete ihn eine Kraft, die er sich lieber für anderes aufsparte. Seine Kräfte wollte er für seinen Sternenengel aufbewahren.

Er hatte nämlich das Gefühl, dass sie ihm noch einiges zumuten würde. Und beinahe freute er sich darauf. Bei dem Gedanken lächelte er flüchtig, wurde aber sogleich wieder ernst. Ein Hauch von Misstrauen huschte über seine Züge, als er Angel nachblickte.

Instinktiv streckte Michael seine mentalen Fühler aus. War es derselbe Raubtier- oder Beschützerinstinkt wie bei Az, der ihn antrieb? Doch kaum erreichten seine Fühler das braunhaarige Zielobjekt, stießen sie gegen einen Puffer. Es fühlte sich an, als würde sich hinter ihr eine Automatiktür schließen, und sie drehte sich zu ihm um. Ihre Blicke begegneten sich, tauschten eine unbekannte Botschaft aus, und dann war sie fort.

Michael hatte keine Ahnung, wohin sie wollte.

Er fuhr sich mit der Hand durch sein dichtes blondes Haar und sah hinauf zur Decke der Lagerhalle. Der Cop in ihm merkte auf, und seine Sinne waren durch seine jüngsten Talente umso schärfer. Er dachte nach.

Da Angel ihm gegen die Drachen im Central Park geholfen hatte, musste sie auf seiner Seite sein. Und wenn sie auf seiner Seite war, dann war sie auch auf Mimis Seite. Für den Polizisten Michael hieß das: Was immer sie tat, sie tat es, um das kleine Mädchen zu schützen. Und wenn der Schutz so aussah, dass sie Mimi aus dem Lagerhaus brachte, bedeutete das zwangsläufig, dass sie mit Problemen rechnete. Und Rhiannon war noch im Lagerhaus.

Michaels Augen wurden heißer, als er die unverkleidete Deckenkonstruktion über sich prüfte und die vielen dunklen Nischen nach Phantomen, Egeln oder Gespenstern absuchte. Er selbst stand seitlich, mehr oder minder im Schatten verborgen. Würde er wollen, könnte er ganz eins mit der Dunkelheit werden – dank seines Incubus-Blutes.

Und was Incubi betraf, war Michael ziemlich sicher, dass er es spüren könnte, wäre Hesperos im Lagerhaus. Er würde es mit ebendiesem Blut spüren.

Also: keine Phantome, keine Gespenster, keine Egel und keine Incubi. Was blieb da übrig? Was würde hier passieren?

Michael musterte die Decke weiter, die Dachträger und die vier dicken Wände, die das Außengerüst des riesigen Gebäudes bildeten. Es handelte sich um verstärkte Backsteinmauern, die stabil genug waren, um die Explosionen auszuhalten, die Rhiannon für ihre Tarnfirma erzeugte, um Kunden zu beeindrucken.

Und während er etwas genauer hinsah, durchbrach etwas einfach so seine Konzentration, war aber sogleich wieder fort. Das war eine Stimme gewesen. *Ihre* Stimme.

Michael wandte sich um und folgte dem Klang.

Da sah er Rhiannon Dante aus einer Gasse zwischen zwei Pappgebäuden in der nachgebauten Westernstadt treten. Sie ging einige Schritte, sah dabei auf ein Papier in ihrer Hand, und blieb stehen. Nachdenklich strich sie sich das Haar aus dem Gesicht und berührte ihre Lippen. Etwas, was sie auf dem Papier las, bereitete ihr offensichtlich Sorge.

Michael stand wie angewurzelt da. Er beobachtete diese Frau bei ihren simplen, alltäglichen Bewegungen und war vollends verzaubert. Die Art, wie das Licht auf ihr Haar traf und es rosig golden färbte, wie ihre langen Wimpern Schatten auf ihre Wangenknochen warfen, wie die wenigen zarten Sommersprossen verschwanden, als ihr warm oder sie verlegen oder wütend wurde, und wieder auftauchten, wenn ihr kalt oder sie müde oder hungrig war. Wie sie beim Überlegen an ihrer Unterlippe nagte oder sich nervös eine Haarsträhne hinters Ohr schob – alles war choreografierte Perfektion. Sie war ein Tanz. Er hätte ihr sogar gern zugesehen, wenn sie beim Zahnarzt war.

Michael trat aus dem Schatten und näherte sich ihr von hinten. Er könnte sich lautlos bewegen, doch wo bliebe dabei der Spaß? Lieber ließ er seine Stiefel ein wenig auf dem Estrich knirschen.

Rhiannon sah von ihrem Blatt Papier auf und drehte sich langsam um. Michael bemerkte, dass sie das Blatt fester hielt und blass wurde, während sich ihre Pupillen weiteten.

»Miss Dante«, begrüßte er sie. »So sieht man sich wieder.«

Einen Moment lang starrte sie ihn sprachlos an. Und er musste ihre Gedanken nicht lesen, um zu wissen, was sie dachte. Ihm sagte ihr Blick alles, der von seinen Augen zu seinem Haar und seinen Schultern wanderte. Alles, was er wissen musste und *wollte.* Seit zweitausend Jahren war er in Menschengestalt auf der Erde, folglich hatte er gelernt, weibliches Verlangen zu erkennen.

Aber da war auch Angst, was jedoch zu erwarten gewesen war.

Und sie lenkte ja nicht weiter vom Verlangen ab.

Rhiannon räusperte sich und setzte eine gelassene Miene auf. »Detective? Wie komme ich zu der Ehre?«, fragte sie. Ihre sonst so weiche Stimme brach ein klein wenig, weil sie von dieser Begegnung gestresst war.

Er zuckte mit den Schultern und blickte sich um. »Die städtischen Maßgaben, die Feuerschutzregeln und die Gesetze schreiben vor, dass bei allen Vorführungen dieser Art die Polizei vor Ort sein muss.« Dann sah er lächelnd wieder zu ihr.

Mit diesem Lächeln signalisierte er ihr, dass es sein gutes Recht war, hier zu sein, und dass ihm bewusst war, dass er sämtliche Trümpfe in der Hand hielt.

Was sie selbstverständlich schon wusste. Er beobachtete, wie sich Nervosität auf ihren Zügen spiegelte, bevor sie den Blick senkte und ihre langen Wimpern wieder ihre Wangen streiften. Michaels Kiefer begann zu schmerzen.

Sein brandneuer Vampirismus setzte seinen Körper unter Druck, und er biss die Zähne zusammen, als sein Blut in Wallung geriet.

Jetzt nicht, ermahnte er sich streng. *Hurensohn.*

»Verstehe«, sagte Rhiannon, ohne aufzusehen. »Fühlen Sie sich hier ganz wie zu Hause, Detective. Allerdings empfehle ich Ihnen, in den ausgewiesenen ›sicheren Bereichen‹ zu bleiben, denn wir beginnen gleich mit den Aufnahmen.« Sie wandte sich von ihm ab. »Wenn Sie mir folgen wollen, zeige ich Ihnen, wo Sie sicher sind.«

»Ist mir ein Vergnügen«, antwortete Michael mit einem Hauch von Doppeldeutigkeit in seinem Tonfall.

Rhiannons Schultern verspannten sich kaum merklich, und er konnte sich lebhaft vorstellen, wie sich ihre Wangen röteten. Sein Lächeln wurde strahlender, und der Schmerz in seinem Kiefer schwoll zu einem Pochen an.

»Also, was sehen Sie eigentlich in ihm?«, fragte er, während sie zügig vor ihm herging.

»Wie bitte?«, fragte sie über die Schulter.

»In Ihrem Freund.«

Rhiannon stolperte beinahe. Offensichtlich erschreckte sie die Frage.

»Ich habe Ihr Alibi für Donnerstagnacht überprüft«, erzählte er in bester Cop-Tonlage. »Denton Remington«, sagte er leicht spöttelnd, »konnte sich kaum an Einzelheiten Ihres Dates erinnern.«

Rhiannon schwieg zunächst, bevor sie fragte: »Ach nein?«

»Er sagt, dass er Sie um halb acht abgeholt hat«, fuhr Michael fort, »aber soweit ich mich erinnere, sagten Sie, dass es eher gegen acht gewesen wäre. Und Sie sagten, Sie hätten sich die *Avengers* angesehen, während Mr. Remington den Eindruck hatte, er wäre in dem *X-Men*-Film gewesen. Vielleicht hatte er sich nur versprochen. Oder Sie.«

Rhiannon sagte nichts, und ihm war klar, dass sie fieberhaft überlegte.

»Ein interessanter Mann, dieser Mr. Remington. Gut gekleidet, nett frisiert, schicke Kaffeemaschine in der makellosen Küche und toller Lesestoff auf seinem Couchtisch, einschließlich einiger sehr interessanter Zeitschriften. *Element … Instinct … GO.*«

Plötzlich blieb Rhiannon stehen und fuhr herum. Ihre grünen Augen funkelten vor Empörung. »Was wollen Sie eigentlich andeuten, Detective?«

Michael grinste. »Was *denken* Sie denn, was ich andeuten möchte, Miss Dante?«, fragte er leise, hielt ihrem Blick stand und trat näher auf sie zu. Er konnte ihr Herz hämmern hören. Soeben hatte er ihren vermeintlichen Freund als freundlich, hilfsbereit und definitiv homosexuell geoutet, so, wie er ihn erlebt hatte, als er ihn befragte. Wobei es weder dessen Einrichtung noch die Garderobenwahl war, die Michael seine sexuelle Orientierung verrieten; vielmehr hatte er sich diese Details ausgedacht. Michael hatte schlicht und ergreifend Remingtons Gedanken gelesen.

Ja, manchmal war Gedankenlesen wirklich praktisch. Zum Beispiel bei polizeilichen Befragungen.

»Dent ist ein gebildeter Mann, der einen guten Geschmack hat«, verteidigte Rhiannon sich.

»Ja, das ist er zweifellos. Immerhin hat er mit mir geflirtet.« Auch das war gelogen. Der Mann war gut trainiert und sehr zurückhaltend gewesen.

Rhiannon blinzelte mehrmals und hob erstaunt die Brauen. Dann schluckte sie und sah wieder sehr verärgert aus. Offensichtlich fiel ihr nichts ein, was sie erwidern könnte. Doch sie wurde gerettet, denn aus dem Lautsprechersystem erklang ein heller Glockenschlag.

Gleich danach verkündete eine Stimme den Aufnahmebeginn und bat alle, auf ihre Positionen zu gehen.

Rhiannon starrte Michael noch einige Sekunden wütend an, und Michael unternahm nichts, um sie daran zu hindern. Je länger sie ihn anfunkelte, desto länger sah sie ihn an, und das genoss er mit jeder Faser seines Seins. Noch dazu liebte der Krieger in ihm die Herausforderung.

»Ich muss arbeiten«, zischte sie schließlich mit zusammengebissenen Zähnen. »Da«, sagte sie und zeigte zu einem Bereich, wo mehrere Leute mit Headsets und Notizblöcken hinter einem dicken gelben Absperrband standen. »Gehen Sie dort in den Sicherheitsbereich.«

Michael lachte leise und wollte hingehen, als etwas über die Mauer hinter den Leuten glitt.

Michael blieb stehen und sah genauer hin.

Dann blickte er zu Rhiannon, die neben ihm stand und ebenfalls zu der Wand starrte und sehr blass geworden war.

»Was sehen Sie dort?«, fragte er – ziemlich streng.

»Ich … ich weiß es nicht«, antwortete sie sehr leise.

Michael schaute wieder zu der Mauer, gerade rechtzeitig, um es noch einmal zu sehen. Diesmal bewegte es sich ein wenig nach rechts, und es war weniger ein Gleiten als ein … *Drücken?* Als wäre die Mauer aus Plastikfolie und etwas versuchte, von der anderen Seite hindurchzukommen.

Michaels Kriegerreflexe regten sich. »Gargoyles«, sagte er betont ruhig. »Die sind hinter Ihnen her.«

14

Rhiannon war wie gelähmt. Sie stand sprachlos neben Detective Salvatore, während ihr mehrere Dinge gleichzeitig klar wurden.

Die Gargoyles machten Jagd auf sie. Der Detective wusste Bescheid, dass sie hinter *ihr* her waren …

Es blieb keine Zeit, diese Erkenntnisse zu verarbeiten, denn die gut sechs Meter entfernte Backsteinwand wurde lebendig. Gleichzeitig gingen weiter hinten im Lagerhaus Explosionen los. Der Boden unter Rhiannons Füßen verschob sich, und sie sah nach unten.

Sie sprang auf und unterdrückte nur knapp einen Schrei, als der Fußboden – der *Zementboden* – ins Gleiten geriet, direkt neben ihren Stiefeln und genauso wie die Wand zuvor. *Das ist Stein*, dachte sie panisch. »Der Boden ist auch aus Stein!« Vor lauter Angst hatte sie unwillkürlich laut ausgesprochen, was sie dachte, ohne es zu filtern. Überall waren Menschen, es war helllichter Tag, und die Monster griffen an. Wie es sich anhörte, wurden ihre Kräfte jetzt für die Aufnahmen gebraucht; sie sollte mittels Telekinese Dinge umherfliegen lassen, Feuer ohne Benzin entzünden und Blitze aus einem blauen Himmel zaubern.

Denk nach, Rhiannon. Denk nach!

»Wir müssen Sie hier rausschaffen«, sagte der Detective neben ihr. Schon fühlte sie seine starke Hand an ihrem Ellbogen, die sie den Weg zurückführte, den sie gekommen waren, und zu den Türen am anderen Ende des Lagerhauses.

»Nein!« Rhiannon blieb stehen und riss sich von ihm los. »Nein«, wiederholte sie hastig und blickte sich um. »Ich muss das hier und jetzt regeln. Und ich kann die Spezialeffekte als Tarnung nutzen.« Überall standen Kartons, lagen Kabel und Zündschnüre, und irgendwo in der Tiefe der Halle wurden bereits weitere kleinere Feuerwerkskörper gezündet. Alles konnte zu ihrem Vorteil sein.

Sie sah auf und stellte fest, dass der Detective sie mit seinen blauen Augen anblickte, in denen sich ein unlesbares Gefühl spiegelte. Sie hatte keinen Schimmer, was er dachte, wie er von den Gargoyles oder deren Verbindung zu ihr wusste, und sie hatte hundert Fragen an ihn. Doch ein Fleck an der Wand über seiner linken Schulter verwandelte sich für einen Sekundenbruchteil in ein steinernes Gesicht, und das Herz schlug ihr bis zum Hals.

»Na gut«, sagte Salvatore schließlich und lenkte ihre Aufmerksamkeit damit wieder auf sich. »Aber wir machen das zusammen.«

Rhiannon runzelte die Stirn. Zusammen? Was sollte denn ein Cop gegen Steinmonster ausrichten? Sie erschießen? Das hatte sie schon probiert, und es funktionierte nicht.

»Und wir machen es auf meine Art«, ergänzte er. Etwas blitzte in seinen blauen Augen auf, sodass sie von innen zu leuchten begannen wie Glasfenster. Sie fingen regelrecht an zu glühen.

»Sie sind kein Mensch«, flüsterte Rhiannon.

Detective Salvatore lächelte kurz und enthüllte dabei lange weiße Reißzähne, bevor er sich rasch wegdrehte – gerade rechtzeitig. Die Wand hinter ihm explodierte, und eine flüssige runde Kugel kam mit entsetzlicher Geschwindigkeit auf ihn zu. Im Flug verformte und verfestigte sie sich zur Gestalt eines großen, kräftigen Mannes, während der Detective beide Arme hob, sodass sich die beiden in einem Faustkampf begegneten.

Unmöglich. Was Rhiannon sah, war ausgeschlossen.

Und auch wieder nicht, eigentlich gar nicht, denn zugleich wurde ihr klar, was sie bereits vermutet hatte oder vielleicht sogar längst wusste.

Detective Michael Salvatore war definitiv der Mann vom Maskenball. Jetzt war sie ganz sicher. Er war der Mann mit der schwarzen Maske, dessen Charme sie derart benommen gemacht und der ihr eine Schatztruhe voller Gold ins Schlafzimmer gestellt hatte.

Er war klar und eindeutig kein Mensch; er hatte Reißzähne, und jetzt kämpfte er gegen die Gargoyles, die ihretwegen gekommen waren.

»Hinter dir!«, warnte er sie plötzlich. Rhiannon zuckte zusammen, drehte sich um und fand sich dem Gargoyle gegenüber, der ihr wenige Nächte zuvor den Oberschenkel aufgeschlitzt hatte.

Die Zuschauer mit ihren Headsets und den Notizblöcken hinter dem gelben Absperrband achteten jetzt nur noch auf sie. Allerdings blieben sie, wo sie waren, und Rhiannon schöpfte Hoffnung. Vielleicht hielten sie das hier für einen Teil der Show. Immerhin kamen reichlich übernatürliche Bösewichte in *Ausgleichende Gerechtigkeit* vor. Wenn sie weiter ahnungslos fasziniert zusahen, wäre das wahrlich ein Segen.

»Du bist ein kleines Weibchen«, sagte der Gargoyle, dessen Gesichtsausdruck zwischen Gier und Ungeduld schwankte. »Wir gehen in die Tausende. Du wurdest markiert, und das hier ist erst vorbei, wenn du aufgibst.«

»Oder einer von uns tot ist?«, fragte Rhiannon bewusst laut genug, dass das Publikum es hörte. Sie musste gnadenlos übertrieben spielen, denn das war die sicherste Methode, um mit ihrer Magie durchzukommen. Die weibliche Hauptfigur in *Ausgleichende Gerechtigkeit* hatte rotes Haar, also könnte Rhiannon vorgeben, ihr Double zu sein.

»Wenn ich sterbe, werde ich ersetzt. Stirbst du aber«, sagte er, senkte die Stimme und kam bedrohlich näher, »wird meine Art nach einem Ersatz für dich suchen. Unsere Zahl geht zurück, und neues Blut bewahrt uns vor dem Aussterben. Wünschst du einer anderen Frau dein Schicksal?« Er machte noch einen Schritt auf sie zu, und Rhiannon stellte fest, dass sie mit dem Rücken zu einem Kartonstapel stand. »Einer schwächeren, weniger *besonderen*?«

Rhiannon hatte keinen Schimmer, was sie darauf sagen sollte. Und überhaupt fand sie allmählich, dass die Zeit zum Reden um war. Jetzt war etwas anderes gefragt.

»Früher oder später stirbt alles aus«, konterte sie. Dann tat sie, als würde sie über einige Kabel zu ihren Füßen nach rechts stolpern. Sobald er nach ihr griff, versetzte sie ihm einen Hieb unters Kinn, sodass seine Zähne laut zusammenschlugen. Es klang wie zwei Steine, die zusammenkrachten. »Wieso solltet ihr es nicht jetzt?«

Sie setzte den Angriff mit einem Tritt in seinen Unterleib und einem Schlag seitlich gegen seinen Kopf fort, der ihn zur Seite katapultierte. In ihrem Fußgelenk und ihrer Hand pochte es unangenehm.

Jemand packte sie bei der Schulter und riss sie herum. Rhiannon wollte schon zuschlagen, als sie in blaue Augen starrte.

»Benutze deine Kräfte, Rhiannon«, zischte er. Sein Gesicht war nur Zentimeter von ihrem entfernt. »Lenk die Leute ab!« Er wies mit einem Kopfnicken hinter sie, wo sich inzwischen noch mehr Leute versammelt hatten.

Rhiannon schob sämtliche Bedenken beiseite und setzte ihre Fähigkeiten ein. Sie stellte sich die Stadt jenseits der Lagerhausmauern vor, dann den Himmel über der Stadt. Sie sah Wolken, die sich am Himmel zusammenbrauten, dicht, dunkel und brodelnd. Sie malte sich aus, wie sich die Wassermoleküle in diesen Wolken sammelten und sie immer weiter in die Atmosphäre aufstiegen, zu schweren Gewitterwolken wurden und ein starker Wind einsetzte. In einer Gasse in der Nähe löste sich der Deckel von einer Mülltonne und kullerte scheppernd gegen eine Mauer. Jetzt hatte sie das Unwetter, das sie brauchte.

Sie zog die Blitze direkt durch das Dach des Gebäudes. Jahrelange Übung hatte ihre Fertigkeiten geschult und die Blitze scharf wie Klingen gemacht, die durch feste Materialien glitten wie heiße Messer durch Butter.

Ein Blitz schlug an einer menschenleeren Stelle etwa sechs Meter von Rhiannon entfernt mit solcher Wucht ein, dass der Boden aufbrach, Steinbrocken in alle Richtungen stoben und ein Krater zurückblieb. Rhiannons Übung ermöglichte es ihr, die Dezibelwerte der Einschläge zu drosseln, indem sie den Druck minderte, mit dem die Luftmassen kollidierten. Das tat sie schon allein deshalb, damit sie nicht taub wurde. Dennoch war der Einschlag laut genug, um eine klirrende Stille im Universum zu hinterlassen. In dieser Stille rannten die Leute in Deckung, stießen gedämpfte Schreie aus und achteten nicht mehr auf Rhiannon, den Detective und ihre Feinde.

Die Zeit verlangsamte sich, während Rhiannon in den Kampfmodus wechselte. Beinahe konnte sie hören, wie es in ihr *Klick* machte. Gleich darauf segelten Kartons, Kisten, Lautsprecher und elektronisches Gerät durch die Luft, und Feuerbälle schossen aus dem Blitzkrater. Rhiannon jagte schwere Objekte auf die neue Welle von Gargoyles zu, die jetzt aus der einen Seitenwand des Lagerhauses kamen. Die Feuerbälle, die sie in guter *Feuerkind*-Manier durch die Luft schickte, nahmen tödliche Ausmaße an.

Und sie hörte nicht auf. Noch mehr Blitze schossen aus dem Himmel über dem Gebäude, zischelten durch die Decke und lieferten die Funken, die Rhiannon für ihre Flammen brauchte. Sie fing sie ein, heizte sie mit ihrem Geist zu Mini-Infernos auf und hielt sie bereit, um sie jederzeit gegen einen ahnungslosen Gegner einzusetzen. Das Feuer selbst richtete keinen großen Schaden an, verwirrte die Angreifer aber und machte sie langsamer.

Detective Salvatore drehte sich von ihr weg, um anscheinend gegen den nächsten Gargoyle anzutreten, und jemand packte sie beim Handgelenk, was Rhiannon auf der Stelle ablenkte. Sie blickte auf die grauen, kalten Finger hinab, die ihren Unterarm umschlangen, dann zu dem ebenso grauen Gesicht, das sich noch nicht vollständig zu einem menschlichen Antlitz geformt hatte. Dieser Gargoyle kam aus dem Boden unter ihnen, und vor ihren Augen wuchs er und verfestigte sich auf monströse Weise.

Falls die Kameras noch liefen, dürfte dieses Material ein Zehnfaches von dem wert sein, was Lambent bezahlt hatte.

Rhiannon machte sich bereit, den Gargoyle mit einem heftigen Blitzschlag in Trümmer zu zerlegen, als ein lautes Krachen rechts von ihnen ertönte.

Sie sah gerade rechtzeitig hin, um einen Gargoyle durch mehrere Kisten, eine Pappfassade und gegen die Außenwand fliegen zu sehen, aus der Backsteinbrocken rieselten, bevor der Gargoyle wieder mit dem Stein verschmolz.

Salvatore drehte sich kurz zu Rhiannon um. Sein Blick fiel sofort auf die Hand an ihrem Unterarm … und er setzte sich in Bewegung.

Tatsächlich bewegte er sich so schnell, dass sein Gesicht verschwamm, als er auf sie zurauschte und ihren Arm von dem Gargoyle befreite. Rhiannon kannte sich gut genug mit Blitzen aus, um zu erkennen, dass er ihnen im Tempo in nichts nachstand.

Die grobe Befreiung hinterließ einen leichten Bluterguss, aber wenigstens war sie das Steinwesen los. Und es war ohnehin unerheblich, denn der Detective hatte seine Hand an der Kehle des Gargoyles und drückte zu. Rhiannon merkte, wie sie die Augen weit aufriss, als der Hals der Kreatur erst ein knackendes und dann ein schabendes Geräusch machte. So müsste sich ein Erdbeben für einen Titan anhören. Der Gargoyle wechselte in Wellenbewegungen zwischen Fleisch und Stein, bis die Bewegungen verebbten und er ganz Stein blieb.

Schließlich drückte der Detective ein letztes Mal zu, und der Hals des Gargoyles zerbarst.

Rhiannon schirmte die Augen gegen die umherfliegenden Steinbrösel ab und blinzelte erschrocken, bevor sie sich wieder Dringenderem zuwandte. Was der Detective war und welche unglaublichen Kräfte er besaß, wollte sie später herausfinden. Jetzt musste sie sich um mindestens ein Dutzend Gargoyles kümmern, um die Feuerbälle, die sie entweder auflösen oder als Waffen benutzen musste, und um das tosende Unwetter über ihnen, das erst weggehen würde, wenn sie es ihm sagte.

Rhiannon straffte ihre Schultern und fixierte den nächstbesten Gargoyle mit einem Blick, der ihm unmissverständlich sagte, dass sie fest entschlossen war, sich zu wehren. Der Gargoyle zog die Brauen zusammen und stürmte auf sie zu. Mit einem Lächeln kam Rhiannon ihm auf halbem Weg entgegen.

Eine ganze Weile später – wie viel Zeit vergangen war, konnte Rhiannon nicht sagen – war die Luft voller Asche und Staub, das Gewitter tobte weiter über ihnen, und Kisten und Kartons, die hierhin und dorthin geschleudert worden waren, lagen überall auf dem Boden verteilt. Rhiannons Atem ging schnell und angestrengt, ihre Wangen und ihre Brust fühlten sich heiß an, und ihr rotes Haar war von der statisch aufgeladenen Luft zerzaust.

Stein- und Backsteinschutt lag in Haufen überall im Lagerhaus: die Überreste der geschlagenen Gargoyles. Von den Feuerbällen und den Blitzen war es ziemlich aufgeheizt. Die Film-Crew, die Doubles und die Elektriker der Swallowtail Foundation kauerten in den Ecken, regungslos und stumm vor Schreck. Doch sie waren alle unverletzt.

Neben Rhiannon stand Detective Michael Salvatore, leicht breitbeinig, die blauen Augen glühend, das dunkelblonde Haar zerzaust und voller Asche. In seiner Jacke waren mehrere Risse, die zweifellos von Gargoyle-Klauen stammten. Auch auf seiner linken Wange prangte eine breite, tiefrote Schramme, die ihn allerdings erst recht wie einen Krieger wirken ließ.

Rhiannon ertappte sich dabei, wie sie ihn völlig gebannt anstarrte, während ihr Herz von dem Kampf noch heftig wummerte. Was ihr jedoch am meisten auffiel, war, dass Michael Salvatore trotz des Chaos und der Strapazen der Schlacht lächelte. Seine Reißzähne waren verschwunden. Entweder das, oder er hatte nie welche gehabt, und Rhiannon hatte sie sich nur eingebildet. So oder so lächelte er, als hätte er das Gefecht eben regelrecht genossen. Ja, dieses Grinsen besagte, dass er sich köstlich amüsiert hatte.

Und das Schlimme daran war, dass es ihr nicht anders ging. Sie strahlte mindestens genauso wie er.

Salvatore blickte sich in dem verwüsteten Lagerhaus um, schätzte den Schaden ein und wandte sich ihr zu. Grinsend sagte er: »Das hat Spaß gemacht.«

Und sie erwiderte lächelnd: »Ja, hat es.«

15

»Er könnte verletzt sein«, sagte Max nachdenklich und ging wieder in dem großen Wohnzimmer des Herrenhauses auf und ab. Der Hüter trug seinen braunen Anzug mit der braunen Krawatte, und eine Brille mit Metallgestell zierte seine Nase. »Oder tot.« Nun blieb er stehen und sah die anderen an.

»Er ist nicht verletzt, sondern will seine Ruhe haben«, entgegnete Gabriel kopfschüttelnd, der mit seiner Frau Juliette auf der Couch saß. Juliette war der zweite Sternenengel gewesen, den die vier Erzengel gefunden hatten.

»Wäre er verletzt, würde er sich melden. Und wäre er tot, würdest du es wissen«, sagte Uriel zu Max. Als ihr Hüter war Max auf unerklärliche Weise mit ihnen verbunden. Sollte Michael in ernsten Schwierigkeiten stecken, würde Max es wahrscheinlich spüren. Ach was, sie alle würden es fühlen.

»Wahrscheinlich hast du recht«, seufzte er und blieb vor dem großen Kamin stehen, der mehr oder weniger das Herz des Herrenhauses war. Und es war nicht irgendein Haus, von Menschen auf vergänglicher Erde errichtet. Das Herrenhaus war ein Geschenk des Alten Mannes an die vier Lieblingserzengel gewesen. Es folgte ihnen, war stets für sie da, veränderte sich nach ihren Bedürfnissen, wuchs oder schrumpfte, und das Herz schlug immerzu. Mit anderen Worten: Der Kamin war immer angeheizt, der Kühlschrank immer voll, ein großer Biervorrat stets gekühlt.

Darüber hinaus diente das Herrenhaus den Erzengeln als eine Art Transportmittel. Alles, was einer von ihnen brauchte, um ohne Zeitverlust von A nach B zu kommen, war eine Tür. Jede beliebige Tür tat es, ob die eines Autos, einer Kirche oder eines Badezimmers.

Sogar die Steinbögen alter, verfallener Türen reichten, solange diese Türen irgendwann auf- und zugegangen waren. Die Erzengel öffneten die Tür, dachten an den Ort, an den sie wollten, und gingen hindurch. Den Rest erledigte das Herrenhaus.

Auf ihrer Reise durch Raum und Zeit passierten sie also immer das Herrenhaus. Eine Sekunde später traten sie dann an ihrem Zielort durch eine andere Tür hinaus. Von Florenz nach New Orleans, von Reykjavik nach Brisbane, von Hongkong nach New York City – einfach so, blitzschnell.

Das Herrenhaus war ihr ständiger Begleiter, ihr Rückzugsort in einer turbulenten Welt, und Max, ihr Hüter, war hier eine feste Größe.

Einen anderen Titel als den des Hüters hatte er nie gehabt, und letztlich passte seine Rolle zu ihm. Er war ihr unsterblicher Begleiter, ihre Vaterfigur und ihr bester Freund.

Für Azrael und Uriel hatte er außerdem als Agent fungiert, weil sie beide bekannte Persönlichkeiten des öffentlichen Lebens waren. Uriel war ein berühmter Schauspieler, der in der verfilmten Buchserie *Ausgleichende Gerechtigkeit* die Hauptrolle des Vampirs gespielt hatte. Und Azrael war *der Maskierte* – der Leadsänger der Rockband namens Valley of Shadow.

Natürlich war Max nicht immer ihr Agent gewesen. Im Laufe der Zeit hatten sich seine Rollen mit der Kultur und den Erwartungen des jeweiligen Zeitalters verändert. Doch er war durchgängig ihr Hüter gewesen.

Und er war nach wie vor in Sorge um Michael. Er konnte einfach nicht anders.

»Guck nicht so verstopft, Max«, knurrte Gabriel, dessen schottischer Akzent seine Worte weniger schroff klingen ließ. »Ich habe doch gesagt, er will bloß seine Ruhe haben. Hat er mir selber erzählt.« Gabriel, der Himmelsbote, trank einen Schluck von dem Bier in seiner Hand und drückte sanft den Schenkel seiner Frau, bevor er ihr zuzwinkerte.

Juliette verdrehte die Augen und lächelte Max zu. »Was Gabe so galant zu sagen versucht, ist, dass Michael ziemlich …«

»Verklemmt ist?«, sprang Uriel ein.

»Ich wollte *vorsichtig* sagen«, korrigierte Juliette mit einem strengen Blick zu Uriel. »Der Vorsichtigste von uns allen. Wenn etwas Schlimmes los wäre, würde er uns Bescheid geben. Er hält sich immer an die Regeln, und er geht kein unnötiges Risiko ein.«

»Juliette hat recht«, pflichtete Eleanore, Uriels Sternenengel, ihr bei. »Ich glaube nicht, dass wir uns Sorgen machen müssen, solange er nicht Alarm schlägt.«

Es dauerte eine knappe Stunde, bis im Lagerhaus alles erklärt war. Den materiellen Schaden wieder zu beheben dürfte um einiges länger dauern.

Niemand war verletzt worden, was enorm half, Rhiannons Geschichte glaubwürdig zu machen. Nachdem sie und der Detective die letzten Gargoyles erledigt hatten, war sie zu den Leuten von Samaels Team gegangen, die alles bezeugt hatten, und hatte hochzufrieden gelächelt.

Zwanzig Minuten später waren alle überzeugt, dass die Show sorgfältig geplant gewesen war, man sich jedoch bedeckt gehalten hatte, damit die Reaktionen der Schauspieler möglichst echt ausfielen, und dass dies nur ein kleiner Vorgeschmack auf das gewesen war, was die Swallowtail Foundation an Special Effects zu bieten hatte.

Absurderweise hatten die Kameras im gesamten Gebäude die ganze Zeit durchgefilmt. Teils war das dem Umstand geschuldet, dass Rhiannon Mr. V. längst hatte überreden können, Spezialkameras anzuschaffen, die nicht jedes Mal durchglühten, wenn sie ihre Blitze zündete.

Und teils war es pures Glück gewesen.

Das Material war atemberaubend. »Mr. Lambent wird sehr zufrieden sein«, schwärmte Lambents Vertreter. Er war ein nervöser Mann in einer hellen Baumwollhose und einem weißen Hemd mit einem Namensschild, auf dem »Niles Prichard« stand. Nach Rhiannons »Show« war er schreckhaft und verschwitzt, aber irgendwie putzig und vor allem hochzufrieden. »Wenn er dieses Material sieht, wird er Sie für immer unter Vertrag nehmen wollen!«

Wenig später erschien Alexander in seinem Anzug und mit einer dunklen Sonnenbrille auf der Nase. Er legte sanft eine Hand auf Rhiannons Rücken, nickte kurz und begann, die Aufräumarbeiten zu übernehmen.

Damit durfte sie offiziell Schluss machen für heute. Natürlich erkannte Alexander, dass hier keine normalen Dreharbeiten stattgefunden hatten. Von denen hatte er schon so viele miterlebt, dass ihm der Unterschied sofort auffiel. Und hier waren so viele Schutthaufen, dass Rhiannon den

Angriff der Gargoyles unmöglich leugnen konnte. Alexander und sein Putztrupp wollten eindeutig gleich anfangen.

Mr. V. würde selbstverständlich umgehend von ihm erfahren, dass es hier verdächtige Vorkommnisse gegeben hatte, und zwar solche der übernatürlichen Art. Rhiannon fragte sich, was genau er ihrem Boss erzählen würde.

Sie ging aus dem Lagerhaus und durch die doppelten Metalltüren in die Seitengasse. Die Türen fielen laut hinter ihr ins Schloss, sodass sie allein in der bereits dunkel werdenden Gasse stand – mit Detective Michael Salvatore.

Er lehnte an der Mauer am Ende der Gasse, ein Bein angewinkelt, den Fuß gegen die Backsteine hinter sich gestützt. Die muskulösen Arme hatte er lässig vor der Brust verschränkt, und sein Blick wirkte ruhig, auch wenn seine Augen so strahlend blau leuchteten wie immer.

Er beobachtete, wie sie auf ihn zuging, und sie spürte, dass er jeden Quadratmillimeter von ihr musterte, als wäre sie splitterfasernackt. Dennoch bemühte sie sich, nicht verlegen oder unsicher zu wirken. Vor allem ermahnte sie sich, auf keinen Fall rot zu werden.

»Okay«, sagte sie, sobald sie einen Schritt entfernt vor ihm stehen blieb. »Also, was bist du?«

Er hob eine Braue, stieß sich von der Wand ab und wandte sich ihr ganz zu.

»Ich habe Reißzähne gesehen«, fuhr sie tapfer fort. »Da bin ich mir sicher. Aber du kannst kein Vampir sein, weil du tagsüber draußen bist.«

Er sagte nichts, und in der Stille zwischen ihnen taten sich noch mehr Fragen auf.

Rhiannon schürzte die Lippen. »Deine Augen haben geglüht, und du hast den Hals eines Gargoyles zerdrückt wie sprödes Glas. Das kann kein Sterblicher. Also, raus mit der Sprache! Was bist du, Detective?«

»Aber bitte«, sagte er leise, neigte den Kopf zur Seite und betrachtete sie gedankenverloren, »sag Michael. Und was den Rest betrifft, bin ich nicht sicher, ob du mir glauben würdest, wenn ich es dir erzähle.« Seine Stimme war wunderbar tief und volltönend.

»Dir glauben?«, wiederholte sie kopfschüttelnd, als wollte sie sich seinem magischen Tonfall entziehen. »Wie ich dir glauben sollte, als du in meine Wohnung kamst und mir einen Vortrag hieltst, weil ich ein Lagerhaus in Brand gesteckt hatte, und das, obwohl du, wie ich inzwischen weiß, wusstest, dass es von richtig miesen Typen betrieben und außerdem von Gargoyles bewacht wurde? So wie ich dir glauben sollte, als du heute sagtest, du wärst rein beruflich hier? Dir glauben sollte, dass Denton mit dir geflirtet hat? Zu deiner Information: Der Mann ist seit vierzehn Jahren glücklich verheiratet und treu! Ja, mag sein, dass er mit einem anderen Mann verheiratet ist, aber er ist treu!«

O … Mist!

Sie blinzelte und trat einen Schritt zurück. Soeben hatte sie sich komplett und unwiderruflich verraten.

Doch zu ihrer Verwunderung – und noch größeren Erleichterung – fing der Detective nicht sofort an, ihr ihre Rechte aufzusagen. Er funkte auch nicht nach Verstärkung oder holte Handschellen hervor.

Okay, Letzteres hätte sie vielleicht nicht in jeder Situation richtig schlimm gefunden.

Stattdessen seufzte er und nahm die Arme herunter. »Wir haben eine Menge zu bereden. Und ich habe Hunger.« Sein Blick huschte zu ihrem Hals, und nun wurde

Rhiannon doch rot, denn unweigerlich musste sie wieder an die Reißzähne denken, die sie gesehen hatte. »Gehen wir etwas essen und unterhalten uns bei einer Flasche Wein.«

Rhiannon überlegte. Dabei kehrte sie ihm den Rücken zu, was nicht sonderlich schlau war, doch sie musste sich dem Sog seiner unfassbar blauen Augen entziehen. Sie brauchte einen klaren Kopf, und er vernebelte ihn ihr nur mit seinem Blick und seiner Stimme.

»Ich weiß es wahrlich zu schätzen, dass du mir eben geholfen hast«, sagte sie. »Aber du verwirrst mich gnadenlos. Erst verhörst du mich wegen irgendwelcher Straftaten«, sie wandte sie wieder zu ihm um, »und dann kegelst du mit Gargoyles und lädst mich zum Essen ein.« Sie betrachtete ihn schweigend und wurde leiser, als sie fragte: »Welcher von beiden ist der echte Detective Salvatore?«

Er lächelte, und diesmal hatte er eindeutig Reißzähne. »Michael, schon vergessen?«, sagte er, schob die Hände in die Taschen und musterte die Mauern entlang der Gasse, als rechnete er nach wie vor mit Schwierigkeiten. »Und die Wahrheit ist, dass beide echt sind.«

Dann sah er sie wieder direkt an. »Geh mit mir essen, Rhiannon.« Er machte einen Schritt auf sie zu, sodass sie sich ganz dicht gegenüberstanden. Und sie wich nicht zurück. »Ich verspreche auch, dass ich alles erkläre.«

Rhiannon schluckte, weil sie ein Duft von Leder und Aftershave einhüllte, von dem ihr schwindelig wurde. *Er riecht nach Nacht.*

Das war ein unangebrachter Gedanke, anscheinend von dem High nach dem Kampf befeuert. Der Mann war berauschend, egal ob er den superklugen Cop mit Reißzähnen und glühenden Augen gab oder nicht. Und wenn sie nicht aufpasste, würde sie es hier in der Gasse mit ihm treiben, ehe sie sich's versah.

Sie durfte nicht mit ihm gehen. Vielmehr musste sie Abstand zu ihm gewinnen, denn er hatte eine viel zu starke Wirkung auf sie und brachte sie dazu, Dinge zu sagen, die sie unter normalen Umständen niemals preisgeben würde. Er war ihr völlig fremd, und dennoch veränderte er sie und machte sie schwach. *Geh nicht mit ihm essen, Rhiannon*, ermahnte sie sich streng. *Er ist gefährlich.*

»Okay«, sagte sie entgegen jedem Funken Verstand, den sie besaß.

16

Er sorgte sich um Mimi. Angel hatte ein unglaublich gutes Timing bewiesen, als sie das Mädchen aus dem Lagerhaus holte, doch das war das Letzte, was er von ihr wusste. Hatte sie etwas von dem Kampf mitbekommen? Hatte Angel sie weit genug weggebracht, dass sie in Sicherheit war?

Michael hatte eine ungute Ahnung, was die Gargoyles tun würden, sollten sie wissen, wie sehr Rhiannon an Mimi hing. Er hatte die Gedanken einiger der Angreifer gelesen. In das Bewusstsein von steinernen Wesen einzudringen war um einiges schwieriger als bei Menschen, doch Gargoyles waren beides. Sie konnten durch pure Willenskraft vom einen zum anderen wechseln, und Michael hatte die Momente abgepasst, in denen sie fleischliche Form annahmen.

Selbst dann war es noch zäh gewesen, als würde man sich durch nassen Sand kämpfen. Trotzdem gelang es ihm, und so erfuhr er, dass die Gargoyles Rhiannon Dante wollten, wie sie noch nie zuvor eine Frau gewollt hatten.

Irgendwoher wussten sie von ihren Fähigkeiten – von *allen*. Ihnen war nicht bloß bekannt, dass sie mittels Gedanken Dinge durch die Gegend schleudern konnte und Feuer und Blitze kontrollierte, sondern auch, dass sie heilen konnte. Und diese Fähigkeit wollten sie unbedingt für sich.

Genau wie die verdammten Adarianer.

Die Gargoyles planten, mit ihr neue Nachkommen zu zeugen, die dann sowohl Rhiannons Gaben hätten als auch die Fähigkeit der Gargoyles, sich von Stein in Fleisch und zurück zu verwandeln.

Wie sie das alles herausbekommen hatten, war leider nicht klar geworden. Dieses Wissen war tief in ihrem Denken vergraben, als hätte derjenige, der es ihnen eingab, es besonders schützen wollen, vor allem vor Michael. Doch er würde es herausbekommen. Sobald er Rhiannon sicher nach Hause gebracht hatte, würde er den Gargoyles einen kleinen Besuch abstatten.

Es war eine Stunde nach Sonnenuntergang, und er fuhr durch die nassen Straßen der Stadt, als Rhiannon auf dem Beifahrersitz neben ihm einen Anruf erhielt. Michael sah kurz hinüber, während sie ihr Handy aus der Innentasche ihrer Jacke holte und das Gespräch annahm.

Natürlich konnte er jedes Wort verstehen, das gesprochen wurde. Allerdings hätte es dazu nicht einmal seines besonderen Gehörs bedurft, denn iPhones waren nun einmal nicht direkt abhörsicher. Der Anrufer war Mr. Verdigri. Er gab Rhiannon Bescheid, dass Rhiannons Freundin Angel die kleine Mimi nach Hause gebracht hatte.

Michael beobachtete, wie Rhiannons Gesichtsausdruck innerhalb von Sekunden von Freude über Verwunderung zu Schuldbewusstsein und Verwirrung wechselte.

»Mist«, flüsterte sie, als sie aufgelegt hatte und ihr Telefon wieder einsteckte. »Ich habe Angel völlig vergessen. Ich sollte sie heute Abend zum Essen treffen.«

Michael horchte auf. »Wer ist Angel?«

Rhiannon sah ihn mit einem Blick an, der ihm verriet,

dass ihr nicht nach einer Erklärung zumute war, und das nicht, weil sie zu müde war, sondern weil sie sich schämte. »Eine Freundin von mir. Eine sehr gute Freundin sogar, obwohl wir uns absurderweise heute zum ersten Mal persönlich begegnet sind.«

Michael schwieg, damit sie sich ein wenig fangen und in ihrem Tempo weitererzählen konnte.

»Wir haben uns vor sechs oder sieben Jahren in einem Chatroom kennengelernt. Wir wurden in dieselbe Gruppe einsortiert, weil wir beide in Manhattan leben und, was Bücher, Filme und Musik angeht, denselben Geschmack haben. Es dauerte nicht lange, bis wir täglich miteinander chatteten, uns alles Mögliche erzählt haben. Sie erzählte mir, dass ihre Eltern sie weggegeben hatten, und endlich hatte ich das Gefühl, ich könnte jemandem anvertrauen, dass ich auch eine Waise war. Je mehr Zeit verging, desto klarer wurde für uns, dass wir nach der Geburt getrennt wurden … na ja, im Abstand von zwei Jahren, denn sie ist zwei Jahre älter als ich.« Rhiannon lachte leise und schüttelte den Kopf. »Nicht dass man es ihr ansehen würde.«

Michael achtete auf die Straße, blickte jedoch immer wieder kurz zu ihr, denn in ihrer Miene spiegelte sich eine Vielzahl von Emotionen.

»Jedenfalls sind wir beide ziemlich beschäftigt … du weißt ja, wie es in New York ist. Deshalb haben wir es bisher nie geschafft, uns zu treffen. Bis heute. Sie kam vor den Aufnahmen ins Studio. Hinterher wollten wir zusammen essen gehen, aber …«

»Aber dann kamen die Gargoyles.«

Rhiannon sah ihn an. »Ja, zum Glück hat Angel wohl das Gefühl gehabt, sie müsste sich um Mimi kümmern, und so waren beide längst weg, bevor es losging.« Sie lächelte. Es war diese Art Lächeln, die ihm sagte, dass sie ihm zwar noch nicht richtig vertraute, aber langsam Vertrauen fasste. Und dass sie schlicht zu müde war, um groß auf ihre inneren Alarmglocken zu hören. Außerdem sagte dieses Lächeln, dass sie reichlich Fragen an ihn hatte und nicht wusste, wo sie anfangen sollte. Wahrscheinlich erzählte sie ihm deshalb offen, dass sie eine Waise war und ihre gute Freundin heute nach so vielen Jahren erstmals gesehen hatte.

Ihre Erschöpfung verstand er gut. Es war eine typische Schwäche der Sternenengel, dass sie ausgelaugt waren, wenn sie ihre Kräfte eingesetzt hatten. Und Rhiannon hatte in der Schlacht gegen die Gargoyles eine ziemlich eindrucksvolle Show abgeliefert. Wobei sie sich nicht allein auf ihre übernatürlichen Fertigkeiten gestützt hatte. Michael hatte noch nie etwas Schöneres gesehen als sie in voller Aktion. Jede ihrer Bewegungen hatte wie choreografiert gewirkt: die Kraft, dieses Tempo, diese Geschmeidigkeit … Sie hatte ihn hinreichend verblüfft, dass er sich ein oder zweimal einen Patzer leistete, weil er zu sehr von ihr fasziniert gewesen war, als er eigentlich kämpfen sollte. Sie war eine Kriegerin, und das im wahrsten Sinne des Wortes. Einfach atemberaubend.

Und sicher war sie jetzt völlig erledigt.

Mit ein wenig Konzentration konnte er ihren Herzschlag hören. Ihr Herz schlug nicht in dem trägen, gleichmäßigen Rhythmus wie kurz vorm Einschlafen, wollte es jedoch hörbar gern. Nur war Rhiannon zu nervös, um sich jetzt schon Ruhe zu gönnen.

»Aber ich verstehe das immer noch nicht. Ich wusste nicht einmal, dass Mimi heute im Studio war. Sie muss wohl die Schule geschwänzt haben. Doch wie sind sie und Angel einander begegnet? Und woher konnte Angel wissen, wo Mimi wohnt?«

»Wo sie wohnt, hat Mimi ihr vermutlich gesagt«, bot Michael als logische Erklärung an. »Und Angel wird sie einfach in dem Studio gesehen und sie angesprochen haben. Für mich hört es sich so an, als würde sie so etwas tun. Vielleicht dachte sie, dass die pyrotechnischen Aufnahmen für einen Film kein Ort für ein unbeaufsichtigtes Kind sind, und hatte deshalb beschlossen, Mimi lieber nach Hause zu bringen.«

»Ich sollte sie anrufen«, sagte Rhiannon und sah nach vorn auf die Straße. »Ich habe ihre Nummer, aber eigentlich telefonieren wir nie, weil wir es beide nicht mögen, in ein Gespräch genötigt zu werden. Wir ziehen die schriftliche Kommunikation vor, texten uns immerzu. Trotzdem ist in diesem Fall wohl ein Anruf besser.«

»Eine SMS tut es gewiss auch«, schlug er behutsam vor.

Sie lächelte ihm erleichtert zu, und er war wie verzaubert. Sein Kopf fühlte sich wie ein Ballon an, der ihm von den Schultern schwebte. In diesem Moment war sie so wunderschön, dass es ihn vollends aus dem Konzept brachte. Dieses Lächeln war vollkommen natürlich, vollkommen aufrichtig, und es warf Michael schlicht um.

Hastig blickte er wieder auf die Straße.

»Hoffentlich hast du recht.« Sie zog ihr Telefon erneut hervor und begann, Buchstaben einzutippen. »Ich hasse diese winzigen Tasten …«

Michael ließ sie in Ruhe schreiben. Dann fragte er so beiläufig wie möglich: »Was hat dich eigentlich zu diesem Beruf gebracht, Rhiannon Dante?«

Sie hörte auf zu tippen und blickte hinüber zu ihm. Es dauerte einen Moment, bis sie begriff, was er andeutete. Er redete nicht von Special Effects.

Sie schluckte so angestrengt, dass er es hörte. Ihr wurde offenbar bewusst, dass es zwecklos war, ihm noch etwas vormachen zu wollen. »Meinst du, üble Typen zu verdreschen?«

Michael grinste.

»Ich habe mir diesen Job nicht ausgesucht, sondern er sich mich«, gestand sie seufzend.

Die Lichter draußen wurden zu verschwommenen Streifen, als es zu regnen begann. Michael fragte sich, ob dieses Wetter etwas mit Rhiannon zu tun hatte. Ihr Gesichtsausdruck veränderte sich, und sie blickte durch die Windschutzscheibe in die Ferne.

»Wie gesagt, ich war eine Waise«, begann sie, schob gedankenverloren einen Finger unter ihre Goldkette und lenkte Michaels Aufmerksamkeit so auf den viereckigen goldenen Anhänger. Er war einfach, mattiert, und ein Wort war in ihn eingraviert: »Furchtlosigkeit«. Dann konnte Michael für einen Augenblick die Rückseite sehen, auf der »Joyful Heart, Me & Ro« stand. Das war der Name einer Stiftung, die Vergewaltigungsopfern half.

»Ich bin mit neun aus dem Waisenhaus abgehauen. Und dann trieb ich mich mit den falschen Leuten herum, wie man wohl sagen würde.« Sie schloss kurz die Augen, und ihm war klar, dass sie sich in der Vergangenheit verlor. »Aber das wäre sowohl eine Untertreibung als auch eine zu kurz greifende Sicht auf die Leute. Einige von ihnen waren übel. Doch ich hatte keine Angst vor ihnen, weil ich auf mich selbst aufpassen kann.« Sie schmunzelte, und

Michael malte sich aus, wie sie schon als Kind ihre Kräfte einsetzte, um andere in ihre Schranken zu weisen. »Und einige von ihnen waren nett. Ein Mädchen ganz besonders. Sie war wie eine große Schwester für mich, nahm mich unter ihre Fittiche. Von ihr habe ich Lesen gelernt – und Klauen. Sie brachte mir bei, nur weite, ausgeleierte Sachen zu tragen, damit die Jungs in der Gruppe nicht merkten, dass ich mich entwickelte. Damit hatte sie selbst zu kämpfen, weil sie schon ein bisschen älter war. Sie hieß Willow.«

Rhiannon verfiel in ein längeres Schweigen, und zum ersten Mal, seit sie sich in dem Lagerhaus getroffen hatten, war Michael ernstlich versucht, ihre Gedanken zu lesen. Was er nicht tat. Er achtete auf den Verkehr und wartete.

»Wir wohnten in einem heruntergekommenen Wohnblock, und Willow und ich teilten uns ein Loch im Keller. Eines Abends kam ich nach Hause und fand sie in einer Blutlache auf ihrer Matratze. Sie lebte noch, aber nur gerade so. Die Jungs aus der Gruppe hatten sie sich vorgenommen.«

Michael wurde eiskalt, und er umklammerte das Lenkrad fester.

»Ich bin rausgerannt und konnte jemanden dazu bringen, einen Krankenwagen zu rufen. Willow kämpfte anderthalb Wochen auf der Intensivstation um ihr Leben. Sie ließen mich zu ihr, weil ich behauptete, dass wir verwandt waren. Einen Beweis verlangten sie nie. Ich glaube, sie waren einfach froh, dass Willow jemanden hatte, der mit ihr reden wollte.

Zuerst schlief sie immer, weil sie wohl mit Schmerzmitteln vollgepumpt war, nehme ich an. Ich war noch so klein und nahm bloß wahr, dass sie die Augen zu hatte, aber atmete. Und die Maschine neben ihr piepte, daher wusste ich, dass sie noch bei mir war.

Am zehnten Tag kam sie zu sich. Ich las ihr gerade vor, *Don Quichote*, ihr Lieblingsbuch. Sie machte die Augen auf und sagte: ›Rhee, lies den Teil noch mal. Den mag ich.‹«

Nun lächelte Rhiannon, weil diese Erinnerung weniger schmerzhaft für sie war, und Michaels Griff um das Lenkrad lockerte sich.

»Die Ärzte waren offensichtlich erstaunt, dass sie es schaffte, aber sie überlebte. Sie sagten ihr, dass Narben bleiben würden und sie den Rest ihres Lebens Schmerzen haben würde. Anfangs dachten sie, dass sie nie wieder gehen könnte, aber sie hat ihnen bewiesen, dass sie falsch lagen.«

Rhiannon atmete tief durch und ließ ihre Kette los. »Heute ist sie ein Cop, kaum zu glauben, was? In Detroit. Sie erzählte mir, dass sie unbedingt alles tun will, um andere Mädchen vor dem zu schützen, was sie durchgemacht hat.«

»Und du hast beschlossen, dasselbe zu tun.«

Rhiannon nickte. »Ja, erst recht, weil ich die Fähigkeiten hatte, etwas auszurichten. Ich hatte keine Ausrede, nicht alles zu tun, was ich konnte, um die Welt ein bisschen besser zu machen.« Sie machte eine Pause und fragte: »Verstehst du das?«

Michael lachte leise und spürte eine wohlige Wärme in der Brust. »O ja, das verstehe ich.«

Sie fuhren ein Stück schweigend, bis Rhiannon herausplatzte: »Und was ist mit dir? Was hat dich auf die Idee gebracht, ein Cop zu werden?«

Michael hatte keine Ahnung, wo er anfangen sollte. Er war ja nicht nur ein Cop. Im Laufe der Jahre hatte er Hunderte verschiedener Jobs gehabt; doch wenn er es genau bedachte, waren sie alle gleich gewesen. In jedem hatte er versucht, das zu tun, was auch Rhiannon wollte: die Welt ein wenig besser machen.

»Das ist eine lange Geschichte«, antwortete er und wollte ihr plötzlich alles erzählen.

»Tja, ich habe das Gefühl, es wird eine lange Nacht«, entgegnete sie lächelnd.

Michael sah sie an, und zum zweiten Mal, seit sie im Wagen saßen, fühlte er sich berauscht.

Erstaunlich, dachte er.

Aber er musste aufpassen, wo er hinfuhr, also blickte er wieder nach vorn, betätigte den Blinker und bog in eine weitere verkehrsreiche, nasse Straße ein. Doch auch während er weiterfuhr, waren seine Gedanken fast ausschließlich bei der Frau neben ihm.

Er war bereit gewesen, alles einzusetzen, jede seiner neu gewonnenen Fähigkeiten, um Rhiannon an seine Seite zu zwingen. Als Incubus hätte er ihr allein schon durch seine Suggestionskraft einen wahnwitzigen Orgasmus bescheren können, wenn er gewollt hätte. Er hätte in ihrem Denken nach ihren Vorlieben und ihren Abneigungen suchen und vorgeben können, sie sämtlichst zu teilen. Er könnte sie mit einem Blick unterwerfen oder mit einem einzigen Biss, wie es Azrael fraglos mit den Jahren perfektioniert hatte.

Stattdessen … redeten sie.

Und ihm fiel auf, wie natürlich es dazu gekommen war. Seine ganze Existenz war ein Kampf gewesen, und ihm wurde bewusst, dass er auch hiervon nichts anderes erwartet hatte. Michael schöpfte Hoffnung. Vielleicht würde es ein klein wenig leichter, als er dachte. Ausnahmsweise.

Rhiannon wandte sich wieder der unfertigen SMS an Angel zu, beendete sie und schickte sie ab. Sie steckte ihr Handy gerade wieder ein, als Michael auf den Parkplatz eines seiner Lieblingsrestaurants fuhr. »Magst du Italienisch?«, fragte er. Er selbst kam schon her, seit der Laden vor Jahren eröffnet hatte, denn er liebte die Insalata Pizza und hoffte, Rhiannon würde sie genauso gern mögen. Sie brauchte dringend etwas zu essen. Tatsächlich konnte er fühlen, wie sie beständig schwächer wurde.

Rhiannon sah staunend nach vorn. Dann wandte sie sich ihm zu und presste ihren Rücken gegen die Beifahrertür, um Abstand zu Michael zu bekommen. »Hast du uns etwa belauscht? Hast du mir nachspioniert, Detective?«

Michael stutzte. »Wie bitte?«

»Das hier ist das Giancarlo's! Hier wollten Angel und ich heute Abend essen! Unmöglich kannst du zufällig genau dieses unter Tausenden von Restaurants in Manhattan ausgesucht haben!«

Michael seufzte.

Es hätte einfacher sein können, als er gedacht hatte. Musste es aber nicht.

17

»Ich habe nicht gelauscht«, sagte er ruhig, parkte den Wagen und zog den Zündschlüssel ab. »Wie es der Zufall will, mag ich dieses Restaurant. Und ich hatte gehofft, dass es dir auch gefällt. Aber ich hatte keinen Schimmer, dass du sowieso vorhattest, heute Abend hierherzukommen.«

Die Erklärung war simpel, klar und unspektakulär, und hoffentlich erkannte sie, dass es die reine Wahrheit war. Er versuchte gar nicht, sie zu täuschen. Hätte er mit ihrem Verstand spielen wollen, hätte er von Anfang an Kräfte benutzt, die sie sich nicht einmal vorstellen konnte – und sie wäre chancenlos gewesen.

Dennoch brachte es ihn zum Schmunzeln, dass er eben erst darüber nachgedacht hatte, ihre Vorlieben und Abneigungen zu erforschen, damit er vorgeben könnte, sie zu teilen. Wie sich herausstellte, war das nicht nötig, zumindest nicht, was italienisches Essen betraf.

Sie blickte ihn eine Weile lang streng an, und Michael konnte sehen, wie es in ihr arbeitete. Vertraute sie ihm? Wagte sie, ihm zu glauben? Wie standen die Chancen?

Ja, wie standen sie eigentlich? Sie kämpfte wie er, mochte das gleiche Essen wie er, und auch sie wollte die Welt verbessern.

Man sollte meinen, dass diese Verbindung im Himmel geschlossen wurde.

»Andererseits … Wenn du schon reserviert hattest, muss ich den Empfangschef ja jetzt wenigstens nicht mehr bestechen, damit er uns unangemeldet noch einen anständigen Tisch gibt«, scherzte er.

Immer noch schwieg sie, doch letztlich gab sie nach. »Hatte ich«, sagte sie, öffnete ihre Tür und stieg aus. Er folgte ihr.

»Übrigens parkst du in der Behindertenzone.«

»In der noch drei Parkplätze frei sind. Wenn die besetzt sind, parke ich um.« Er verriegelte den Wagen. »Das Vorrecht der Polizei.« Dann drückte er an der Fernbedienung auf einen zweiten Knopf, mit dem die Alarmanlage aktiviert wurde. Zivilfahrzeuge der Polizei hatten innen eine Menge Equipment, das jeden, der wütend, betrunken oder schlicht jung genug war, dazu verleitete, etwas so Cooles zu probieren, wie den Wagen eines Cops zu knacken. Nicht dass Michael nicht jeden erwischen könnte, der ihn zu bestehlen versuchte, aber die Alarmanlage sprang mit einem grellroten Lichtsignal an, das die Leute normalerweise schon von irgendwelchem Blödsinn abhielt und ihm einigen Ärger ersparte.

Ihm war bewusst, dass er typisch menschlich dachte. Doch daran hatte er sich längst gewöhnt. Er war schon so lange Cop und erlebte das Auf und Ab der menschlichen Natur aus nächster Nähe mit, dass es ihm in Fleisch und Blut übergegangen war.

»Ich bezweifle, dass du ohne meine Reservierung jemanden bestechen müsstest«, sagte sie und sah über den Wagen hinweg zu ihm. »Jede Wette, dass du nie Probleme hast, irgendwo kurzfristig einen Tisch zu bekommen. Dieser Jedi-Trick, anderer Leute Gedanken zu steuern, dürfte dir reichlich zugutekommen, Obi-Wan.«

»Welcher Jedi-Trick?«

»Der, den du auf dem Maskenball bei mir versucht hast.«

»Beim Maskenball habe ich gar nichts versucht.«

Rhiannons Augen weiteten sich zunächst und verengten sich wieder. Dann lächelte sie. *Ertappt*, sagte dieses Lächeln.

Mist, dachte Michael verwirrt. *Was passiert hier gerade?* Er hatte soeben gestanden, dass er der Mann auf dem Maskenball gewesen war. Einfach mal so zugegeben. *Sie* sollte der Cop sein, nicht er.

Rhiannon zeigte dieses überlegene Hab-dich-Lächeln, als sie sagte: »Und diese kleine praktische Gabe, alles in Gold zu verwandeln, ist auch nicht schlecht.«

Michael biss sich auf die Zunge und warf Rhiannon einen verärgerten Blick zu. Diese Unterhaltung war frustrierend und unglaublich erregend zugleich. Unweigerlich sah er auf ihren Mund, und seine Eingeweide zogen sich zusammen. Er wollte sie ganz dringend küssen …

Sie benetzte sich die Lippen.

Und Michaels Herz schlug schneller.

Ihr Lächeln wurde breiter.

Michael blinzelte. Sie spielte mit ihm!

Er stieß sich vom Wagen ab, atmete tief durch und rief seine Sinne zur Räson. In seinem ganzen Leben war es ihm noch nie geschehen, dass er *nicht* die Kontrolle über ein Gespräch mit einer Frau hatte.

»Ladies first«, sagte er und wies zur Seitentür des Restaurants.

Rhiannon ging mit ihm zusammen zur Tür. Als er sie öffnete und wartete, dass sie hineinging, blieb sie stehen und drehte sich zu ihm. Sie waren einander so nah, dass Michael nicht bloß das Shampoo in ihrem Haar riechen konnte, sondern auch ihren eigenen Duft darunter. Sein Herz schlug noch schneller. »Als ich klein war«, sagte Rhiannon leise, »riet mir ein Priester, dass ich ›dem Teufel den Rücken zukehren‹ sollte, und ich erwiderte, dass ich, sollte ich ihm je begegnen, das ganz sicher nicht tun würde, weil ich ihn vor mir haben wollte, um ihn im Auge zu behalten.«

»Ich bin nicht der Teufel«, antwortete Michael und konnte rein gar nichts gegen das verführerische und zugegebenermaßen etwas grausame Lächeln tun, das auf seine Züge trat.

»Selbstverständlich nicht«, sagte sie grinsend. »Du bist wahrscheinlich ein Engel.«

Damit wandte sie sich von ihm ab, kehrte ihm den Rücken zu, und Michael brauchte einen Moment, um sich so weit zusammenzureißen, dass er ihr ins Restaurant folgen konnte.

In einem hatte sie recht: Auch ohne ihre Reservierung hätte er für sie leicht jeden Tisch ergattern können, den sie wollten, und sie hätten den besten Service bekommen. Der Restaurantbesitzer war ein Freund von Michael, und Michael hatte großen Einfluss bei der Polizei. Und wenn selbst das nicht gereicht hätte, wäre er jederzeit imstande gewesen, jenen Jedi-Trick einzusetzen, wie Rhiannon es genannt hatte.

Aber sie hatte reserviert, und der erfahrene Cop in Michael wusste, dass er, je enger sie sich an die guten, altmodischen menschlichen Methoden hielten, umso weniger verleitet war, seine Kräfte bei Rhiannon anzuwenden.

Aus unerfindlichen Gründen war ihm das wichtig, und das wiederum war neu und überraschend für ihn.

Sie wurden zu einem Ecktisch geführt, der ihnen ein gewisses Maß an Privatsphäre bot und sogar recht romantisch anmutete. Michael half Rhiannon aus ihrer Jacke – einem sehr teuren Burberry-Brit-Modell, von dem er wusste, dass sie es hauptsächlich zur Tarnung trug. Dann zog er seine Jacke aus und hängte beide jeweils hinten über ihre Stühle. Eine Schwimmkerze in Form einer Orchidee tauchte den Tisch in sanftes gelblich weißes Licht, und der Empfangschef stellte ihnen einen Korb mit unterschiedlichen frisch gebackenen Brotsorten sowie Dips hin, und gleich darauf erschien der Kellner mit der Weinkarte. Sie bestellten einen gut gealterten Rotwein, und auch hier schienen sich ihre Vorlieben zu überschneiden. Als der Kellner wieder gegangen war, faltete Rhiannon die Hände vor sich auf dem Tisch und beugte sich ein wenig vor. »Also, wie machst du das genau?«

»Was?«, fragte Michael unschuldig, obwohl er wusste, dass sie die Truhe mit den Goldmünzen meinte, die er ihr ins Wohnzimmer gestellt hatte.

»Wie kannst du dich jeden Tag deinem Job stellen, obwohl du die Mittel hast, alles zu tun und zu sein, was du willst? Ich habe zwar noch nicht raus, was für ein Übernatürlicher du bist, aber mir ist verdammt klar, dass du dir das alles nicht antun musst, um deinen Lebensunterhalt zu verdienen. Also, wie und *warum* machst du das, Detective?«

Michael war wieder einmal vollkommen überfordert,

denn damit hatte er nicht gerechnet. Offenbar durchschaute er sie bei Weitem nicht so gut, wie er sich einbildete.

Der Kellner brachte den Wein, während Rhiannon auf eine Antwort wartete, und Michael wusste, dass sie ihm seine Verwunderung ansah. Nachdem der Kellner ihnen beiden eingeschenkt hatte und wieder fort war, erhob Michael sein Glas und sagte: »Um die Welt zu verändern.«

Rhiannon erhob ihr Glas ebenfalls und ergänzte schlagfertig: »Zum Besseren.« Michael nickte, sie stießen an und tranken einen Schluck.

»Verstehe«, sagte sie, als sie ihr Getränk wieder abstellte. »Ich soll dir also glauben, dass du gänzlich uneigennützig handelst.«

»Du musst es ja wissen, Miss Dante.«

Rhiannons Lächeln schwächelte ein wenig, und sie wandte den Blick ab.

»Ich könnte mir vorstellen, dass du dir mit deinen Fähigkeiten jederzeit ein bequemes, gefahrloses Leben einrichten könntest«, fuhr Michael fort. »Mal sehen …« Er tat, als müsste er sich die Szene mit den Gargoyles ins Gedächtnis rufen. »Wenn ich mich nicht täusche, hast du erstaunliche telekinetische Kräfte eingesetzt, Unmengen von Feuer auf alle erdenklichen Arten gesteuert und sogar Blitze aus dem Himmel regnen lassen.« Er neigte den Kopf zur Seite, sodass sie ihn wieder ansah, und fügte hinzu: »Hübsch war übrigens das mit dem Lautstärkedämpfen. Das hat mich besonders beeindruckt.« Dann lehnte er sich auf seinem Stuhl zurück. »Ich würde wetten, dass die Bandbreite deiner Fähigkeiten es fast mit meiner aufnehmen kann.«

»Ich kann auch heilen.«

Michael erstarrte.

Eine Finsternis durchfuhr ihn, die ihm das Herz schwer machte und seine Lunge mit Dunkelheit füllte. »Na dann«, sagte er sehr leise, »hast du mir etwas voraus.«

»Weiß ich«, entgegnete sie ebenfalls sehr leise; nur war ihr Flüstern zaghaft, nicht überrascht oder wütend. Ihr Blick wanderte zu seinem linken Bizeps. »Ich dachte mir, wenn du dich selbst und andere heilen könntest, hättest du das da wahrscheinlich schon im Studio wieder gerichtet.«

Michael sah hinunter zu seinem Arm. Ein Riss lugte unter seinem schwarzen T-Shirt hervor. Irgendwann in dem Kampf war etwas hart genug gegen seinen Arm geprallt, um die Haut aufplatzen zu lassen, ohne dass die Lederjacke davon eingerissen war.

Die Wunde war nicht so schlimm, doch sie hatte geblutet, sodass nun Reste von getrocknetem Blut in seiner Armbeuge klebten. Und wie es aussah, würde sich um den Riss herum noch ein höllischer Bluterguss bilden.

Michael fragte sich, warum sein Vampirblut die Verletzung nicht geheilt hatte. Hatte er sich zu wenig genährt? Oder lag es daran, dass die Wunde nichts mit seinem Vampirsein zu tun hatte, anders als ein Sonnenbrand? Lag es womöglich daran, dass Samael ihm seine Heilkräfte genommen hatte? Er wusste noch lange nicht alles über seinen gegenwärtigen Zustand.

»Ich kann das heilen«, bot Rhiannon freundlich und etwas nervös an. »Wenn du willst, meine ich.« Jetzt flüsterte sie, und als er wieder zu ihr aufsah, wurde ihm klar, dass sie tatsächlich unsicher war. Aber nicht, weil sie glaubte, es nicht zu können, sondern weil sie dachte, dass er es nicht wollen würde. Weil er vielleicht neidisch war, dass er es nicht selbst konnte?

Ach, Rhiannon …

Verrückte, starke Gefühle wallten in ihm auf, und so viele Gedanken jagten ihm durch den Kopf, dass er sie nicht ordnen konnte. Er hatte früher mal heilen können, war sogar von seinen Brüdern »der Heiler« genannt worden, doch *der Gefallene* nahm ihm diese Fähigkeit. Und natürlich empfand Michael Wut, jedoch nicht auf Rhiannon, weil sie konnte, was er nicht mehr vermochte, sondern weil ihm diese Gabe überhaupt geraubt wurde. Noch dazu konnte er nicht fassen, dass er die Wunde bisher nicht bemerkt hatte. Rhiannon lenkte ihn so sehr ab. Und schließlich wurmte ihn die Tatsache, dass sie so geschwächt war und ihm trotzdem anbot, ihn zu heilen – *ihn*, einen Mann, dem sie im Grunde nicht über den Weg traute.

Er war absolut hingerissen von ihr.

In diesem Moment kam die Bedienung an ihren Tisch. Michael sah auf und stellte fest, dass es nicht der Kellner, sondern der Restaurantbesitzer war. »O mein Gott, Detective, geht es dir gut?«, fragte er mit einem sorgenvollen Blick auf Michaels Wunde.

Michael riss sich zusammen, was ihn mehr Kraft kostete, als er zugeben mochte. »Alles gut, Giancarlo, ist bloß ein Kratzer.«

Er schob seinen Stuhl zurück und stand auf. So unreif es sein mochte, gab es ihm doch ein wenig Selbstvertrauen zurück, sich zu seiner vollen Größe aufzurichten. »Ich gehe mich nur kurz frischmachen. Wenn ihr mich entschuldigt.« Er nickte Rhiannon zu, die schüchtern lächelte, und verließ den Tisch.

Sein Sternenengel ließ ihn unwillentlich wie ein Wrack ohne Selbstbeherrschung aussehen. Er war ein Vampir, ein

Incubus und ein verdammter Erzengel, Herrgott! Und Rhiannon verwandelte ihn in einen stammelnden Idioten.

Während er auf der Herrentoilette seine Wunde säuberte, sollte er vielleicht nebenher versuchen, seinen Grips wiederzufinden. Das wäre schön.

18

»Ich komme gleich wieder und nehme Ihre Bestellung auf«, sagte Giancarlo.

Er ging, und Rhiannon saß regungslos da, immer noch erschüttert von dem, was an diesem Tag geschehen war. Sie blickte dem Detective nach, und ihre Augen wanderten über seinen breiten Rücken, die langen Beine und seinen strammen …

Sie schluckte, schloss die Augen und stützte die Ellbogen auf den Tisch und den Kopf in die Hände. Ihre Stirn fühlte sich heiß an. Möglicherweise hatte sie Fieber. Zumindest würde das ihr Benehmen erklären.

Von allen Fähigkeiten, die sie aus mysteriösen Gründen besaß, kostete Heilen sie die allermeiste Kraft. Und sie war jetzt bereits so müde, dass sie niemandem anbieten sollte, ihn zu heilen, der es nicht bitter nötig hatte. Es würde sie das letzte bisschen Kraft kosten, das sie noch hatte, und sie schlapp und elend machen.

Dennoch waren ihr die Worte so herausgerutscht. Sie kannte den Mann kaum und hatte keinen Grund, ihm zu vertrauen, vor allem nicht, nachdem sie nun wusste, dass er der Maskierte von der Gala gewesen war und ihr folglich etwas verheimlichte. Aber sie hatte ihn bluten sehen und sich vorgestellt, wie sehr es wehtun musste. Da hatte sich eben die Heilerin in ihr geregt. So beschämend es auch sein mochte, sie war unsagbar froh, dass er ihr Angebot nicht angenommen hatte. Leider war es bei ihr schon fast zwanghaft, sich den letzten Rest Kraft nach einem Kampf aufzusparen. Das tat sie immer für den Fall, dass jemand in ihrer Nähe einen Herzinfarkt erlitt, sie zufällig auf einen kleinen Jungen mit Leukämie traf oder es einen Autounfall oder Ähnliches gab. Sie würde sich hassen, sollte sie einen Kratzer heilen und damit ihre Chancen zunichtemachen, jemandem zu helfen, der es wirklich brauchte.

Alles war furchtbar verwirrend.

Rhiannon hob ihr Glas, führte es an ihre Lippen und wollte gerade einen zweiten Schluck Wein trinken, als plötzlich jemand auf den Stuhl ihr gegenüber schlüpfte. Prompt verschluckte Rhiannon sich, bekam nur mühsam den Wein herunter und fühlte, wie er hinten in ihrem Rachen brannte, als er drohte, ihr durch die Nase wieder herauszusprühen.

Sobald sie sprechen konnte, lehnte sie sich vor und flüsterte: »Mimi! Was um alles in der Welt machst du hier? Und woher, verdammt noch mal, wusstest du, wo ich bin?« Ihr mütterlicher Instinkt schalt sie für ihre Wortwahl, aber sie war zu entsetzt, als dass es sie kümmerte.

Mimi grinste. »Ich habe mein Handy in die obere Reißverschlusstasche deiner Jacke gesteckt, als du sie im Studio zur Seite gelegt hattest«, erklärte Mimi und wies auf die Lederjacke über Rhiannons Stuhllehne. »Da musste ich nur noch die App für verlorene Handys aktivieren.« Ihr Grinsen war breit und unschuldig.

Rhiannon blickte zu ihrer Jacke und zurück zu Mimi.

Dann stellte sie ihr Weinglas hin und tastete besagte Tasche ab. Ja, da war eine ganz leichte viereckige Wölbung. Sie benutzte diese Tasche nie, was Mimi gewusst haben musste.

Nun zog sie den Reißverschluss auf und holte das Telefon hervor, das stummgeschaltet war.

Mimi fuhr fort: »Natürlich hatte ich Angel gefragt, wo ihr hinwolltet, aber sie hat nichts verraten.« Mimi runzelte die Stirn. »Die ist ganz schön schlau, so wie sie immer ausgewichen ist, wenn ich sie was gefragt habe.«

»Mimi, du dürftest jetzt nicht hier sein. Was ist mit deiner Tante? Sie wird außer sich sein vor Sorge! Ich muss sie anrufen.«

»Nein, sie schläft schon«, sagte Mimi und verdrehte die Augen. »Sie steht morgens viel zu früh auf, und deshalb kann sie abends nie aufbleiben, nicht mal beim Kartenspielen. Emanuel und ich haben sie und Alex sogar neulich beim Bridge geschlagen, weil Tante B. weggedöst ist. Mr. V. sagt, dass sie Urlaub machen soll, aber sie meint, dass sie sich um ihn kümmern muss oder so.«

Rhiannon wusste nicht recht, was sie sagen sollte. Mimi dürfte wirklich nicht hier sein. Sie sollte zu Hause im Bett liegen. Immerhin hatte Angel sie persönlich zurückgebracht. Wahrscheinlich war das Mädchen dort direkt nach oben gegangen und von da durch den Wäscheschacht wieder nach draußen geflutscht. Jedenfalls hatte sie keine Zeit verschwendet.

Doch Mimi musste einen Grund haben, weshalb sie ausriss und nach Rhiannon suchte. Sie war kein Hitzkopf; eher war sie ein sehr vernünftiges, reifes Kind. Normalerweise.

Und es war auch offensichtlich, dass Mimi sich sorgte, weil ihre Tante so müde war. Mimis Mutter Adrienne war gestorben, als Mimi ein Baby war, und sie war erst fünf gewesen, als ihr Vater Daniel Tanniym an Krebs starb. Seither war ihre Tante Bess Tanniym die einzige Familie, die sie noch hatte.

Rhiannon wusste auch, warum Bess so hart arbeitete. Bess hatte große Achtung vor Mr. Verdigri und betrachtete ihn quasi als den Großvater ihrer Nichte, aber sie sorgte sich um ihn. Mr. V. war ziemlich alt, obwohl er sich nichts anmerken ließ und keinerlei Rücksicht auf sich selbst nahm. Entsprechend übernahm Bess nicht nur die Rolle der Köchin; sie war eher so etwas wie die Hausmutter.

Vor lauter Überraschung fiel Rhiannon nicht ein, was sie sagen sollte, und sie schüttelte den Kopf. »Mimi, ich muss zumindest Mr. V. sagen, wo du bist, falls deine Tante aufwacht.«

Mimi biss sich auf die Lippe. »Du darfst auch lange abends aus sein, und du hast keinem gesagt, wo du bist.«

»Weil ich groß bin, Mimi. Ich darf hin und wieder länger aufbleiben.«

Hierauf errötete Mimi und wandte das Gesicht ab. Neunjährigen fiel es grundsätzlich schwer, mit der Tatsache zurechtzukommen, dass sie noch nicht erwachsen waren. Meistens ignorierten sie diese Nebensächlichkeit geflissentlich, da sie sich ja sowieso bald erledigt hätte. Doch hin und wieder wurden sie unangenehm daran erinnert. Und das nervte gewaltig.

Rhiannon befahl ihrem Telefon: »Mr. V. anrufen«, und brav, wie sie war, gehorchte Siri. Das Gespräch hielt Rhiannon kurz und freundlich: »Mr. Verdigri, Mimi ist bei mir, und es geht ihr gut. Sie isst mit mir zu Abend, und danach bringe ich sie mit nach Hause.«

Verständlicherweise freute es Mr. V. nicht zu hören, dass Mimi zum zweiten Mal an diesem Tag verschwunden war, doch er sagte wenig und vertraute offensichtlich darauf, dass Rhiannon schon wusste, was das Beste war.

Nachdem sie aufgelegt und ihr Telefon eingesteckt hatte, sah Rhiannon Mimi streng an. »Mimi, ich weiß nicht mal, wo ich anfangen soll …«

»Rhee, bitte«, unterbrach Mimi sie. »Ich habe nicht viel Zeit, mit dir zu reden. Ich musste ja schon warten, bis Detective Muskelprotz endlich wegging. Da hatte ich schon eine Viertelstunde hinter dem Garderobentresen gehockt!«

Rhiannon riss die Augen weit auf.

»Ich habe etwas gesehen, Rhiannon«, sagte Mimi und beugte sich verschwörerisch vor. »Bei dem Lagerhaus. Ganz bestimmt war es da, das weiß ich. Aber als ich es zu Angel gesagt habe, hat sie angefangen, über was anderes zu reden. Und Mr. V. war genauso, als ich es ihm erzählt habe. Und meiner Tante kann ich es ja nicht erzählen, weil sie dann weiß, dass ich die Schule geschwänzt habe.«

Rhiannon betrachtete Mimi aufmerksam und nahm etwas tief in den Augen des Mädchens wahr, wobei ihr eiskalt wurde. »Was hast du gesehen?«

»Es war ein Gesicht. Das weiß ich genau! Und das war in den Steinen der Mauer und hat mich beobachtet, als Angel und ich in ein Taxi gestiegen sind. Wir waren vorher in dem Smoothie-Laden gewesen, und ich hatte mich bloß umgedreht, und …« Ihre Stimme verlor sich, und Rhiannon sah Mimi an, dass ihr noch bei der Erinnerung schauderte. »Rhee, bitte sei ehrlich zu mir! Du bist die Einzige, der ich wirklich glauben kann.« Sie wartete einen Moment, beugte sich weiter vor und flüsterte: »Habe ich mir das eingebildet, oder war da wirklich einer in den Steinen?«

Kinder waren wunderbare Wesen, wie von einem anderen Stern. Sie waren Menschen, keine Frage, aber nur auf die richtig gute Art, weil sie noch nicht gelernt hatten, wie man ernsthaft täuschte und betrog. Sie schummelten höchstens mal, um abends länger wachbleiben zu dürfen, einer Sportstunde zu entgehen oder einen Keks mehr als vorgesehen zu bekommen. Und sie hatten sich noch nicht den Lehren aus der Geschichte und der Wissenschaft verschlossen. Sie liefen offenen Auges umher, redeten und lachten, und das Gefühl einer kleinen, freimütig dargebotenen Hand in der eigenen konnte bisweilen ein enormer Trost sein. Sie konnten lesen, schreiben und diskutieren, und in Letzterem waren sie sogar oft besser als die meisten Erwachsenen. Ihr Denken war ebenso offen für Fakten wie für übernatürliche Phänomene.

Doch all das hatte einen Nachteil. Zwar war er gewöhnlich klein und es wert, ihren Horizont zu erweitern, nur in diesem besonderen Fall war das fraglich. Besagter Nachteil bestand darin, dass Kinder mit ihrem offenen Verstand Dinge wahrnahmen, die zu bemerken sich Erwachsene schlichtweg weigerten. Und taten Letztere selbiges nicht, waren sie vor die Wahl gestellt, entweder zu bestätigen, was ein Kind gesehen hatte, oder es eiskalt zu belügen.

Rhiannon hatte in ihrem Leben schon eine Menge Dinge getan, und manche davon würden von anderen als unmoralisch verurteilt werden, aber sie würde tausend Tode sterben, bevor sie ein Kind belog. Angel hatte natürlich selbst keinen Gargoyle gesehen und Mimi sicherlich keine »lebhafte Fantasie« unterstellen wollen, weshalb sie wohl lieber nichts gesagt hatte. Aber Rhiannon kannte die Wahrheit und beschloss, nicht so gemein zu sein, so zu tun, als glaubte sie Mimi nicht.

»Das hast du dir nicht eingebildet«, sagte sie sanft.

Mimi rührte sich nicht. Sie schien kaum noch zu atmen, während sie Rhiannon anstarrte.

Rhiannon holte tief Luft, beugte sich vor und faltete die Hände auf dem Tisch. »Was du gesehen hast, war …«

»Darf ich mich zu euch setzen?«

Rhiannon verstummte und sah auf, als Detective Salvatore einen dritten Stuhl an ihren Tisch zog und ihn so drehte, dass die Rückenlehne nach vorn zeigte, bevor er sich hinsetzte und die Arme auf die Lehne legte. »Freut mich, dich wiederzusehen, Mimi. Habt ihr schon bestellt, oder soll ich den Kellner herwinken?«

Mimi besaß den Anstand, sich zerknirscht zu geben, und ihr Gesicht lief so rot an, dass die Sommersprossen auf ihrer Nase und den Wangen kaum noch zu erkennen waren.

Rhiannon versuchte, ihre Gedanken zu sortieren, während Salvatore den Kellner herbeiwinkte. Es war nicht Giancarlo, doch der Mann war gut in seinem Job und nahm den unerwarteten Neuankömmling hin, ohne mit der Wimper zu zucken.

»Veggie-Pizza und eine Cola Light für die junge Dame, bitte«, bestellte Salvatore. Der Kellner notierte es nickend, und Mimi machte große Augen.

»Woher wissen Sie das?«

»Jede Neunjährige würde eine Pizza bestellen«, flüsterte Salvatore ihr lächelnd zu. »Das mit dem Gemüsebelag war geraten, und so spät am Abend braucht kein Kind vierzig Gramm aufgelösten Zucker.«

Mimi erwiderte sein Lächeln und war eindeutig zufrieden mit seiner Entscheidung. Schließlich war sie Vegetarierin, und er hatte recht, was Neunjährige und Pizza betraf. Rhiannon merkte, dass sie selbst lächeln musste, und ein wenig von der Kälte in ihr schwand.

Sie bestellte als Nächste und wählte ein klassisches Nudelgericht mit Sauce und Käse. Salvatore nahm das Gleiche und erklärte achselzuckend, es wäre sein Lieblingsgericht. Ob das stimmte oder er es nur bestellte, um Rhiannon zu beeindrucken, konnte sie nicht sagen. Sie tendierte aber eher zu letzterer Ansicht.

Der Kellner ging, und Michael fragte Mimi, warum sie das Fach »Erde und Kosmos« am liebsten mochte. Die Augen des Mädchens strahlten wie Supernovas, bevor sie misstrauisch wurde. »Wer hat gesagt, dass ich es am liebsten mag?«

»Ich bin ein Cop«, antwortete Michael lachend.

Michael, dachte Rhiannon. *Jetzt nenne ich ihn in Gedanken schon Michael.*

»Ich konnte dir dein Bedauern ansehen, als ich im Studio erwähnte, dass du die Stunde verpasst.«

Mimi überlegte und nickte. Dann hob sie zu einer detaillierten Erklärung an, was ihr an diesem Fach so gefiel, und während sie die Wunder des Kosmos besprachen, verging die Zeit wie im Flug. Sie waren ganz in das Mysterium der Neutrinos und der dunklen Materie vertieft, als der Kellner mit mehr Brot und Salat zurückkehrte. Rhiannon hatte schon einige kleine Brötchen mit Dip genossen und war bei ihrem zweiten Glas Wein. Inzwischen fühlte sie sich viel besser … Tatsächlich hatte sie Spaß, richtig Spaß, und das zum ersten Mal seit sehr langer Zeit.

Bald darauf wurde ihr Essen von mehreren Kellnern serviert, die den Tisch mit köstlich hergerichteten Tellern beluden. Mimi wartete nicht einmal, bis sie wieder gegangen waren, sondern stürzte sich gleich auf ihre Pizza.

»Giancarlo macht die beste Pizza«, erzählte Michael ihr. »Er ist Puertoricaner, und sein Vater war Spanier, aber seine Mutter war Italienerin.« Sein Grinsen wurde spöttisch. »*Sehr italienisch.* Er hat einen Onkel Vinnie, einen Onkel Joey und einen Onkel Frankie.«

Mimi kicherte mit vollem Mund, und die Kellner verschwanden wieder. Der Duft von allem, was vor Rhiannon stand, war so reizvoll, dass sie auch nicht mehr warten konnte, und ehe sie bemerkte, was sie tat, schaufelte sie sich ebenso gierig Essen in den Mund wie Mimi.

»Übrigens ist Ihr Nachname auch ganz schön italienisch«, sagte Mimi, während sie einen Champignon von ihrer Pizza zupfte und ihn sich in den Mund steckte. »Stehen Sie auch auf der Lohnliste der Mafia, *Onkel Sal?*«, fragte sie und grinste wie ein Kobold.

Rhiannon war entsetzt, konnte jedoch nichts sagen, weil sie den Mund voller Spaghetti hatte. Mimi war das verblüffendste Kind, das ihr je begegnet war.

Aber der Detective nahm die Frage gelassen. Lachend schüttelte er den Kopf. »Aber, aber, Mimi, du weißt doch, dass es so etwas wie einen bestechlichen Cop in New York City nicht gibt. Jetzt iss deine Pizza auf. Ich bin schon spät dran für ein Treffen mit einem Buchhalter und einem Zementmischer.«

19

Er wurde von Lachen geweckt. Dieses Geräusch war so unerwartet wie fremd für Gregori. Es war ewig her, dass er jemanden hatte lachen hören – *richtig* lachen. Und dann war es auch noch ein Kinderlachen, was es schlimmer machte.

Ein beklemmendes Gefühl begleitete ihn, als er aus dem breiten Sessel aufstand, in dem er eingeschlafen war, und zu einem der magischen Fenster in seinem Eispalast ging. Es bot einen freien Blick auf die weiße Welt dahinter, ließ aber keine Kälte durch die unsichtbare Schranke. Im Palastinneren herrschten angenehme 20 Grad. Da Gregori stets Anzüge trug, wollte er es nicht zu warm haben, und leicht kühle Luft verschaffte ihm einen klaren Kopf.

Nun stemmte er die Hände zu beiden Seiten des Fensters gegen die Eiswand und ignorierte die Kälte, die ihm durch die Handflächen und in die Arme strömte. Konzentriert sah er nach draußen.

Und während er hinsah, entstand ein Bild über dem Eis. Es war, als würde er auf eine gigantische Leinwand starren, die über der kargen Landschaft schwebte. Und in dem Film erkannte Gregori den letzten Erzengel, der mit dem ihm bestimmten Sternenengel und einem kleinen Mädchen in einem Restaurant saß. Sie lachten.

Gregori hörte ein Knacken und blickte zu dem Eis unter seiner rechten Hand. Von dort zog sich ein Spannungsriss himmelwärts: ein Zeichen dafür, welche Gefühle in Gregori tobten.

Er stieß sich von der Wand ab und trat einen Schritt zurück. Dabei verschwand das Bild über dem Eis. Aus dem Spalt in der Wand begannen grüne Triebe zu wachsen. Vor Gregoris Augen wurden die Triebe zu kleinen, jungen Stengeln, aus denen Knospen drangen.

Schwarze Löwenzahnblüten.

Gregori straffte seine Schultern. Er fühlte, dass sich ihm jemand näherte, und blickte sich um. Mr. Smith kam auf ihn zu. »Wie es scheint, Mr. Smith, müssen wir die Dinge wohl doch selbst in die Hand nehmen.«

Michael sah in seinem Rückspiegel zu Mimi, die immer tiefer in die Rückbankpolster des silbergrauen Crown Victoria sank, der teils von der Stadt und teils von Michael selbst bezahlt worden war.

Weiter vorn auf der rechten Straßenseite war eine Gruppe von Jungen damit beschäftigt, sich gegenseitig Skateboard-Tricks vorzuführen.

»Freunde von dir?«, fragte er Mimi.

Rhiannon sah erst ihn an, dann durch die Gitter nach hinten zur Rückbank.

Mimi zuckte gleichgültig mit den Schultern, was bedeutete, dass die Jungen sie brennend interessierten. »Nicht so richtig.«

»Wärst du gern mit ihnen befreundet?«, fragte Michael.

Mimi blickte ihn im Spiegel an. »Wieso?«

Michael grinste, kippte einige Schalter um, und das Blaulicht und die Sirene gingen an. »Greif nach dem Gitter, und tu so, als wolltest du dringend aus dem Wagen fliehen«, sagte er.

Mimi riss die Augen genauso weit auf wie Rhiannon, begriff allerdings schnell. Sie rüttelte mit beiden Händen an dem Gitter und warf sich mit weit offenem Mund hin und her, als würde sie schreien.

Michael spielte seine Rolle, indem er mit strenger Miene den Mund bewegte und vorgab, etwas über Funk durchzugeben. Rhiannon sah halbwegs ernst geradeaus und versuchte, wie eine Polizistin in Zivil auszusehen.

Es wirkte. Beim Klang der Sirene erstarrten die Jungen, und als sie sahen, wer auf der Rückbank saß, stießen sich einige von ihnen gegenseitig an. Sie wechselten verwunderte Blicke und redeten aufgeregt, was Michael nicht hören konnte. Doch er wusste, dass sie es gar nicht erwarten konnten, Mimi morgen am letzten Schultag auszufragen, was da los gewesen war.

Michael fuhr an den Jungen vorbei einige Blocks weiter, bog in eine Seitenstraße und schaltete alles wieder aus. Mimi lachte wie verrückt. »Das war klasse!«, rief sie. »Ich bin echt gespannt, was die jetzt für Gerüchte verbreiten!«

Michael sah zu Rhiannon, die sich auf die Lippe gebissen hatte, um nicht zu lachen, aber kläglich gescheitert war. »Du bist verrückt«, sagte sie kichernd.

Michael spürte, wie ihm die Brust schwoll. Was immer sie erfüllte, war warm und fühlte sich wie ein Orgasmus in seinem Herzen an. Er ertappte sich dabei, wie er gleichfalls lachte, als sie schließlich unter der Adresse, die Rhiannon ihm genannt hatte, vor einem etwa zwanzigstöckigen Gebäude anhielten.

»Endstation«, verkündete er, öffnete seine Tür und stieg aus. Mimis Tür musste auf der Beifahrerseite von außen geöffnet werden, deshalb ging er um den Wagen herum und machte Mimi gerade auf, als neben ihm Rhiannon ausstieg.

Sein sehr männlicher Verstand schaltete auf Zeitlupe, und er beobachtete, wie ihre langen schlanken Beine, ihr rotes Haar, ihre ganze umwerfende Gestalt zum Vorschein kamen, als er plötzlich rückwärts stolperte, weil Mimi sich ihm entgegenwarf und ihn begeistert umarmte.

»Vielen Dank, Onkel Sal!«, rief sie, bevor sie sich ihre Tasche über die Schulter hängte und zum Hauseingang flitzte. Der Portier war erstaunt, sie so spät noch draußen zu sehen, stellte aber keine Fragen, sondern hielt ihr die Tür auf, damit sie geradewegs hindurchlaufen konnte.

Rhiannon wandte sich zu Michael, der dem Mädchen nachblickte, wie es jenseits der Glastüren zum Aufzug rannte. »Wie sie bereits sagte, *Onkel Sal*«, sagte Rhiannon mit einem leisen Lachen, »trotz der Gargoyles war es ein ziemlich cooler Abend.«

Michael sah sie an, und der Rest der Welt trat für ihn in den Hintergrund.

»Du hast mir immer noch nicht erzählt, wer du wirklich bist«, fuhr sie fort, während sie etwas näher kam und sich Michaels Herzschlag beschleunigte. »Und ich habe keine Ahnung, was du willst.«

Noch ein Schritt, und Michael sah, wie sich seine gesamte Zukunft auf ihn zubewegte.

»Aber wer oder was du auch bist, Michael Salvatore, mir drängt sich das Gefühl auf, dass es nicht allzu schlimm sein kann.« Sie blieb dicht vor ihm stehen, sodass sie nur noch ein Atemzug trennte. »Nicht bei dir.«

Nun gab es keine Zurückhaltung mehr, keinen versonnenen Blick, kein verlegenes Zögern. Michael hatte wahrlich lange genug gewartet.

Er schlang einen Arm um ihre Taille, beugte sich vor und fing ihren Mund zu einem Kuss ein, bei dem die Welt stehen blieb – nur für eine Sekunde.

Als sie sich wieder zu drehen begann, wirbelte sie los, und der Erzengel in Michael entschwebte auf neuen Flügeln, während Rhiannon mit ihm verschmolz, sich öffnete und ihn hineinließ. Ihr Körper war so heiß wie das Feuer in ihrem Haar. Michael zog sie näher, hielt sie mit eisernem Griff fest und atmete wieder ihren Duft nach Seife, Shampoo sowie einem Hauch von Kirschholz und Mandel, der von der Lotion stammen musste, die sie benutzte.

Sie schmeckte nach dem Wein, den sie getrunken hatten – vermengt mit Lachen. Lachen hatte ein Aroma von Brausepulver, Champagner und noch etwas anderem, das Kräuterlimonade ähnelte. Es enthielt eine Andeutung von Hoffnung, ein Erlösungsversprechen. Und nun, da Michael sie schmeckte und fühlte, die Kraft der Kämpferin spürte, regte sich dieses Versprechen auch in ihm.

Mit ihm zusammen jedoch zog ein Sturm in ihm auf, verspürte er einen Hunger, der sich von seinem Glück nährte, gleich einem Drachen, der am Meeresgrund erwachte und wie ein Schatten an die Oberfläche aufstieg.

Er bemerkte das Ziehen in seinem Kiefer, und hinter seinen geschlossenen Lidern wurde alles rot. Seine Fingerspitzen brannten, als sich seine Nägel verlängerten. Funkelnder dunkler Rauch ging von ihm aus und waberte gierig um seinen Sternenengel.

Michaels Magie übernahm.

Rhiannon stöhnte, schmiegte sich warm und schwächer werdend an ihn. Ihr langes, seidiges Haar strich wie Schmetterlingsflügel über Michaels Handrücken, kitzelte ihn und schürte das Feuer in ihm. Er fühlte, wie sie ihm nachgab, und wusste, dass er sie hier und jetzt haben könnte, direkt auf der Kühlerhaube seines Wagens. Niemand würde sie bemerken, denn sie waren von Michaels Magie umgeben, die sie vor der Welt verbarg. Für die ahnungslosen Menschen war er lediglich ein Mann, der eine Frau küsste, sonst nichts.

In Wahrheit war er ein Incubus und Vampir, der im Begriff stand, die einzige Rettung zu verschlingen, auf die er jemals hoffen durfte.

Hör auf!

Er musste sie loslassen, bevor er sie beide vernichtete.

Dies war der Fluch, mit dem Samael ihn belegt hatte, wie ihm in diesem Moment klar wurde. Könnte er die Monster nicht kontrollieren, in die *der Gefallene* ihn verwandelt hatte, würde er alles verlieren.

Niemals könnte Rhiannon ihn lieben. Wie sollte eine solche Kämpferin einen Quasi-Gefangenen akzeptieren? Auf keinen Fall wäre sie bereit, sich als Blutsklavin den finsteren Verführerlaunen eines vampirischen Incubus auszuliefern.

Michael kämpfte mit den Bestien in sich, hielt Rhiannon noch fester und küsste sie intensiver, sodass er ihr den Atem raubte. Schließlich musste er zurückweichen.

Behutsam und schmerzlich langsam löste er seine Lippen von ihren und richtete sich auf. Mit einer Hand hielt er Rhiannon weiter, die ihre Augen geschlossen ließ und ein wenig schwankte. Es dauerte einen Moment, bis Michael sprechen konnte, denn das Verlangen, das ihn beinahe überwältigt hätte, hatte ihm die Sprache verschlagen.

Wieder stach es in seinem Kiefer, brannte er innerlich, doch sein Herz schlug allmählich in einem ruhigeren Rhythmus, mit dem das quälende Sehnen in ihm schwand und tiefe Reue an seine Stelle trat.

Er durfte nicht bleiben. Es gab etwas, worum er sich ein für alle Mal kümmern musste, und zwar je früher desto besser, aber vor allem musste er dieser Situation entfliehen, ehe er etwas tat, was er nie wiedergutmachen könnte.

Rhiannon öffnete die Augen und nickte, als wüsste sie Bescheid.

Michael beugte den Kopf und flüsterte ihr ins Ohr: »Gute Nacht, Rhiannon.«

Dann ließ er sie ganz los und trat zurück.

Verwirrung überschattete ihre wunderschönen Augen. Ihr Blick war unstet, ihre Lippen waren ein wenig geöffnet, und ihre Wangen leuchteten fiebrig. Michael wusste, dass seine Magie sie noch teils umfing. Er hatte seiner Gier einen Riegel vorgeschoben, doch nun wartete sie auf die nächste sich ihr bietende Gelegenheit.

Michael ging um den Wagen herum, stieg ein und ließ den Motor an. Als er einen halben Block weit gefahren war, riskierte er einen Blick in den Rückspiegel. Rhiannon stand noch, wo er sie verlassen hatte: groß, stark, unvergleichlich schön und wahnsinnig verletzlich.

Sofort verlängerten sich die Reißzähne in seinem Mund, und seine Sicht änderte sich, sodass er alles in irrwitzigen Weiß-, Rot- und Schwarzkontrasten sah.

Es war höchste Zeit sich zu nähren.

20

Trotz seiner Rolle als Detective bei der Polizei von New York und der damit verbundenen Notwendigkeit, das Feuer an der Dritten Ecke Dreiunddreißigste aufzuklären, war Michael seit der Nacht in der letzten Woche nicht mehr am Schauplatz des Brandes gewesen. Bis jetzt.

Der Mond versank hinter der gigantischen Smogwolke über Manhattan, als Michael allein in einer Seitengasse stand, umgeben von Schatten.

Vor einem der Schatten, der sich an dem von Rhiannon teils zerstörten Gemäuer entlangzog, stand Michael und berührte die Mauer mit seinen Kräften von Incubus und Vampir. Der Stein gab unter seiner Berührung nach, sodass seine Hand teils in ihn einsank. Michael grinste. »Na also.«

Der Schatten verdunkelte sich noch mehr, bis eindeutig kein fester Stein mehr da war, sondern *Raum.* Michael machte sich bereit. Sobald er einen Anflug von Bewegung spürte, packte er zu und riss die Gestalt mit brutaler, übernatürlicher Stärke heraus.

Die nicht vollständig geformte Gestalt stieß einen Gurgellaut aus, als Michael sie aus der Dunkelheit zerrte. Sie wand sich zappelnd, während sich ihre diffuse Finsternis hier und da verhärtete und an Michaels Arm rieb wie Sandpapier. Doch er ließ nicht locker.

»Wir müssen uns unterhalten«, sagte er ruhig, aber seine Augen glühten rot. »Mach mit, und ich erlaube dir, richtig Form anzunehmen, bevor du erstickst.«

Die Gestalt hörte auf, sich zu sträuben, und formte sich zu einer Art sandigem, bewusstlosem Oktopus.

Michael lockerte seinen Griff ein wenig, und nun wurde die Masse fester. Binnen Sekunden hatte sie die Gestalt einer Steinfrau angenommen, mitsamt Kurven, Brüsten und allem. Sodann verwandelte sie sich von Stein in Fleisch, wobei sie Kleidung anlegte. Am Ende lag Michaels Hand an der Kehle einer schmalen Frau mittleren Alters mit dunkelblondem Haar und bernsteinbraunen Augen.

Michael ließ sie ganz los und nahm seine Hand herunter. Die Frau rieb sich den Hals und beäugte ihn misstrauisch.

»Wer bist du?«, fragte sie heiser.

»Ist nicht wichtig. Ich muss mit dir über Rhiannon Dante reden.«

Die Frau runzelte die Stirn. »Die Feuerheilerin?«

Feuerheilerin. *Eine durchaus sinnvolle Beschreibung*, dachte Michael. Rhiannons Haar ähnelte Feuer, und sie konnte sowohl Feuer kontrollieren als auch heilen.

»Ich weiß nur wenig«, sagte die Frau abfällig. »In unserer Rotte bestimmen die Männer und behalten alles für sich, weil ihnen das Macht verleiht.« Ihre Stimme war nun etwas leiser, und sie blickte sich nervös um.

»Im Moment ist hier keiner«, versicherte Michael ihr, denn sie hatte offenbar Angst, dass sie belauscht werden könnten.

Fragend sah sie wieder zu ihm auf. »Was bist du, dass du

solche Macht über die Portale der Gargoyles hast und ihre Nähe fühlen kannst?«

»Wie gesagt, das ist unwichtig«, antwortete er und bemühte sich, geduldig zu sein. »Erzähl mir alles, was du über die Feuerheilerin weißt. Ich muss vor allem wissen, wer den Männern in eurer Rotte gesteckt hat, dass sie heilen kann.«

Der weibliche Gargoyle schüttelte den Kopf, schloss die Augen und seufzte. »Wie gesagt, meine Schwestern und ich wissen wenig. Unsere Rotte ist abtrünnig und hat sich schon vor einer Ewigkeit von dem Herrschergeschlecht gelöst, um den Gesetzen des Königs zu entkommen. Er wollte damals, dass Männer und Frauen gleich sind, und unsere Männer wollten das nicht. Meine Schwestern und ich wurden aus unseren Felsbetten geholt, um ihre Linie zu stärken und ihr Begehren zu befriedigen.« Sie schien ein wenig in sich zusammenzuschrumpfen und schlang die Arme um ihren Oberkörper. »Das ist Jahrhunderte her.«

Michael lauschte ihr mit jenem distanzierten Entsetzen, das Cops so oft empfanden, wenn sich vor ihnen eine neue Schicht von Bösem einer Sedimentschicht gleich über alles andere legte. Schicht für Schicht häuften sich die Untaten, Unglücke und Bosheiten des Lebens auf.

»Ich weiß bloß, dass ein Mann herkam. Er war kein Gargoyle, aber auch nicht menschlich. Gekleidet war er wie ein reicher Mensch, mit einem sehr teuren Anzug. Und er roch schön, nach menschlichen Maßstäben, was ich zufällig sehr mag. Wenn man aus Stein ist, lernt man den Duft von Sachen lieben, die nicht steinern sind, wie Pflanzen und dergleichen.« Sie schweifte ab und ging ganz in ihrem persönlichen Elend auf. »Unsere Männer riechen nie schön, es sei denn bei Regen.« Sie sah wieder zu ihm auf, und nun nahmen ihre Züge einen ruhigen, resigniert flehenden Ausdruck an. »Das ist alles, was ich weiß, ehrlich.«

Michael glaubte ihr. Und er konnte sich nun denken, wer an dem Verrat beteiligt gewesen war.

Doch er ließ sich seine aufkeimende Wut nicht anmerken, sondern konzentrierte sich auf die Frau vor ihm. Er sorgte sich um sie und die anderen weiblichen Gargoyles in ihrer Rotte.

»Warum hat der Gargoyle-König nichts gegen den Ungehorsam eurer Rotte unternommen?«

Sie holte tief Luft, als wäre sie froh, endlich über das reden zu können, was sie am meisten beschäftigte. »Glaub mir, er versucht es. Ich höre ja hin und bekomme manchmal etwas mit. Es geht das Gerücht, dass er einen Großteil seiner Zeit für die Suche nach uns opfert, obwohl die anderen Könige gut seine Hilfe bei ihren Problemen gebrauchen könnten. Doch für ihn haben wir oberste Priorität. Jedenfalls kann man ihm nicht die Schuld für das geben, was die Frauen in unserer Rotte erleiden.«

Mit den »anderen Königen« meinte sie die Herrscher anderer Übernatürlicher. Michael wusste allein von über einem Dutzend. Die Erde war schon eine seltsame, furchtbare und zugleich schöne Welt. Und die Gargoyle-Frau sprach mit solcher Inbrunst von ihrem König, dass Michael sich unweigerlich fragte, ob sie ihn persönlich kannte.

»Er schickt Suchtrupps los, angeführt von den Montanus-Kriegern. Aber bisher konnten sie noch keinen unserer Männer lebend gefangen nehmen und verhören, damit sie uns andere befreien können. Die Männer bringen sich um, indem sie zu Staub zerbröseln, bevor sie befragt werden können. Und sowie wir erfahren, dass jemand gefangen wurde, ziehen wir woanders hin.«

»Wie lange geht das schon so?«

»Weiß ich nicht. Die Zeit läuft anders, wenn man sich nicht an Sonne und Mond orientieren kann. Wir haben mit einer Rotte von eintausendneunhundert angefangen; heute sind wir nicht mal mehr siebenhundert.«

Michaels nächste Frage war lachhaft simpel, doch die Dinge lagen nie so einfach, wie sie oberflächlich schienen, und daher musste er sie stellen: »Jetzt gerade bist du allein. Warum fliehst du nicht?«

»Sie haben meine Töchter«, antwortete sie, und prompt klang ihre Stimme matt.

So hörte sich Hoffnungslosigkeit an.

»Du ahnst ja nicht, was sie mit den Frauen machen, die bei einem Fluchtversuch ertappt werden. Und was sie zur Strafe ihren Familien antun.« Sie drehte sich ein wenig weg von ihm, der Kleiderstoff auf ihrer Schulter wich dem Stein, aus dem sie eigentlich war, und in dem kamen tiefe Rillen zum Vorschein. Vier Klauenmale.

»Für meine Älteste, Hazel, wäre es noch schlimmer. Und sie ist ein reizendes Geschöpf.« Eine glitzernde Träne löste sich aus ihrem Auge und rollte ein Stück ihre Wange herab, bevor sie zu Quarz kristallisierte. »Wer diese Feuerheilerin auch sein mag, ich gestehe, dass ich gehofft hatte, sie würde die Männer zerstören, selbst wenn das hieße, dass sie uns alle vernichtet.«

Ein seltsamer Ausdruck huschte über ihre Züge; die Quarzträne brach weg und fiel zu Boden, wo sie zu Splittern zerstob. Dann lächelte sie zaghaft. »Sie hat aber ziemlich viele erwischt, was?« Sie lachte, was sich wie ein Aneinanderstoßen von Diamanten in einem Samtbeutel anhörte. »Nur zwölf von den dreißig Männern, die letztes Mal loszogen, um sie zu jagen, kehrten zurück, und zwei von ihnen hatten Gliedmaßen verloren.«

Michael trat einen Schritt zurück und überlegte. Er sollte baldmöglichst den König der Gargoyles ausfindig machen. »Danke für deine Zeit und Hilfe …«

»Allerea«, sagte sie leise. »Mein Name ist Allerea.«

»Ich danke dir, Allerea. Und behalte dieses Gespräch bitte für dich.«

»Glaub mir, das werde ich«, antwortete sie mit einer müden, weisen Entschlossenheit.

Michael wollte sich von ihr verabschieden und gehen, als er eine andere Präsenz in der Dunkelheit hinter Allerea spürte. Die Gargoyle-Frau schien die Veränderung an ihm zu bemerken, denn sie wurde stocksteif, und ihre Augen weiteten sich so sehr, dass der Bernsteinton heller wurde.

»Was …?«

Er schüttelte rasch den Kopf und legte einen Finger an seine Lippen, damit sie ruhig war. Sie begriff sofort und erstarrte zu einer Statue – im wahrsten Sinne des Wortes.

Zwei Sekunden wartete Michael, dann schnellte sein Arm über Allereas Schulter hinweg in die Finsternis. Die Frau unterdrückte einen Aufschrei, was wie ein schabendes Quietschen klang, während Michael einen Gargoyle aus der Schwärze hinter ihr zerrte.

Diesmal war es ein Mann, und der nahm direkt den Kampf gegen Michael auf. Er verfestigte sich viel schneller, wurde zu Stein, bevor Michael ihn richtig am Hals packen konnte. Aber da der Erzengel neuerdings über die Talente von Vampiren und Incubi verfügte, nahm er kurzerhand Vampirzüge an: seine Eckzähne verlängerten sich, und seine Augen glühten rot.

Im nächsten Moment schleuderte er den Gargoyle mittels Telekinese durch die Gasse, bis der mit einer Mauer kollidierte. Ein lautes Knacken war zu vernehmen, gefolgt von einem Stöhnen, doch Michael verlor keine Zeit. Wieder zerrte er ihn aus dem Stein und riss ihn durch die Luft wie eine Stoffpuppe, um auf halber Strecke brutal die Richtung zu wechseln und ihn erneut gegen die Mauer zu schleudern.

Diesmal hörte man nach dem Knacken, wie etwas splitterte und zerbröckelte.

Michael erledigte die Sache, indem er sich auf die Moleküle im zähflüssigen Steinblut des Gargoyles konzentrierte. Es war wie kaltes Magma, bis Michaels Kräfte darauf einwirkten und es zu flüssigem Gold machten.

Der Gargoyle erbebte, verwandelte sich, und gleich darauf kippte seine 24-Karat-Statue um und traf mit einem hallenden Scheppern auf dem Boden auf. Die Goldstatue verbeulte und kullerte einige Zentimeter weiter.

Michael beobachtete die gelb schimmernde Skulptur ungerührt. Der Gargoyle war tot. Zum ersten Mal hatte Michael lebendiges, bewegliches Gewebe in Gold verwandelt. Noch nie hatte er etwas oder jemanden so eiskalt getötet.

Seine Sicht wurde wieder klarer, die grellen Farben des vampirischen Sehens verloren sich, und er nahm wieder das menschliche Farbspektrum wahr. Seine Reißzähne zogen sich zurück, doch der Hunger blieb, und Michaels Augen fühlten sich heiß an. Er schloss sie für einen Moment, holte tief Luft und hoffte, so das nagende Dunkel zu vertreiben, das ihn zu beherrschen drohte.

Schließlich drehte er sich zu Allerea um. Sie starrte ihn an, als wollte sie am liebsten fliehen, wagte jedoch nicht, eine falsche Bewegung zu machen. Sie hatte keine Ahnung, wer oder was er war, hatte aber soeben mitangesehen, dass es auf jeden Fall mit dem Tod zu tun hatte.

»Tut mir leid«, log er. Es tat ihm nicht leid, den Gargoyle getötet zu haben. Der Mann war ein Arschloch gewesen, dem die Ignoranz und Verlogenheit wie ein übler Gestank anhaftete. Und denselben Gestank hatte Michael zuhauf gerochen, als er im Studio gegen die Gargoyles kämpfte.

Der Gargoyle war geschickt worden, um Allerea zu holen, und so wie er sich von hinten an sie angeschlichen hatte, war Michael sicher, dass er vorgehabt hatte, sich noch ein bisschen mit ihr zu vergnügen, ehe er sie zurückbrachte. Die Welt war besser dran ohne ihn.

Wenn Michael irgendetwas leidtat, dann, dass er Allerea Angst eingejagt hatte.

Und dass seine eigene Finsternis eindeutig stärker wurde.

Allerea sah ihn eine Weile stumm an. Er fragte sich, was sich hinter den gelben Kristallaugen abspielen mochte. Doch er würde nicht einmal versuchen, ihre Gedanken zu lesen. Das wäre so gut wie unmöglich, ohne eine Unmenge Kraft aufzuwenden, und im Moment wollte er die lieber nicht aktivieren.

Schließlich blinzelte sie und nickte. »Das weiß ich.«

Sie blickte zu den glatten goldenen Überresten des Gargoyles, die mehr wiegen dürften als mehrere Taxis zusammen. »Aber sicher tut es dir nicht leid um *ihn*. Und das sollte es auch nicht.« Sie sah wieder Michael an. »Mir tut es auch nicht leid.«

Nun trat sie zurück, wurde wieder zu Stein und verschmolz mit der Mauer hinter ihr. Bevor sie vollständig verschwand, hörte Michael ein raues Flüstern: »Dein Geheimnis ist bei mir sicher. Viel Glück mit der Feuerheilerin.«

21

Die Goldstatue loszuwerden war ein Leichtes gewesen. Michael hatte sie schlicht in Stein verwandelt, denn wo Magie im Spiel war, funktionierte die Alchemie in beide Richtungen. Und kaum war die Verwandlung abgeschlossen, war der Stein zu Sand zerbröselt.

Nun stand Michael unten vor dem Willis Tower und sah beiläufig nach oben. Chicago war weit weg von New York, wenn man mit American Airlines flog. Aber nicht so weit weg, wenn man durch die Schatten reisen konnte.

Eigentlich hatte er erwartet, hier jemanden zu treffen, als er auf der anderen Straßenseite aus den Schatten trat. Immerhin befand sich in diesem Gebäude das geheime Refugium *des Gefallenen*: ein weitläufiges magisches Herrenhaus, nicht unähnlich dem, das sich die vier Lieblingserzengel teilten. Samael war irgendwo da drin. Warum also hatte er nicht längst versucht, Michael aufzuhalten? Niemanden auf Erden hasste Samael mehr als ihn.

Michael beschloss gerade, dass er sich wohl doch in die Höhle des Löwen begeben müsste, als er jemanden in lederbesohlten Schuhen nahen hörte.

Er drehte sich um und sah Samael lässig in seine Richtung kommen, die Hände in den Taschen seines teuren anthrazitfarbenen Anzugs. Das Grau der Wolle passte perfekt zu seinen Augen, in denen sich unsägliche Stürme spiegelten.

»Michael«, begrüßte Samael ihn und blieb einige Schritte von ihm entfernt stehen.

»Sam«, erwiderte Michael.

Sam betrachtete ihn, und der Cop Michael musterte umgekehrt Sam. Wie immer saß Samaels weißblondes Haar tadellos, gänzlich unbeeinträchtigt vom Wind. Er war groß und breitschultrig, strahlte pure Kraft aus. Doch anstelle der üblichen Wachsamkeit in seinem Ausdruck bemerkte Michael, dass Sams Züge überschattet waren und er sogar dunkle Ringe unter den Augen hatte.

Aber das musste er sich einbilden. Ja, das war bei Sam völlig ausgeschlossen. *Der Gefallene* nämlich war einer der wenigen Erzengel, die sich selbst heilen konnten. Und im Moment, nachdem er Michael verflucht hatte, war er der Einzige außer den Sternenengeln, der es konnte.

»Schläfst du nicht gut?«, fragte er.

Sam seufzte. »Ehrlich gesagt, nein.« Er blickte von Michael zur Straße. Es war spätabends, und der Verkehr hatte sich auf wenige billige Wagen, Busse auf ihren letzten Fahrten und einige gelbe Taxis ausgedünnt.

Die Antwort schockierte Michael. Er wäre weniger erschrocken gewesen, hätte Samael ihn hochgehoben und über die Straße geschleudert. Seit wann gab *der Gefallene* so etwas zu? Seit wann gestand er einfach so eine Schwäche ein?

»Was verschafft mir die Ehre, Michael?«, fragte Sam, ohne ihn anzusehen.

Michael runzelte kurz die Stirn und straffte die Schultern. Was auch mit Sam war, es ging ihn wahrscheinlich nichts an, und wenn es Sam schwächte, konnte es nur zu Michaels Vorteil sein. »Du hast den Gargoyles von Rhiannons Heilkräften erzählt.«

Jetzt sah Sam doch zu ihm. »Wie bitte?«

Michael wurde misstrauisch. »Der Schlafmangel scheint dein Gedächtnis zu beeinträchtigen. Erinnerst du dich nicht, kürzlich mit einem Mitglied einer abtrünnigen Gargoyle-Rotte gesprochen zu haben, an die du den Sternenengel verfüttern wolltest?«

Sam zog die Brauen hoch.

»Und ihm das mit Rhiannons kleiner Gabe gesteckt zu haben?«, fuhr Michael fort.

Sam neigte den Kopf zur Seite und sah ihn nachdenklich an. Seine Miene blieb ungerührt, doch die Wolken in seinen Augen verdunkelten sich. »Ich glaube, New York färbt allmählich auf dich ab. Oder liegt es an dem Abschaum, bei dem du dir deine Vampirmahlzeiten besorgst, den gewalttätigen Ehemännern, Schlägern und Drogendealern? Man ist, was man isst, nicht wahr? Jedenfalls habe ich zum ersten Mal seit Anbeginn der Ewigkeit keinen Schimmer, wovon du redest.«

Er atmete tief ein, zog die Hände aus den Taschen und schob einen Ärmel hoch, um auf seine kostbare goldene Armbanduhr zu sehen. Dann steckte er die Hände wieder in die Taschen und sagte: »Mich erstaunt ein wenig, dass es so lange gedauert hat. Seit zweitausend Jahren eilst du den Menschen zur Rettung, und was tun sie? Sie vermehren sich wie die Kakerlaken, bis es sieben Milliarden mehr mögliche Probleme auf dem Planeten gibt. Und nach allem, was du für sie getan hast, weiß immer noch kein Einziger von ihnen, wer du wirklich bist.«

Michael blieb stumm. Er wusste, was Sam vorhatte, denn dieses Spiel hatte er schon oft genug mitgemacht. Allerdings musste er zugeben, dass *der Gefallene* nicht vollends danebenlag. Wie immer war ein Körnchen Wahrheit an dem, was Samael sagte, und das machte es umso ärgerlicher.

Sam hielt inne und fixierte Michael mit seinen dunkelgrauen Augen. »Da du offensichtlich kurz davorstehst durchzudrehen, lasse ich dich diesmal mit einer Warnung davonkommen, Michael. Sei vorsichtig mit deinen Anschuldigungen. Manche von uns haben weder die Zeit noch die Geduld, sich mit deinen engelhaften Trotzanfällen abzugeben.«

»Und wovon träumst du, Sam?«, wechselte Michael das Thema. Die Frage überraschte sogar ihn selbst. Normalerweise wäre Sams Säbelgerassel einfach an ihm abgeprallt. Mit den Jahren war er ziemlich immun dagegen geworden. Doch etwas in ihm hatte sich verändert, und aus irgendeinem Grund wollte er *den Gefallenen* unbedingt provozieren.

»Es muss eine Frau sein«, mutmaßte Michael. »Sonst würdest du nicht so mies aussehen.«

Es war seltsam, denn während Samael noch ehrlicher und geduldiger wurde, wurde Michael es immer weniger. Als hätten die beiden mit Sams Fluch ihre Rollen getauscht. Nun benahm sich *der Gefallene* wie jemand mit einem Funken Güte in sich – und Michael nicht.

»Wie gesagt«, wiederholte Sam und wandte sich zum Gehen, »ich habe keine Zeit für das hier.«

»Ist sie auch ein Engel?«, fragte Michael.

Sam war bereits zwei Schritte weitergegangen, blieb jedoch wie angewurzelt stehen.

»Wie sieht sie aus?«

Langsam drehte Sam sich um.

»Oder, noch spannender, welche Kräfte besitzt sie?« Michael schritt auf ihn zu. Sein Misstrauen war dahin und mit ihm sein Sinn für Anstand. »Kann sie sich selbst und andere *heilen*, Sam? Glaub mir, ich bin nicht der Einzige, den das interessieren würde.«

Der Angriff erfolgte in gegenseitigem Einverständnis, als hätten sie beide unbewusst geflüstert »Scheiß drauf!«, und sie gingen sich an die Gurgel.

Chicago um sie herum nahm keinerlei Notiz von ihrem Kampf. Die Magie – dunkle wie helle – schirmte die beiden Engel vor neugierigen Blicken ab, als sie aus dieser Welt in eine für Menschen unsichtbare glitten.

Michael packte Sams Kehle und Arm, und Sam tat es ihm gleich, während sie durch die Luft wirbelten, geradewegs in eine Seitengasse und von dort in die verzweigte Schattenwelt dahinter.

»Du bist wahrlich eine Verschwendung von Raum und Zeit, Michael«, fauchte Sam, als sie aus einem Schattenportal kamen und er Michael mit dem Rücken gegen eine Mauer knallte. Hinter Michael rieselten Steinbrocken zu Boden, und er hörte ein schrilles Klingeln in seinen Ohren, konnte Sam aber noch klar und deutlich verstehen.

»Ich habe dir alles gegeben, was du irgend brauchen könntest, um deinen Sternenengel zu bekommen. Ich gab dir die Kraft, die Magie und den Charme von Vampir und Incubus!« Sams Griff um Michaels Hals wurde fester. »Und immer noch versagst du. Bei dir ist alles vergebens!«

Widerwillig und unter wachsenden Schmerzen sah Michael ein, dass Sam recht hatte. Er *hatte* ihm alles gegeben, was er brauchte – sofern er denn vorhatte, seinem Sternenengel übel mitzuspielen. Als Michael sein Knie zum Tritt anhob und es irgendwie schaffte, sich von der Wand abzustoßen und sie beide in die Schattenkorridore zurückzukatapultieren, fragte er sich, *warum* Sam so etwas hätte tun sollen.

Michael hatte geglaubt, in ein Monster verwandelt zu sein, weil Sam wollte, dass Rhiannon sich von ihm abgestoßen fühlte. Konnte er sich geirrt haben? Könnte Sam stattdessen beabsichtigt haben, dass Michael seinen Sternenengel im Sturm eroberte und diese Suche ein für alle Mal endete?

Und falls Letzteres zutraf, *warum?*

»Wo ist sie jetzt, Michael?«, fuhr Sam fort. Magie umschwirrte sie ähnlich einer Schar von Glühwürmchen mit Düsenantrieb, die Feuerbälle ausstießen und sie zu ätzenden Flüchen, schimmernden Zaubern oder Wandlungseffekten machten. Von all der wirbelnden Magie wurde den beiden Engeln die Haut versengt, oder sie wurde zu Gold oder halb gefroren, und nach und nach zehrte all das Michaels Kräfte auf. Natürlich war ihm klar, dass sie auf Sam dieselbe Wirkung hatte, nur konnte der sich heilen und Michael nicht – wie sie beide wussten.

»Ich verrate dir, wo sie ist«, sagte Sam. »Sie ist zu Hause, im Bett, allein.« Sein Lächeln war schrecklich, verschlagen und schön, und Blitze zuckten in seinen grauen Augen. »Zumindest hoffe ich das.«

Michael gewann die Oberhand, gestärkt von den Monstern in ihm, die Sam ihm so selbstlos eingepflanzt hatte, und deren schierer Freude daran, ihrem Feind Schmerzen zuzufügen. Aber die währte nicht lange. Die Erzengel schossen wie Kanonenkugeln aus einer Seitengasse und über eine Straße von Chicago, ehe sie auf dem Dach eines geparkten Wagens landeten, das durch den Aufprall eingedrückt wurde. Die Alarmanlage ging an, und echte Blitze schlugen in der Nähe ein, während die beiden sehr mächtigen Männer ihren Kampf fortsetzten.

Michael spürte, wie er mit jeder Minute, die das Blutvergießen, die magischen Attacken und die emotionale Verwirrung anhielten, schwächer wurde.

Und der Kampf fing gerade erst an.

22

Die Nacht drehte sich um Rhiannon wie ein Karussell, und die Lichter und Geräusche kamen ihr weit weg und gedämpft vor. Jeder Millimeter ihrer Haut kribbelte so sehr, dass sie es beinahe hören konnte, und sie hatte das Gefühl, mehrere Zentimeter über dem Boden zu schweben, noch vollständig gefangen in der bereits gelösten Umarmung. Ihr war, als hätte Michael seinen Geist dort gelassen, der sie statt seiner hielt.

Irgendwo in der Ferne rief jemand ihren Namen, doch in dieser verschwommenen, wirbelnden Welt war es nur schwach zu hören, und Rhiannon war glücklich hier. Zu glücklich, um sich jetzt schon zu verabschieden.

Ihn zu küssen war vollkommen verrückt gewesen.

Sie hatte keine Ahnung, wer Michael Salvatore war. Er besaß Kräfte, von denen ihr schwindelig wurde, und sie vermutete, dass diese Reißzähne nur die Spitze des Eisbergs waren. Sie hatte nicht den geringsten Schimmer, mit was für einem Wesen sie es zu tun hatte. Und sie wusste nicht, was er vorhatte. Oder?

Wieder sagte jemand weit weg ihren Namen.

Gedankenverloren strich Rhiannon sich mit den Fingerspitzen über die Lippen. Sie waren leicht geschwollen und schienen zu summen. Eine Hitzewelle durchlief sie, als ihr bewusst wurde, dass sie mehr wollte.

Er war so stark und unnachgiebig gewesen, fordernd, aber sanft. Sein Körper strahlte Hitze aus, seine Lippen waren kühl, und er roch wie die Nacht, nach Sandelholz, Aftershave, Leder und Dunkelheit. So war Rhiannon noch nie geküsst worden. In ihrem ganzen Leben nicht. Nicht einmal in ihren Träumen.

»Rhee!« Jemand zerrte an ihrem Arm, und sie stolperte ein bisschen, als sie sich endlich umdrehte. Das Karussell hörte auf, sich zu drehen, und alles wurde klar.

»Mimi, was ist?«, fragte sie benommen.

Mimi sah unglücklich aus. Sie war kreidebleich, und ihre Augen waren riesig. »Ich habe gesehen, wie er dich geküsst hat! Hat er dir die Seele ausgesaugt oder so was?«

Rhiannon stutzte. »Was redest du denn?«

»Na, ich versuche schon ewig, dir etwas zu sagen.«

Rhiannon schüttelte den Kopf. »Mir geht es gut. Aber was ist los?«

»Strike. Ich kann ihn nicht finden! Und er kommt nicht, wenn ich ihn rufe. Ich hatte ihn in deiner Wohnung gelassen, bevor ich dir hinterher bin, und jetzt ist er nicht mehr da!«

»Du hast ihn in *meiner* Wohnung gelassen?«, fragte Rhiannon.

»Ja, damit jeder, der mich sucht und bei dir anklopft, ihn winseln oder bellen hört und denkt, dass ich bei dir übernachte.« Ihre Stimme wurde mit jedem Wort schriller und aufgeregter. »Aber er ist weg, Rhee!«

»Mimi, Süße, hör zu.« Rhiannon bückte sich zu ihr und umfasste sanft ihre Arme. »Wahrscheinlich ist er bei Alex.

Du weißt doch, dass er gern abends zu ihm geht, weil Alex ihm dieses Edel-Hundefutter aus dem kleinen Nobelladen gegenüber kauft.«

Mimi überlegte offenbar, und Rhiannon spürte, wie sich das Mädchen ein wenig entspannte. »Das für zwölf Dollar die Dose?«

»Genau das.«

»Aber wie ist er aus deiner Wohnung entkommen?«

»Sicher hat jemand nach ihm gesucht, nachdem ich Mr. V. angerufen hatte, oder er hat ihn bellen hören und ihn rausgelassen.«

Wieder überlegte Mimi, dann seufzte sie. »Okay.«

»Jetzt gehen wir rein und bringen dich zu Bett, ehe deine Tante aufwacht, abgemacht?«

Mimi nickte unglücklich. Anscheinend schreckte sie die Vorstellung, ihrer Tante zu begegnen, denn sie wurde ein bisschen blass. Sicher wollte sie ungern gestehen müssen, dass sie sich wieder aus dem Haus geschlichen hatte – zum zweiten Mal an diesem Tag. Das würde garantiert Hausarrest bedeuten, eventuell sogar ein Nintendo-Verbot.

Und *das* würde Mimi umbringen.

Rhiannon legte Mimi ihre Hand in den Rücken und ging mit ihr zurück ins Gebäude. Doch statt zu einer der Wohnungen zu gehen, machte Rhiannon sich direkt auf den Weg zum Tropenhaus. Falls sich die anderen um Mimi sorgten – oder um Rhiannon –, würden sie sich dort versammeln. Das Tropenhaus war nicht bloß für die Besprechungen mit Mr. Verdigri gedacht, sondern der Treffpunkt in Krisenmomenten, wo man gemeinsam Tee oder Limonade trank, umgeben von Schmetterlingen, und sich gegenseitig zu beruhigen versuchte.

Wie sie bereits befürchtet hatten, saß Mimis Tante bei den anderen in der Laube. Bess war blass, ihr Gesicht eingefallen, und sicher war sie völlig außer sich gewesen, als sie aufwachte und feststellte, dass sie allein in ihrer Wohnung war.

Zwar hatte Mr. V. sie mittlerweile ein wenig beruhigt, doch um Bess waberte quasi eine Dampfwolke, und Rhiannon sah sofort, dass sie kochte.

»O nein«, flüsterte Mimi.

Rhiannon hatte Mitleid mit ihr.

»Nimm es wie eine Frau«, sagte sie. Das war ein gängiger Scherz zwischen ihnen, seit Rhiannon Mimi einst ein Video von zwei Profiboxern gezeigt hatte, die zum Kräftemessen angetreten waren, einer Frau und einem Mann. Die Frau hatte härter zugeschlagen, und seither erinnerten sie sich in Momenten wie diesem gegenseitig daran, es wie eine Frau zu nehmen.

Mimi holte tief Luft, straffte die Schultern und nickte.

Als Mimis Tante sie kommen sah, sprang sie auf und stürmte auf das Mädchen zu. Bess war recht klein, und so fehlten der neunjährigen Mimi nur noch wenige Zentimeter, bis sie genauso groß wie ihre Tante war.

Rhiannon ging auf Abstand und lauschte bewusst nicht, denn jede Einmischung von ihr würde die Situation nur verschlimmern.

Sie wandte sich den anderen in der Laube zu. Dort saßen Mr. Verdigri, Alex und einige andere Angestellte von Mr. V., die Rhiannon schon hin und wieder gesehen hatte. Alle trugen Anzüge und sahen Rhiannon sehr ernst an.

Als Rhiannon näherkam, erhob Mr. V. sich halb und bedeutete ihr, sich ihm gegenüber hinzusetzen. Rhiannon setzte sich, während Mimi und ihre Tante das Tropenhaus verließen. Sie könnte sich täuschen, doch Rhiannon glaubte, etwas von »Pokémon« aufzuschnappen, als die beiden gingen, gefolgt von einem Stöhnen Mimis und einer Zurechtweisung von Bess.

»Was ist los?«, fragte Rhiannon ihren Boss.

»Ich nehme an, die kleine Mimi hat Sie heute Abend wieder überrascht?«, fragte Mr. V. als Erstes mit einem amüsierten Funkeln in den Augen. Auch wenn er es vor Mimis Tante nie aussprechen würde, bewunderte er insgeheim die Alleingänge des Mädchens, wohl weil er sie als Beweis für ihre überdurchschnittliche Intelligenz ansah.

»Ja, und Sie sollten erfahren, warum sie sich ein zweites Mal aus dem Haus geschlichen hat. Sie kam zu mir, weil sie einen Gargoyle gesehen hatte. Das hatte sie auch zu Ihnen gesagt, und Sie haben ihr nicht geglaubt.«

Mr. V. seufzte. »Stimmt. Ich hatte gehofft, dass sie es sich nur eingebildet hatte. Doch im Grunde war mir klar, dass es sich anders verhielt. Sie ist ein besonderes Kind, Rhiannon, mit einer besonderen Wahrnehmung.« Er schwieg für einen Moment. »Ich werde wohl besser auf sie aufpassen müssen.«

Rhiannon sagte nichts dazu. Wahrscheinlich hatte er recht. Und bei dem, was Rhiannon Tag für Tag erlebte, schadete es sicher nicht, dem Mädchen auch zusätzlichen Schutz zu gewähren.

Dann sah Mr. V. wieder auf und gab einem der Männer hinter sich ein Zeichen. »Leider sind wir nicht nur wegen Mimi hier.«

»Dachte ich mir«, murmelte Rhiannon.

Der Mann trat vor und legte Rhiannon eine Aktenmappe

hin. »Dies sind die Informationen, die Sie für einen Auftrag brauchen, der oberste Priorität hat. Ich befürchte, Sie müssen noch heute Nacht aufbrechen«, sagte der Mann.

Rhiannon sah zuerst die Mappe, dann ihren Boss an. »Mr. Verdigri, ich kann heute Nacht nicht weg. Ich muss …« Sie verstummte und blickte zu den anderen Mitarbeitern. Mr. Verdigri verstand sofort und gab ihnen zu verstehen, dass sie gehen konnten.

Als sie allein waren, lehnte Mr. V. sich vor. »Was Mimi über die Gargoyles gesagt hat, war nicht die ganze Geschichte, stimmt's?«

»Ja.« Rhiannon erzählte ihm von dem Kampf nachmittags im Studio. Dabei ließ sie jedoch Michael Salvatore größtenteils und den Kuss ganz und gar aus. Doch sie gab Mr. V. genug Informationen, dass ihm klar wurde, warum sie erst zum nächsten Auftrag aufbrechen wollte, wenn sie hinreichend Schlaf gehabt hatte, um sich zu stärken.

»Ich verstehe«, sagte Mr. V., als sie fertig war. Dann lehnte er sich wieder zurück und strich nachdenklich über seinen Bart. »Das sind ohne Frage neue Faktoren, die wir berücksichtigen müssen.« Nachdem er einige Zeit geschwiegen hatte, fuhr er fort: »Die Zielobjekte bei diesem Auftrag sollen morgen früh um zehn in ein Flugzeug steigen. Es handelt sich um eine Familie, bestehend aus einer Mutter und vier kleinen Mädchen, denen gegen ihren Wunsch und den ihrer Mutter eine Genitalverstümmelung droht. Wenn wir ihnen helfen wollen, müssen wir verhindern, dass sie zum Flughafen kommen. Sie dürfen auf keinen Fall in die Maschine steigen. Reicht Ihnen die Zeit, um Ihre Kräfte zu regenerieren?«

Rhiannon rechnete nach und bejahte. »Ich glaube

schon.« Dann stand sie auf. Sie hatte gegessen, also brauchte sie nur noch einige Stunden Schlaf. Jeder andere, dem das blühte, was sie morgen erwartete, könnte gar nicht erst einschlafen. Aber für Rhiannon war es Routine; sie machte das seit Jahren und hatte sich daran gewöhnt.

Mr. Verdigri erhob sein Limonadenglas, als wolle er ihr zuprosten. »Süße Träume, Rhiannon. Vielleicht kommt Detective Salvatore in ihnen vor.«

Rhiannon wurde rot und wandte sich rasch ab, um ihre Reaktion zu verbergen. Was überflüssig war, denn es würde noch Fragen geben, und der Kuss würde zweifellos noch Thema sein, worauf weitere Fragen folgen würden.

»Vielleicht«, sagte sie lässig.

Sie ging schon, als sie ihn leise hinter sich lachen hörte. »Nach einem solchen Kuss, Miss Dante, könnte ich mir nichts anderes vorstellen.«

23

Sie hatte geglaubt, genug geschlafen zu haben. Oder auch nicht.

Sie rieb sich die Augen und schüttelte den Kopf. Um klarer zu sehen, denn irgendwie war alles verschwommen.

»Alles okay?«, fragte eine zarte Stimme in gebrochenem Englisch. Rhiannon blickte sich zu der Frau und den vier kleinen Mädchen um, die sich an ihre Mutter klammerten. Die Frau, Dorottya, war Ungarin und hatte einen Afrikaner geheiratet. Ihre Kinder waren vier bildhübsche dunkelhäutige Mädchen mit dichtem schwarzem Haar und riesigen Augen.

»Mir geht es gut«, flüsterte Rhiannon und legte einen Finger an ihre Lippen, damit Dorottya so leise wie möglich war. Den Kindern schien sie es nicht erklären zu müssen. Irgendwie begriffen die Kleinen instinktiv, dass sie ganz still sein mussten.

Sie hatten es beinahe in die Freiheit geschafft. Rhiannon hatte die fünf ohne größere Schwierigkeiten aus der Wohnung geholt, in der sie festgehalten wurden. Dazu hatte sie nur zwei Männer k.o. schlagen müssen. Die Frau und ihre Töchter waren nicht sonderlich streng bewacht worden, weil niemand davon ausging, dass sie versuchen würden zu fliehen. Und erst recht hatte keiner damit gerechnet, dass mitten in der Nacht jemand kommen und sie retten würde.

Nachdem Rhiannon sich vergewissert hatte, dass die Luft rein war, führte sie die kleine Gruppe zum Hafen, wo ein Boot auf Dorottya und ihre Kinder wartete, um sie in ein sicheres Versteck zu bringen. Als Nächstes würde man ihnen neue Identitäten geben. Die Swallowtail Foundation würde sie mit hinreichend Mitteln ausstatten, dass Dorottya nicht arbeiten müsste und die Kinder irgendwo in Maine zur Schule gehen könnten.

Die nächtliche Brise sorgte für ein stetes Klimpern von den vertäuten Segelbooten, die sanft auf dem Wasser schaukelten. Hastig führte Rhiannon ihre Schützlinge zur »Fiery Skipper«, benannt nach einem südamerikanischen Falter.

Im Schatten des Bootes wartete der Kapitän, der Rhiannon mit einem simplen Nicken und dem Kennwort begrüßte. Er brachte Dorottya und die Kinder unter Deck, wo sie bleiben würden, bis das Boot in sicherer Entfernung vom Land war.

Rhiannon begleitete sie nach unten, zeigte ihnen ihre Kojen und holte einige Sachen aus ihren Jackentaschen. Sie nahm Dorottyas Hände und legte eine Kreditkarte, einen falschen Ausweis und ein Geldbündel hinein.

Rhiannon wich zurück, als die Frau ihre Hände fester drückte und ihr in die Augen sah. *»Uhrangialome«*, sagte sie leise.

Das hatte Rhiannon schon einmal gehört. Eine der Frauen, die sie aus der Gewalt der Menschenhändler befreit hatte, hatte es auch gesagt. Vorsichtig versuchte sie, es zu wiederholen: »Uhrangialome?«

»Fast«, antwortete Dorottya lächelnd. »Ich sagte *őrangyalom*. In meiner Sprache bedeutet das ›Du bist mein Schutzengel‹.«

Eine seltsame Hitze breitete sich in Rhiannon aus, als hätte sie soeben eine Erleuchtung gehabt. Was natürlich nicht sein konnte.

»Ich bin kein Engel, glaub mir«, erwiderte sie kopfschüttelnd. Ein Engel wäre keine Waise, würde nicht fluchen wie ein Bierkutscher und hatte keine lange Liste von Diebstählen und anderen Delikten vorzuweisen. Engel trugen keine schwarzen Lederjacken und nahmen keine extrastarken Schmerzmittel, nachdem sie sich die ganze Nacht geprügelt hatten. Sie verdienten sich ihren Lebensunterhalt nicht so wie Rhiannon. Nein, Engel hatten Flügel, spielten Trompete und segneten Babys und solchen Quatsch.

Sie umarmte Dorottya. »Viel Glück, Dorottya. Alles Gute für dich und deine Mädchen.«

Dorottya sah sie weiter an, und ihre Miene sagte unmissverständlich, dass sie Rhiannon nicht glaubte und sie wirklich für einen Engel hielt, was Rhiannon ein bisschen peinlich war. Aber die Ungarin nickte ihr zu und lächelte. »Danke.«

»Gern geschehen.«

Rhiannon verließ das Schiff, nachdem sie den Mädchen noch einmal zugewinkt und dem Kapitän einige letzte Anweisungen erteilt hatte. Dann eilte sie durch den Hafen zurück in die Innenstadt.

Es war sehr früh am Morgen, und die Sonne begann gerade, Manhattans Skyline mit einem Streifen von Zwielicht nachzumalen. Rhiannons Stiefel hallten über die Gehwege und durch die Gassen, als sie zu dem Parkhaus ging, auf dessen fünfter Ebene sie den Wagen der Stiftung abgestellt hatte.

Sie war noch anderthalb Blocks entfernt, als Männer aus dem Schatten traten und sich ihr in den Weg stellten.

Rhiannon erstarrte und schätzte die Situation blitzschnell ein. Fünf Männer. Alles Gargoyles. Das erkannte sie, weil sie noch dabei waren, sich von Stein in Fleisch zu verwandeln; und drei von ihnen hatten noch ihre Flügel.

»Du hättest ruhig mitkommen sollen«, sagte der eine. Rhiannon vermutete, dass er der Anführer war, denn er stand in der Mitte und ihr am nächsten. »Aber du musstest ja Ärger machen. Ein Weib, das seinen Platz nicht kennt, ist schon schlimm genug.«

Die anderen stimmten ihm mit einem kollektiven angewiderten Nicken zu.

»Und dann hast du Krase ermordet. Sein Tod war unnötig, denn er war allein, es war keine Jagd, und es war kein Kampf.« Der Mann schüttelte den Kopf und betrachtete Rhiannon streng mit Augen von einer Farbe zwischen Tigerauge und Stahl. »Du bist zu weit gegangen, Feuerheilerin.«

Selbstverständlich war Rhiannon völlig schleierhaft, wovon sie redeten. Doch leider nur ihr, denn ihnen schien es sonnenklar, und sie hielten sie eindeutig für schuldig.

»Hört mal, Jungs, das muss ein Irrtum sein.« Sie machte den Smalltalk, den die Kerle offenbar von ihr erwarteten, weil er ihr Zeit verschaffte, mehr Einzelheiten herauszubekommen und ihre Gegner sowie ihre Umgebung einzuschätzen.

»War es, ganz richtig«, sagte der Anführer und trat einen Schritt näher.

Rhiannon trat einen Schritt zurück. Sie brauchte nur noch wenige Sekunden … und das Timing musste unbedingt stimmen.

»Unser Irrtum bestand darin, dass wir dachten, wir könnten dich leben lassen. Aber es wird dich sicher freuen zu erfahren, dass wir deinetwegen unsere Gesetze geändert haben.« Beim Grinsen bleckte er kalkweiße Zähne.

»Ach ja?« Sie beobachtete ihn nur noch halb. Parallel sah sie sich in der Gasse um, schätzte Entfernungen und Zeiten. Sie hatte ein Feuerzeug bei sich, es gab Mülltonnen, die sie werfen konnte, und ungefähr neun Meter entfernt parkte ein Wagen, der wahrscheinlich einen vollen Tank hatte. Das wäre die bessere Wahl. Es standen keine Wolken am Himmel, was aber keine Rolle spielte. Rhiannon konnte Blitze auch aus dem Nichts herbeiholen; Wolken machten es lediglich ein bisschen einfacher.

Zwar war sie nicht in bester Verfassung, aber auch nicht gerade in der schlechtesten. Obwohl sie nur wenig geschlafen und schon einen Job diese Nacht erledigt hatte, hätten diese fünf keine Chance. Nicht gegen sie. Wussten sie das nicht?

Rhiannon hörte ein Knirschen hinter sich. Steinbrösel lösten sich aus einer Backsteinmauer, fielen zu Boden und kullerten ein Stück. Dieses Geräusch kannte sie. Ihre Zuversicht schrumpfte, als sie beiseitetrat, um alle im Blick zu haben. Nun waren fünf Gargoyles links von ihr.

Und zwei Dutzend hinter ihr.

Sie füllten die kleine Gasse beinahe aus: eine Horde von feindseligen Machos, groß, stark und auf die unangenehmste Weise von sich selbst eingenommen.

»Ihr Jungs zieht echt alle Register für mich, was?«, fragte

sie. »Ich muss schon sagen, da fühle ich mich richtig geschmeichelt.«

»Von jetzt an«, fuhr der Anführer fort, »darf ein Weib wählen. Es kann sich uns anschließen, oder es kann sterben.« Er zuckte mit den Schultern, als wäre es eben nicht zu ändern. Was für ihn sicher einleuchtend war.

»Klar«, sagte Rhiannon, die wieder ihre Optionen überdachte. »Toller Plan. Das Einfachste ist ja immer das Beste.«

Rhiannon war Realistin. Immer schon gewesen. Vielleicht verdankte sie es ihrer Kindheit, vielleicht auch ihren Genen. Oder es blieb einem heutzutage nichts anderes übrig, wenn man auch nur halbwegs bei Verstand war. Und jetzt sagte ihr Realitätssinn ihr etwas, was sie lieber nicht gehört hätte. Fünf Männer, die alle vor ihr waren, konnte sie ausschalten.

Eine komplette Kampfeinheit hingegen?

Donner grollte in der Ferne. Es könnte an ihrer wachsenden Angst liegen, dass Wolken aufzogen, doch das tat nichts zur Sache. Im Himmel war nicht ansatzweise genügend Elektrizität, um sie aus dieser Nummer herauszuholen. Und gegen die Gargoyles nützte sie sowieso nicht. Was Rhiannon brauchte, waren mehr Autos.

»Anscheinend können Sie ein wenig Hilfe gebrauchen, meine Gute.«

Die Stimme durchschnitt die angespannte Stille in der Gasse ähnlich einer Haifischflosse, die aus dem Wasser auftauchte. Alle erstarrten, hielten den Atem an und wandten sich zu dem Fremden um.

Wie er hier aufkreuzen konnte, ohne dass Rhiannon etwas mitbekommen hatte, war ihr ein Rätsel. Doch sie wollte wetten, dass es mit seiner Magie zu tun hatte. Der

Mann strahlte eine so starke übernatürliche Kraft aus, dass die Luft um ihn herum flirrte. Sie fühlte sich erdrückend und vielversprechend zugleich an. Verlockend und verboten. Etwas Derartiges hatte Rhiannon noch nie empfunden.

Der Mann bestand aus purer Magie.

Er stand inmitten der Gargoyle-Horde, und die Männer traten alle zurück, um ihm sehr viel Platz einzuräumen. Seine Hände steckten in seinen Taschen – der Inbegriff von Gelassenheit. Ruhig blickte er sich unter den Männern um, und es schien, als würde ihnen sein Blick geradewegs in die Seele fahren. Einer nach dem anderen wichen sie weiter zurück oder sahen weg, und Rhiannon merkte, wie die Anspannung wuchs.

Das Donnergrollen kam näher.

Der Fremde war ein sehr großer Mann mit dichtem, schulterlangem pechschwarzem Haar und ebenso dunklen Augen. Sein Kinn war kräftig, die Nase hatte einen römischen Einschlag, und er war von imposanter Statur. Er trug einen weißen, ihm auf den Leib geschneiderten Anzug und bewegte sich mit Selbstbewusstsein und Anmut. Er war wunderschön!

Und er hatte eine faszinierende Wirkung, nicht nur wegen der Schwarz-Weiß-Kontraste, sondern wegen der äußerlich sanften und eleganten Erscheinung, die so offensichtlich etwas Wildes verbarg.

Rhiannon war nicht sicher, was sie sagen sollte. Immerhin hatte er ihr eine rhetorische Frage gestellt, und so wenig sie bezweifelte, dass er sie aus ihrer Lage befreien konnte, fragte sie sich zwangsläufig, was er als Gegenleistung verlangen würde.

Der Fremde schritt durch die Menge auf sie zu und blieb ein Stück vor ihr stehen. Nun strich seine Magie über sie hinweg wie unsichtbare Seidentücher. Seine schwarzen Augen glitzerten, und Rhiannon fiel auf, dass sie merkwürdig aussahen: die Form der Pupillen war … anders.

»Feuerheilerin«, sagte er in einem sanften Ton, als fände er den Namen amüsant. »Darf ich Sie vielleicht nach Hause bringen?«

Rhiannon wurde ein bisschen schwindelig. »W-wie bitte?«, flüsterte sie.

Sein Lächeln strahlte. »Meine Herren, ich denke, wir sind hier fertig«, sagte er ruhig. Und bevor Rhiannon reagieren konnte, nahm der Fremde ihre Hand. Er verwob seine Finger mit ihren, was eine viel zu vertraute Geste war. Noch dazu fühlte sich seine Berührung unangenehm an, als würde sie die Kontakte eines halb in der Dose hängenden Steckers berühren. Trotzdem zog sie ihre Hand nicht weg. Aus irgendeinem Grund versuchte sie es nicht einmal.

Sie hörte bloß auf zu atmen.

»Kommen Sie mit, Rhiannon.« Er drehte sich mit ihr um, und die Welt verschob sich.

Rhiannon hätte nicht sagen können, wie es geschah. Eben noch stand sie in einer Gasse, umgeben von Leuten, die sie vernichten wollten, und im nächsten Moment saß sie auf dem weichen Ledersitz einer Luxuslimousine und fuhr durch die Straßen New Yorks, auf denen absurd wenig Verkehr herrschte.

»Haben Sie es bequem?«

Rhiannon sah zur Seite. Der Fremde in Weiß fuhr und achtete auf die Straße vor ihnen. Verwirrt blickte Rhiannon zu den Anzeigen am Armaturenbrett, der Straße und dann an sich selbst hinab. Er hatte sie sogar angeschnallt!

»Ja, erstaunlicherweise«, antwortete sie. Im Umgang mit magischen Wesen hatte sie tonnenweise Erfahrung. Im Laufe der Jahre hatte sie gelernt, sich gegen deren Einfluss abzuschirmen. Manchmal funktionierte es, manchmal nicht, aber fast immer konnte sie ihnen zumindest so viel Widerstand bieten, dass ihr Zeit zum Überlegen blieb. Das musste sie jetzt nachholen und sich gegen das wappnen, was als Nächstes kommen mochte.

»Schön.« Er bog ab und zeigte auf das Handschuhfach. »Da ist eine gekühlte Kräuterlimonade, falls Sie Durst haben.«

Hatte sie. Tatsächlich lechzte sie schon nach einer Kräuterlimo, seit sie aus dem Hafen kam.

Rhiannon öffnete das Fach und fand eine einzelne Flasche A&W Kräuterlimonade light, die so eiskalt war, dass Eisflocken anstelle von Kondenswasser außen an dem Glas klebten. Es war so gut wie unmöglich, heute noch A&W in Flaschen aufzutreiben, von der »Light«-Variante ganz zu schweigen. Ohne nachzudenken, nahm sie die Flasche heraus und trank gierig drei große Schlucke. Es war herrlich.

Dann starrte sie wieder durch die Windschutzscheibe. »Wer sind Sie?«, fragte sie.

»Mein Name ist Gregori«, antwortete er. »Und ich möchte mit Ihnen über Ihren Freund sprechen, Detective Salvatore.«

»*Was* sind Sie?«, fragte Rhiannon als Nächstes und nicht unfreundlich. Sie wollte es einfach nur wissen, bevor wieder das Thema gewechselt wurde. Gleichzeitig fragte sie sich, woher dieser Mann Michael kannte.

Gregori warf ihr einen Seitenblick zu und sah gleich wieder auf die Straße. »Das Universum ist voller Rätsel, Rhiannon, und Sie werden sie unmöglich alle lösen. An dem Tag, an dem Sie es täten, würden Sie nicht mehr weiterleben wollen. Was der Menschheit nicht klar ist, ist, dass die Existenz ohne das Streben nach Wissen wertlos ist.« Er lächelte. »Es verliert seinen Sinn.«

Rhiannon fand diese Bemerkung hübsch, und sicher hatte er recht. Aber vor allem war es eine fast diplomatische Art, ihr zu sagen, dass er ihr nicht verraten würde, was sie wissen wollte. Sie trank noch einen Schluck und wartete stumm, dass er ihr erzählte, was immer er ihr überhaupt zu erzählen bereit war. Über Michael.

»Eine Frau wie Sie kann sich jeden Mann auf diesem Planeten aussuchen«, begann er. »Ich bin überrascht, dass Sie sich entschlossen haben, Interesse an jemandem wie Michael zu zeigen.«

»Ach ja?«

»Gewiss ist Ihnen ebenso bewusst wie mir, dass er mehr ist, als er zu sein vorgibt.«

»Was auf einen Haufen Leute zutrifft.«

Wieder sah er kurz zu ihr. Diesmal grinste er, und bei dem Grinsen durchfuhr Rhiannon ein so entsetzlicher Angstschauer, dass ihr das Blut in den Adern gefror.

»Richtig«, sagte er. »Doch in diesem Fall könnte Sie das umbringen, was Sie nicht wissen. Michael Salvatore ist nichts weniger als ein gefallener Engel, Miss Dante. Er ist ein Mann, der einst von seinem Schöpfer bevorzugt wurde, Michael, der Kriegerengel, Heiler und Anführer der Heerscharen des Alten Mannes. Durch Verrat und Selbstsucht wurde er zu einem Monster.«

Rhiannon konnte nichts mit diesen Worten anfangen. Sie teilte jedes von ihnen im Geiste in Silben, bis sie die Worte wiedererkannte, und konnte sie trotzdem nicht richtig begreifen.

»Teils Vampir, teils Incubus. Jetzt wandelt er auf Erden, nährt sich von Sterblichen und bezirzt einzig zu diesem Zweck weibliche Wesen. Sie eingeschlossen, Rhiannon.«

Sie wollte ihn fragen, wie er all das wissen konnte, doch ihre Stimme funktionierte nicht. Ihr Mund auch nicht. Sie versuchte es noch einmal. Nichts.

Aber er schien zu verstehen, was sie fragen wollte, denn er sagte: »Sie müssen mir vertrauen, Miss Dante. Ich weiß, wovon ich rede. Und ich erzähle Ihnen das hier nicht, um Sie zu schonen. Ehrlich gesagt ist mir gänzlich gleichgültig, was aus Ihnen wird, aber nehmen Sie das bitte nicht persönlich. Ich erzähle es Ihnen, weil Michael Salvatore der letzte der vier Lieblingserzengel ist, die auf die Erde kamen, um ihre Gefährtinnen zu finden. Ihre Sternenengel. Sie, Rhiannon, sind seine auserkorene Gefährtin. Sie sind der letzte Sternenengel, der vor ewigen Zeiten auf die Erde geworfen wurde, der letzte der verlorenen Engel.«

Nach und nach hämmerten sich Gregoris Worte durch Rhiannons Schädel in ihr Gehirn. Aber ihr war so schwindelig, und um sie herum wirbelte das Universum.

»Die Geschichte ist kompliziert, und ich habe momentan nicht die Zeit, Sie über die Details aufzuklären. Vorerst kann ich Ihnen nur sagen, wenn Sie Michael als Ihren Gefährten annehmen, werden alle vier ihre Gefährtinnen gefunden haben. Dann ist die Suche für die vier verlorenen Engel vorbei, und es wird zum Höhepunkt kommen.«

Höhepunkt?

»Der Höhepunkt ist der Vorbote unvorstellbarer Vernichtung, Rhiannon Dante. Und auch wenn sie sich dessen nicht bewusst sind, sind die Erzengel selbst das Epizentrum. Von allen, die vernichtet werden, werden sie die Ersten sein.«

Warum erzählst du mir das?

»Ich glaube, trotz all seiner Verfehlungen sind Sie gerade fehlbar und großmütig genug, dass Sie nicht kaltlässt, was mit Michael wird oder aus dem Rest des Planeten. Also seien Sie auf der Hut. Sie sind das einzige Lebewesen, das die Macht besitzt, den Höhepunkt zu verhindern. Halten Sie sich von Detective Salvatore fern. Es ist zu seinem Besten.«

24

Zum zweiten Mal innerhalb von vierundzwanzig Stunden stand Rhiannon vollkommen sprachlos auf dem Gehweg vor ihrem Haus.

Gregori hatte sie gerade hier abgesetzt, dabei hatte sie ihm nicht erzählt, wo sie wohnte.

Der Portier hatte ihr aus dem Wagen geholfen, und benommen und voller Staunen hatte sie festgestellt, dass sie in einem Rolls Royce Phantom gefahren war. Dieses Auto hatte sie schon immer bewundert. Wer tat das nicht? Und sie hatte sich oft gewünscht, einmal in einem zu fahren, hatte sich sogar häufiger überlegt, sich einen zu kaufen, denn leisten konnte sie ihn sich. Doch es war ein viel zu auffälliger Wagen, und in ihrem Beruf war es besser, unauffällig zu sein.

Tja, nun war sie in einem gefahren.

Als hätte Gregori es geahnt.

Ach, natürlich wusste er das, dachte sie, während es in ihren Fingern und Zehen unangenehm kribbelte, als wären sie eingeschlafen gewesen. Rhiannon beobachtete, wie der majestätische Wagen vom Straßenrand zurück in den Verkehr einbog. *Er wusste alles über mich.*

Vielleicht sogar mehr als sie selbst. Könnte es wahr sein,

was er darüber gesagt hatte, wer und *was* sie war? Warum sie diese Kräfte besaß?

Und was war mit Michael?

Aus dem Augenwinkel sah Rhiannon den Portier, Mr. Fredericks, zur Eingangstür gehen, um sie ihr aufzuhalten. Doch sie konnte ihm nicht folgen, weil ihr Körper ihr nicht gehorchen wollte. Das Kribbeln innen wie außen war viel zu schmerzhaft.

Fredericks bemerkte, dass sie nicht kam, und kehrte besorgt zu ihr zurück. »Miss Dante, sind Sie …«

Sie hob eine Hand und war begeistert, dass das wenigstens klappte. Dann schluckte sie angestrengt. »Mir …« Sie brach wieder ab, weil es so kratzig klang, räusperte sich und versuchte es noch einmal: »Mir geht es gut, Mr. Fredericks. Ehrlich. Geben Sie mir nur einen Moment.«

Ohne nachzufragen, kehrte er zu seinem Platz am Eingang zurück.

Nach einigen Sekunden schaffte Rhiannon es, ihm zu folgen, und er hielt ihr die Tür weit auf. Dort jedoch blieb sie stehen und sah ihn an. »Tut mir leid, Mr. Fredericks, aber ich muss noch mal weg.«

Fredericks ließ die Tür wieder los. »Soll ich Alex bitten, den Wagen für Sie vorzufahren, Miss Dante?«

Rhiannon verneinte. »Danke, aber ich werde allein ausgehen.«

Er nickte und holte sein Telefon aus der Brusttasche seines Jacketts. Innerhalb weniger Minuten erschien ein anderer Mitarbeiter mit dem Wagen, den Rhiannon gewöhnlich benutzte, wenn sie allein unterwegs war.

Es war ein zweitüriger schwarzer BMW 435. In New York City waren diese Autos recht gängig. Wer sich hier einen festen Parkplatz leisten konnte, hatte auch das nötige Geld für einen Luxuswagen; entsprechend fügte Rhiannon sich mit diesem Wagen bestens ein. An kalten oder feuchten Tagen war er angenehm warm, und mit dem Vorderradantrieb und der hohen PS-Zahl war er gut zu fahren.

Rhiannon dankte den beiden Männern, steckte ihnen ein Trinkgeld zu und stieg ein. Rasch hatte sie die gesuchte Adresse auf der virtuellen Karte am Armaturenbrett gefunden, und wenig später parkte sie vor Michaels Apartmenthaus ein.

Eine halbe Ewigkeit blieb sie hinterm Steuer sitzen, bevor sie endlich die Tür öffnete und beschloss, es durchzuziehen. Auf dem Randstein vor ihrem Parkplatz war die Nummer 228 aufgemalt. Rhiannon fragte sich, wem er wohl gehörte und ob derjenige sie abschleppen lassen würde. Sie hoffte nicht, und sie hatte ja nicht vor, lange zu bleiben.

Michael Salvatore wohnte im zweiten Stock, was Rhiannon komisch vorkam. Sie hätte gedacht, dass ein Cop im Erdgeschoss würde wohnen wollen, wo die Action war und er notfalls schnell raus konnte.

Ein Vampir kann auch einfach aus dem Fenster fliegen, dachte sie, als sie die Außentreppe hinaufstieg. Michaels Wohnungsnummer war 314.

Vor der Tür blieb sie stehen und starrte die Nummer an. Unten auf der Straße hupten Autos, und irgendwo weiter weg schrie ein Betrunkener jemanden an, wahrscheinlich einen anderen Betrunkenen.

Schließlich hob Rhiannon ihre rechte Hand und atmete tief durch. Doch als sie anklopfen wollte, gab die Tür leicht nach. Rhiannon runzelte die Stirn, legte die Hand auf das

Holz und stieß die Tür an. Knarrend schwang sie nach innen auf, wo alles dunkel war.

»Michael?«

Keine Antwort. Ein Rascheln irgendwo in der Finsternis bescherte Rhiannon eine Gänsehaut. Ihre Gaben machten sich einsatzbereit. Sie bewegte sich ein wenig zur Seite, sodass sie von der Wand gedeckt war, während sie die Tür weiter aufschob.

Dann sah sie den Detective auf dem Boden liegen, den Rücken an die Couch gelehnt, die seine breitschultrige Gestalt weitgehend verdeckte, sodass Rhiannon ihn einzig an den vertrauten blauen Augen erkannte. Die waren nun voller Schmerz. Diesen Blick hatte Rhiannon in den vielen Jahren in ihrem Beruf allzu gut kennengelernt.

Sie streckte den Arm aus und tastete die Wand nach dem Lichtschalter ab. Als sie ihn gefunden hatte, gingen alle Lampen im Wohnzimmer gleichzeitig an: eine kleine Tischleuchte neben einem Sofa, eine Stehlampe in einer Ecke neben einem gesund aussehenden Ficus und eine Wandleuchte in dem Flur, der vom Wohnzimmer in den Rest der Wohnung führte.

Das Licht war weich und warm, aber was es beleuchtete, war brutal. Michael Salvatore war übel verprügelt worden.

»Mein Gott«, flüsterte Rhiannon und ging langsam in das Zimmer.

Seine Kleidung war hier und da eingerissen und größtenteils schmutzig oder blutbefleckt. Seine Lippen waren an mehreren Stellen aufgeplatzt, sein linkes Auge geschwollen. Blutergüsse bildeten sich an seinem Hals und an den Armen, wo sie nicht vom T-Shirt bedeckt waren. Sein dunkelblondes Haar war merklich dunkler von Schmutz und

Blut. Ob alles Blut von ihm war oder einiges von jemand anderem stammte, konnte Rhiannon nicht sagen. Er hatte den rechten Arm auf seinen Bauch gedrückt und die Hand fest auf die linke Seite gepresst. Blut rann durch seine Finger und tropfte auf den Teppich unter ihm, wo sich die rote Pfütze stetig vergrößerte. Rhiannon fragte sich, ob es womöglich durch die Dielen und in die Decke des Apartments unter seinem sickerte.

Ihr wurde ein bisschen schlecht, wie immer, wenn sie diesen zähflüssigen roten Beweis für Leiden sah, egal wie oft er ihr schon begegnet war. Doch sie holte langsam Luft und beruhigte sich.

»Was um alles in der Welt ist mit dir passiert?«, fragte sie, wobei ihre Stimme ein bisschen bebte.

Michael stieß ein harsches Lachen aus, wie das eines Sterbenden. »Du solltest mal den anderen sehen«, flüsterte er heiser.

»Sicher doch.«

Michael schloss die Augen, was entweder Vertrauen oder Resignation bedeutete.

Rhiannon kniete sich neben ihn. »Du siehst nicht wie ein Monster aus«, flüsterte sie und strich ihm vorsichtig eine Locke aus der Stirn. Sie war klamm von Schweiß oder Blut, und Rhiannons Finger zitterten, als unter dem Haar noch eine Platzwunde über seinem rechten Auge zum Vorschein kam. »Eher wie das ausgewürgte Mittagessen eines Monsters.«

Michaels Augen blieben geschlossen, doch er grinste, obwohl dabei ein Riss in seiner Unterlippe wieder aufplatzte. »Das ist das Netteste, was je eine Frau zu mir gesagt hat.« Er klang erschöpft.

Unwillkürlich bemerkte Rhiannon, dass seine perfekt weißen Zähne noch vollständig waren, und sie war dankbar, dass wenigstens die verschont geblieben waren.

Sie lehnte sich vor, um ihm etwas zuzuflüstern, und spürte prompt die Spannung zwischen ihnen, die beinahe erdrückend war. Sie konnte alles an ihm fühlen, jeden Muskel, jeden Knochen, ohne ihn zu berühren, und es war, als würde sie sich einer aufgeheizten Mauer nähern. »Ich kann dich heilen«, sagte sie leise. Ihr Magen verkrampfte sich, während sie inständig hoffte, er würde es ihr diesmal erlauben. Falls sein Körper innen auch nur halb so zerschunden war wie außen, könnte er innere Blutungen haben. Und dann war Rhiannon womöglich seine einzige Hoffnung.

Nicht zum ersten Mal war sie überaus froh, dass sie ihre Heilkräfte heute Nacht nicht an anderes vergeudet hatte. Dann wäre jetzt, da sie am nötigsten war, keine Kraft mehr übrig gewesen.

Er schüttelte den Kopf nicht und sagte auch nicht Nein, sondern verzog das Gesicht vor Schmerzen.

Und das nahm Rhiannon als Ja.

»Dreh dich auf den Rücken. Kannst du das?«

Ächzend rollte er sich mit einiger Anstrengung auf den Rücken. Sein Atem ging schwer, und er legte die Hände vorsichtig auf seinen Bauch. Rhiannon musterte ihn gründlich, nahm jedes Detail vom Kopf bis zu den Zehen in sich auf. Ihr Verstand wollte nicht recht fassen, dass er so wunderschön und zugleich so schwer verletzt sein konnte.

»Was hast du angestellt, Michael Salvatore?«, fragte sie laut, auch wenn die Frage eher an sie selbst gerichtet war. »Dich mit einem Trecker angelegt?«

Er lachte. Es war ein entsetzlicher, wunderbarer Laut,

voller Schmerz und Humor, der rasselnd aus seinem wunden Hals drang.

Rhiannon schloss die Augen. Sie versuchte, ihn sich ohne die Verletzungen vorzustellen, was nicht weiter schwierig war. Es dauerte kaum mehr als einen Moment, ehe sie sein Bild vor sich sah, heil, vollkommen und umwerfend schön. Dieses Bild begleitete sie neuerdings überallhin, verfolgte sie in die Dunkelheit, in der sie sonst Ruhe fand. Und jetzt war sie froh darüber.

Sie hockte sich auf ihre Fersen und legte ihre Hände auf das blutgetränkte T-Shirt über seiner Brust. Durch die Klimaanlage war das Blut unheimlich kalt geworden. Doch Rhiannon atmete langsam ein und aus und konzentrierte sich auf das Bild von ihm in ihrem Geist.

Sie stellte sich vor, wie sich Sehnenenden wieder verbanden, Knochen wieder zusammenwuchsen, Muskeln heilten. Sie malte sich Blut aus, das stetig durch unversehrte Adern floss, und seine heile Haut ohne ein einziges Wundmal. Dann beschwor sie das Bild von seinem Herzen herauf, das rhythmisch und fest schlug.

Rhiannon verlor jedes Zeitgefühl, sodass sie nicht hätte sagen können, wie lange sie dort hockte und ihre lebensspendenden Hände auf Michaels Brust drückte. Die physische Welt nahm sie gar nicht richtig wahr, bis sie Michaels Hand an ihrer Wange spürte.

Sie öffnete die Augen, während Wärme von ihrem Gesicht in ihre Brust strömte. Michael setzte sich auf, ein Bein angewinkelt, den Arm lässig über das Knie gelegt. Seine Kleidung wies noch Spuren des Kampfes auf, doch Rhiannon fühlte und sah, dass die Wunden darunter vollständig verheilt waren.

Michael begegnete ihrem Blick. Seine blauen Augen waren wie neonhelle Ozeane. »Ich weiß, was Gregori dir erzählt hat«, sagte er. Nun war seine Stimme so heil und kräftig wie der Rest von ihm. Unglaublich zärtlich strich er mit seinem Daumen über Rhiannons Wangenknochen, und aus unerfindlichen Gründen war ihr auf einmal zum Heulen. Keiner hatte sie jemals so behutsam angefasst.

Und Michaels Lächeln war ebenso zärtlich wie seine Finger auf ihrer Haut. »Du hast mir das Leben gerettet. Ich verdanke dir alles. Habe ich immer schon.«

Rhiannon konnte nichts sagen, denn sie hatte gar nicht den Atem, um zu sprechen, so eng war ihre Brust. Noch dazu war ihr furchtbar heiß.

»Das Mindeste, was ich tun kann, ist, dir die Wahrheit zu sagen.«

25

Langsam zog Michael seine Hand weg, und Rhiannon hatte das Gefühl, die Welt wollte auf sie einstürzen, um die Leere zu füllen. Es war eine kalte, einsame Welt, und Rhiannon wollte nichts lieber, als sofort Michaels Hand wieder an sich zu ziehen.

Die Wahrheit, dachte sie seltsam niedergeschlagen. *Wie soll ich denn überhaupt noch wissen, was wahr ist?*

Michael warf ihr einen etwas strengen Blick zu, als hätte er ihre Gedanken gelesen und wollte sie für ihr Misstrauen schelten.

Das kann er vielleicht. Gregori sagte, er ist ein Vampir.

»Ich lese deine Gedanken nicht, Rhiannon. Ich bin ein Cop und sehe dir so gut wie alles an der Nasenspitze an, was du denkst.«

»Und woher weißt du, dass Gregori mit mir geredet hat?«

»Das möchte ich dir erklären, wenn du mich lässt.«

Rhiannon holte tief Luft und zitterte ein bisschen. Dann setzte sie sich im Schneidersitz hin. Auf einmal war sie schrecklich müde und geschwächt. Es hatte eine Menge Kraft gekostet, seine zahlreichen Verletzungen zu heilen. »Wenn du ehrlich zu mir sein willst, fang am besten damit an, warum ich dich, als ich heute hergekommen bin, dermaßen übel zugerichtet vorgefunden habe.«

»Dazu komme ich noch«, versprach er und rutschte über den Boden zu ihr, sodass er Knie an Knie mit ihr saß. Nun war es an ihm, tief einzuatmen, und Rhiannon hatte den Eindruck, dass er sich für einen Kraftakt wappnete. »Deine jüngsten Erinnerungen wurden, als du mich geheilt hast, auf mich übertragen. Ich weiß nicht, warum, aber es muss wohl damit zu tun haben, dass ich ein Vampir bin und du mein Sternenengel. Wie du siehst, stimmt alles, was Gregori dir gesagt hat.« Er runzelte die Stirn. »Na ja, fast alles. Er hat ein bisschen übertrieben.« Nachdem er Rhiannon eine Weile betrachtet hatte, schien er zu einem Entschluss zu kommen. »Ich könnte Stunden damit verbringen, dir alles zu erzählen, Rhiannon. Oder ich zeige es dir einfach. Das wäre sehr viel unkomplizierter als tausend Erklärungen. Falls du mir vertraust.«

»Wie zeigen?«, fragte Rhiannon. »Mit so einer Vulkanier-Gedankenverschmelzung oder wie?«

Er lachte, und die kleinen Falten in seinen Augenwinkeln vertieften sich. »Das kommt dem schon ziemlich nahe. Gregori hat nicht gelogen, als er sagte, dass ich ein Vampir bin. Was er dir nicht verraten hat, ist, dass ich noch mehr bin. Als ich verwandelt wurde, bekam ich tonnenweise Kräfte, wenn man so sagen will. Und alle auf einmal.« Er blickte zur Seite, als suchte er nach den richtigen Worten. »Tatsächlich haben sich mehrere der Fähigkeiten vermischt und neue hervorgebracht.«

Immerhin besaß er den Anstand, ein wenig zerknirscht zu sein, und seine Wangen röteten sich. »Wenn ich wollte, könnte ich deine Gedanken lesen. Du hattest also allen

Grund, mich zu verdächtigen. Aber das tue ich nicht, Rhiannon. Was ich tun werde, sofern du einverstanden bist, ist, dich meine Gedanken lesen zu lassen.« Er lehnte sich vor und legte die Fingerspitzen an seine Schläfen. »Ich lasse dich hier hinein. Und dann erfährst du alles.«

Rhiannon wurde nervös. Sie stieß einen kleinen, unglücklichen Laut aus, da sich in ihrem Bauch Tausende von Schmetterlingen regten. Die gesamte Population des Tropenhauses der Swallowtail Foundation hätte darin unterwegs sein können, und es hätte sich nicht anders angefühlt.

Vampir, Incubus, gefallener Engel, *Gedankenverschmelzung*. Worte und Bilder rauschten durch ihren Kopf ähnlich Fischen, die plötzlich vor einem Taucher erschienen und gleich wieder weg waren. Das alles war ihr ein bisschen viel.

Nicht dass Rhiannon Mühe gehabt hätte, an Übernatürliches zu glauben. Sie hatte reichlich Erfahrung mit den »verborgenen« Seiten des Seins. Nein, das war es nicht.

Was sie nicht in ihren Kopf bekam, war *ihre* Rolle in dem Ganzen, war die Möglichkeit, dass sie jemand so Wichtiges sein könnte. Dass sie ein *Engel* war – und nicht nur das, sondern der letzte von vier sehr besonderen Engeln, die vier andere sehr besondere Engel vor ewigen Zeiten verloren hatten.

Őrangyalom.

Du bist mein Schutzengel.

Michael hob behutsam ihr Kinn an, sodass sie ihn ansehen musste. Wieder einmal durchströmte seine Wärme sie. Und Rhiannon musste zugeben, dass sie ihr auch Kraft gab und ihr Kopf etwas klarer wurde.

»Was meinst du?«, fragte er.

»Wird es wehtun?«

»Körperlich nicht«, antwortete er. »Aber ob es emotional schmerzt … Ich schätze, das hängt davon ab, wie gut du die Wahrheit aushältst, Rhiannon.« Er strich mit dem Daumen über ihre Lippen, und ein Schauer, den sie kaum unterdrücken konnte, jagte ihr von oben bis unten durch den Körper. »Ich habe allerdings das Gefühl, dass eine Kämpferin wie du gut damit umgehen kann.«

Rhiannons Atem stockte, ihr Herz ließ einen Schlag aus, und jedes Zaudern verflüchtigte sich. *Scheiß drauf!*

»Na gut«, sagte sie laut. »Tu es.«

Er zögerte nicht, spannte sie nicht auf die Folter. Michael schien genau zu wissen, was sie brauchte. Sie war noch nie ein geduldiger Mensch gewesen, und sie hasste unangenehme Überraschungen. Gespanntes Warten war ihr von jeher ein Graus.

Das ersparte er ihr nun, umfing ihr Gesicht mit beiden Händen und warf ihr Bewusstsein kopfüber in eine andere Welt.

Alles lief vor ihr ab wie ein Film. Jede Szene erzählte eine Geschichte, und jede Geschichte erzählte zehn weitere. Sie sah Michaels Welt. Sie besuchte den Ort, an dem er und andere wie er einst lebten, in einer fernen Dimension, die sich völlig von Rhiannons unterschied. Darin wurde sie Zeugin von Schöpfung und Zerstörung, von begangenen Fehlern, verlorenen Schlachten und gewonnenen Kriegen. Sie sah Jahre vorbeiziehen, wobei die Zeit irgendwie verkehrt lief: langsam, wenn sie schnell vergehen sollte, schnell, wenn sie langsamer laufen müsste.

Dann sah sie die Erde, die blaue Murmel im endlosen Kosmos, den winzigen Punkt am Ende eines einzelnen Satzes innerhalb eines einzelnen Buches in einer Bibliothek so groß wie ein Ozean in einem Multiversum von einer Milliarde Ozeanbibliotheken. Auf diesem winzigen Planeten sah sie, was Michael gesehen hatte, erfuhr, was er erfahren hatte.

Und dann öffnete sie die Augen. Michael war über sie gebeugt.

Es gab Momente im Leben, in denen man, wenn man extremes Glück hatte, eine Logik in der Welt erkannte. In solchen Momenten stoppte die Zentrifuge des Lebens, und alles raste wieder in die Mitte zurück, wo es sich zu einem klaren, vollkommenen Bild zusammenfügte. Die Jahrmarktsmusik verstummte, alles Verschwommene war fort, und man war wieder ganz.

Diesen Moment erlebte Rhiannon jetzt wieder und wieder, während der Mann über ihr klare Konturen annahm. *Perfekt*, dachte sie.

Meiner, war ihr nächster Gedanke. Und tief im Innern wusste sie, dass es keine selbstsüchtige Behauptung war. Es war schlicht die Wahrheit. So sollte es sein.

»Alles okay?«, fragte er. »Du warst minutenlang weg.«

Rhiannon nickte. Oder zumindest glaubte sie, dass sie es tat. Dann befeuchtete sie sich die ausgetrockneten Lippen. »Ich wusste, dass *der Maskierte* ein Vampir war.«

Michael blinzelte, bevor er den Kopf in den Nacken warf und lachte. Damit hatte er offenbar nicht gerechnet. Kopfschüttelnd und mit glänzenden Augen sagte er: »Er war der erste.«

Ja, das wusste sie jetzt.

Ihr ganzer Körper kribbelte von seiner Nähe. Sie sah Michael den Krieger am Rand der Klippe. Sie sah ihn in einer Schlacht nach der anderen, groß und prächtig. Nun wusste sie, wer er war – nicht das Monster, als das Gregori ihn dargestellt hatte, sondern ein guter, aufrichtiger und starker Mann. Der *Richtige.* Er war alles, was Rhiannon sich von einem Partner wünschte.

Michaels Blick wanderte wieder zu ihrem Mund, und seine Pupillen wurden größer.

Von allen, die vernichtet werden, werden sie die Ersten sein.

Bevor Rhiannon richtig bewusst wurde, was sie tat, stemmte sie ihre Hände gegen Michaels Brust und schob ihn von sich. Dann setzte sie sich atemlos auf. Er war schwer.

»Ich könnte etwas zu trinken gebrauchen. Du nicht?« Hastig stand sie auf und lief aus dem Wohnzimmer, ohne sich zu dem zweifellos verdutzten Michael umzusehen. In der Küche riss sie den Kühlschrank auf und starrte hinein. Ihr Herz raste, und ihr war zu heiß.

Konzentrier dich, verdammt!

Doch einen Moment später spürte sie die inzwischen vertraute Hitze in ihrem Rücken und wusste, dass er direkt hinter ihr stand. Sie hatte ihn nicht einmal kommen hören.

Vampir. Cop. Und wer wusste, wozu der Incubus in ihm fähig war?

Sie beobachtete, wie er sich mit einem Arm seitlich an den Kühlschrank lehnte, und bei der Bewegung seiner Unterarmmuskeln wurde Rhiannons Mund noch trockener. Sie versuchte, sich nicht zu bewegen.

»Tut mir leid, ich kaufe nicht oft ein.« Seine Lippen waren ganz dicht an ihrem linken Ohr. »Ich bin es gewöhnt, mir mein Essen aus dem Herrenhaus zu holen; das ist immer gut bevorratet. Hier habe ich leider nur Bier.«

»Geht schon«, brachte Rhiannon mit viel zu hoher Stimme hervor.

Sie nahm die zwei Dosen, die noch in dem Plastikhalter der Packung steckten, zog eine heraus und drehte sich zu Michael um, dem sie die Dose gegen die steinharte Brust stieß.

Sobald er sich wieder aufrichtete und seine Hand über ihre an der Dose legte, riss Rhiannon ihre Hand zurück und schlüpfte an Michael vorbei. Ungefähr so bewegte sich eine streunende Katze in einer dunklen Gasse, ging es ihr durch den Kopf. Und genauso fühlte sie sich: wie eine in die Enge getriebene Katze.

Eilig lief sie ins Wohnzimmer zurück, wo sie neben der Couch auf und ab ging, weil sie nicht wagte, sich hinzusetzen. Dann setzte er sich womöglich neben sie.

Sie sah hin, als er aus der Küche kam, und bemerkte sein Lächeln.

Mit diesem Lächeln sah er sündhaft aus. Und in dieser Jeans, trotz des getrockneten Blutes daran. Und in diesem zerrissenen engen T-Shirt, das unten ein wenig hochgerutscht war und einen Teil seines festen Sixpacks freigab …

Er ist ein Erzengel.

Alles, was sie eben über ihn erfahren hatte, stürzte auf sie ein. Abrupt sank sie auf das eine Ende der Ledercouch. Die Wohnung an sich war eher schlicht – Resopalarbeitsplatten, Linoleum und billiger Teppichboden, wenig Deko. Michael hatte sich keinerlei Mühe gegeben, die Räume zu verschönern, wohl weil er jederzeit ins Herrenhaus konnte. Das wiederum würde Rhiannon gern mal sehen.

Aber die Sofas waren wirklich hübsch. Rhiannon überlegte schon länger, sich solche Ledersofas zuzulegen.

Zitternd öffnete sie die Bierdose und gratulierte sich innerlich, weil sie sich mit dem Nachdenken über Möbel ablenkte.

Sie blickte hinab auf das Etikett der Bierdose. Sie kannte die Marke nicht, hatte aber grundsätzlich etwas gegen Bier in Dosen. Es wurde viel zu schnell warm und hatte immer diesen metallischen Beigeschmack.

»Ich kann Dosenbier auch nicht ausstehen«, sagte Michael, lehnte sich in den Durchgang zur Küche und hakte einen Daumen in den Bund seiner Jeans. »Aber es ist das einzige Bier, das der Laden gegenüber führt.« Er trank einen kräftigen Schluck. »Im Notfall genügt es.«

Rhiannon fragte sich gar nicht erst, woher er wusste, was sie gedacht hatte. Er hatte ihr ja bereits versichert, dass er ihre Gedanken nicht las, und nach dem, was sie während ihrer Vulkanier-Gedankenverschmelzung von ihm erfahren hatte, musste sie zugeben, dass sie ihm glaubte. So war er einfach nicht. Michael stand zu seinem Wort. Außerdem stimmte sicher, dass er als Cop in den Mienen anderer lesen konnte. Und Rhiannon verbarg ja nichts vor ihm.

»Würdest du mir eines verraten?«, fragte er plötzlich und milderte so die Spannung, die sich zwischen ihnen aufgebaut hatte. »Wann hast du zum ersten Mal deine Kräfte als Sternenengel bemerkt?«

Rhiannon verstand ihn nicht. »Sternenengel?«

Er lachte. »Entschuldige. Für dich ist der Ausdruck natürlich neu, aber meine Brüder und ich nennen euch seit Jahrtausenden so.«

Gedankenverloren trank Rhiannon von ihrem Bier. Als sie die Dose wieder sinken ließ, sagte sie: »Ich kann nicht glauben, dass es noch drei andere wie mich gibt.«

»Eleanore, Juliette und Sophie«, zählte Michael auf. »Sie sind nette Frauen, so wie du. Sicher wirst du sie mögen und sie dich auch.«

Die Hitze, die Rhiannon in seiner Nähe empfunden hatte, wollte nicht schwinden. Dieses Gerede davon, dass sie wie die anderen Sternenengel war, zog automatisch den Gedanken an eine glückliche Bindung und Sex nach sich, und zwar mit Michael.

Rhiannon räusperte sich. »Ich ... ich war beinahe sieben, als mir zum ersten Mal auffiel, dass ich Dinge konnte, die andere nicht konnten.«

Michael wurde ernst und betrachtete sie mit der Aufmerksamkeit des erfahrenen Cops. Er ging zu dem Zweiersofa auf der anderen Seite des Couchtischs, setzte sich und hörte zu. Es war seltsam, dass sich jemand wie er ausschließlich auf sie konzentrierte. Vorher war es schon aufregend genug gewesen, doch seit sie wusste, wie wichtig er war, kam es ihr total abgedreht vor.

»Einer der Jungen in dem Waisenhaus konnte mich nicht leiden«, fuhr sie fort. »Er hieß Simon. Ich bin nicht sicher, warum er mich so sehr hasste. Das kommt eben vor. Jedenfalls waren wir eines Tages allein. Wir wurden für irgendetwas bestraft – wofür, weiß ich nicht mehr. Die anderen machten an dem Tag einen Ausflug, und wir durften nicht mit.«

Es war, als wäre es gestern gewesen. Rhiannon staunte, wie frisch die Erinnerung war, obwohl sie fast dreißig Jahre lang kaum daran gedacht hatte.

»Simon sagte, dass er die Tauben füttern wollte, und lockte mich auf das Dach des vierstöckigen Waisenhauses, das gleichzeitig ein Frauenhaus war. Als ich dort draußen stand, knallte er die Tür zum Treppenhaus hinter mir zu und schloss sie von innen ab.«

Sie trank noch einen Schluck Bier, weil die Erinnerung sie durstig machte. »Es war Hochsommer, keine einzige Wolke am Himmel, und in dem Jahr lagen die Temperaturen in Manhattan weit über 30 Grad.« Sie schüttelte den Kopf. »Da oben gab es kein Wasser, keinen Schatten, und es war erst zehn Uhr morgens. Der Wachmann würde seine Runden erst um Mitternacht machen.«

Ihr gegenüber lehnte Michael sich vor, stellte sein Bier auf den Tisch, stützte die Ellbogen auf die Knie und faltete die Hände. Er beobachtete sie interessiert und sehr ernst, als ahnte er, wie die Geschichte weiterging – denn er war ja ein kluger Mann.

»Ich war jung, aber nach einer guten Stunde hatte ich schon schrecklichen Durst. Ich bekam Angst, dass keiner nach mir suchen würde, und dann dachte ich an die anderen, die den Tag in der Bücherei waren, dann bei McDonald's essen und hinterher ›Schneewittchen‹ von Disney im Eastern Theater sehen wollten. Sie würden erst sehr spät zurückkommen, also konnte es gut sein, dass ich bis nach Einbruch der Dunkelheit da oben festsitzen würde.«

Sie benetzte sich die Lippen. »Bald fing die Sonne an, mir die Haut zu verbrennen.« Bei der Erinnerung daran rieb Rhiannon sich die Arme; sie hatte immer sehr helle, empfindliche Haut gehabt. »Es waren vier Stockwerke nach unten, und dort war alles betoniert. Aber ich hatte solchen Durst, und es war so heiß. Weißt du, wie es ist, dem Tod ins Auge zu sehen, zu wissen, dass jetzt das Ende gekommen ist? Ich hatte nur zwei Möglichkeiten, und wahrscheinlich würde ich bei beiden sterben.«

Michael antwortete nicht, und Rhiannon nahm sein Schweigen als Aufforderung fortzufahren. »Ich erfuhr es erst später, aber es war sechs Uhr abends, als ich schließlich beschloss zu springen.«

Stille trat ein, und Rhiannon sah Michael an. Seine blauen Augen waren mit derselben Intensität auf sie gerichtet wie die Sonne damals.

»Ich brach mir beide Beine. Das weiß ich heute, und ich hatte Glück, dass ich keine Lähmungen davontrug. Damals empfand ich nur Schmerz. Unglaubliche Schmerzen.« Sie wollte noch einen Schluck trinken und stellte fest, dass die Dose leer war.

Michael stand auf, kam um den Tisch herum, und nahm ihr die Dose ab, um Rhiannon sein noch fast volles Bier zu geben. Sie nickte dankbar und trank. Michael setzte sich wieder, nun allerdings neben sie.

Sein warmer Duft schwebte über sie hinweg, maskulin und vermengt mit Resten von Aftershave und Seife. Es war auf eine höchst unbehagliche Art tröstlich.

»Das war das erste Mal, dass ich jemanden heilte«, erzählte Rhiannon weiter. »Ich begriff gar nicht, was ich tat, sah einfach nur an mir nach unten, weinte und hielt meine Beine. Ich wünschte mir bloß, dass die Schmerzen weggingen und ich wieder normal wäre.« Sie schluckte. »Und dann war ich es.« Bedauernd schüttelte sie den Kopf. »Hätte ich kapiert, dass diese Kraft aus mir kam, hätte ich Willow helfen können, als sie später angegriffen wurde. Aber ich verstand überhaupt nicht, was da wie passierte. Es hat noch Jahre gedauert, bis mir aufging, dass diese Magie, die *heilende* Magie, meine war, und noch länger, bis ich herausfand, wie ich sie einsetzen musste.«

»Was wurde aus Simon?«, fragte Michael.

»Nichts. Ich habe keinem erzählt, was er getan hat. Nachdem ich mich geheilt hatte, waren ja alle Spuren weg – die gebrochenen Beine, der Sonnenbrand, alles. Wir bekamen Ärger, weil wir unsere Aufgaben nicht erledigt hatten, als die anderen zurückkamen, aber Simon … na ja, er hatte mich springen sehen. Und dann sah er, wie ich aufstand. Von dem Moment an hatte er entweder einen Riesenrespekt oder Angst vor mir. Vielleicht beides. Jedenfalls ließ er mich in Ruhe, und das genügte mir.«

26

Es vergingen einige Minuten, ehe sie wieder sprachen. Am Ende lehnte Michael sich auf der Couch zurück und streckte die Arme auf der Rückenlehne aus. »Was war mit deinen anderen Fähigkeiten? Wann machten die sich bemerkbar?«

»Tja, wie du weißt, bin ich zwei Jahre später aus dem Waisenhaus weggelaufen.« Ihr war ein bisschen peinlich, was sie nun wohl oder übel sagen musste. »Bisher kennst du den Grund noch nicht, weshalb ich weggerannt bin. Eines Morgens war ich richtig stinkwütend, und aus Versehen habe ich sämtliche Betten im Schlafsaal umgeworfen, nur mit meiner Gedankenkraft.«

Michael grinste erstaunt. »Beachtlich.«

Rhiannon bemühte sich, nicht ebenfalls zu grinsen. »Glücklicherweise war ich allein in dem Saal … Ich wurde mal wieder bestraft.« Lieber hätte sie verschwiegen, dass sie ein schreckliches Kind war. Sie lächelte unsicher und sah zu Michael. »Ich hatte oft Ärger als Kind. Wegen meiner Wutausbrüche.«

Jetzt lachte Michael.

Rhiannon setzte sich gerade hin. Es war ein wundervolles Lachen, tief, kehlig und verflucht sexy.

»Du hörst dich an wie mein Bruder Uriel und ich. Früher

haben wir uns dauernd gestritten. Nie bösartig eigentlich, eher aus reinem Übermut. Bis der Alte beschloss, ihn zum Racheengel zu machen und mir das Kommando über die Heerscharen zu geben.« Wieder lachte er, und Rhiannon öffnete unwillkürlich den Mund ein wenig. Sie fühlte, wie sie ihn mit einer Gier beäugte wie eine ausgehungerte Frau ein Stück Torte. »Das war es dann. Seitdem hatte ich keine Zeit mehr, mich mit ihm anzulegen.« Immer noch lachend, seufzte er leise. »Jetzt zanken wir uns nur noch mit Gabe.«

So wie er jetzt redete, wie seine Augen funkelten und sich seine Muskeln unter dem Shirt wölbten, als er sich mit einer Hand übers Gesicht fuhr, glaubte sie ihm sofort, dass er ein Engel war.

Sein Shirt …

»O mein Gott!«, rief sie auf einmal und sprang auf. »Du hinterlässt lauter Blutflecken auf der Couch!« Nach der Heilung hatte er sich nicht umgezogen, sodass seine zerrissene Jeans und das Shirt noch voller Schmutz und Blut waren.

Michael zog die Brauen zusammen. »Na und?«

Rhiannon packte sein Handgelenk und wollte ihn hochziehen. »Das ist eine sehr hübsche Couch, und du ruinierst sie!« Ihn zu berühren stellte Seltsames mit ihr an, und sie wurde panisch.

Michael klopfte auf den freien Platz neben sich. »Die wird schon wieder sauber, Rhiannon. Jetzt setz dich wieder hin.«

Sie schluckte. Aus seinem Mund klang ihr Name richtig schön. *Wie er sich wohl anhören würde, wenn er ihn beim … Wenn wir …* Ihre Panik nahm zu.

»Ähm, aber die Flecken ziehen ins Leder ein und … und …« Während sie noch nach Ausflüchten suchte, wurde ihr klar, dass sie verloren war. Er war ihr zu nah. Und sie hatte ihn schon von dem Moment an gewollt, als er dienstlich an ihre Wohnungstür klopfte.

Michael beobachtete sie ruhig, und Rhiannon war sicher, dass er ihr ansah, was in ihr vorging. Er lächelte nicht mehr ganz so nett und entwand ihr seinen Arm. Kaum ließ sie ihn los, umklammerte er ihr Handgelenk.

Rhiannons Herz pochte wie verrückt.

Es verging eine Sekunde, bevor Michael sie an sich zog. Rhiannon verlor das Gleichgewicht und landete etwas unsanft auf Michaels Schoß.

»Was machst du …«

»Ich sagte, setz dich wieder«, fiel er ihr ins Wort, schlang einen Arm um ihre Taille und hielt sie fest.

Rhiannon war schon zu weit gegangen, als dass sie noch klar hätte denken können. »Und jetzt ruinierst du mir die Sachen«, quiekte sie, denn die Luft in ihrer Lunge hatte beschlossen, dort bleiben zu wollen.

»Das wäre kein Problem mehr, wenn du sie ausziehst.«

Seine Lippen waren Zentimeter von ihren entfernt, und dieser winzige Raum war von einer Magie erfüllt, die sie beide erstarren ließ.

»Was für ein Engel sollst du eigentlich sein?«, fragte sie. Es war eine rhetorische Frage, doch als er lächelte, entblößte er zwei lange, sehr scharfe Reißzähne, und seine Augen begannen zu glühen.

Es war wie ein Feuerwerk, als Rhiannon Michaels Gesicht mit beiden Händen umfasste und ihre Lippen zu einem verzweifelten, hungrigen, Ich-ergebe-mich-Kuss auf seine presste. Michael drehte sich mit ihr auf dem Schoß so, dass ihr Rücken gegen die Polster gelehnt war, während er den Kuss leidenschaftlich erwiderte. Rhiannon spürte, wie seine Zähne in ihre Lippen schnitten, schmeckte Blut, und eine Hitzewelle brach über sie herein, die ihr Universum zu einem Kaleidoskop von Gefühlen und Farben machte.

Michael drängte ihre blutigen Lippen auseinander, um von ihr zu trinken, und Rhiannon stöhnte sehnsüchtig.

Es war wie Öl, das in ein heimtückisches Feuer gegossen wurde; Michael erkannte ihr Verlangen an der Röte in ihrem Gesicht und dem glasigen Glanz ihrer grünen Augen. Er hörte es an ihrem Herzrasen, wann immer er ihr nahe war, und mehr noch, sobald sie sich berührten. Er konnte es sogar *riechen*.

Sie hatte sich gequält, ihre Gefühle geleugnet und war ihm ausgewichen, was den Jäger in ihm wachrief.

Dabei wusste er, warum sie es tat. Ihr fiel es schwer, ihm zu glauben. Immerhin erfuhr man nicht alle Tage, dass man ein Engel und noch dazu für jemand anderen geschaffen war. Und Rhiannon hatte Angst – vor so vielem.

Wahrscheinlich rangierte der »Höhepunkt« ganz oben auf ihrer Liste.

Ganz ehrlich, das tat er bei Michael auch.

Doch als sie von der Couch aufsprang, ihr rotes Haar Seidenflammen gleich wogte und ihre unglaublich grünen Augen blitzten, war für ihn eine Grenze überschritten, und es gab kein Zurück mehr. Dann ergriff sie auch noch seinen Arm, und durch die Berührung fühlte er ihren Puls, der in seinen Ohren rauschte. Damit war es auch um den Rest von ihm geschehen.

Zur Hölle mit dem »Höhepunkt«. Sie verdienten dies hier!

Jetzt, in diesem unglaublichen Moment des Wohlgefallens, mit ihrem Leib unter seinem und ihrem Mund, der sich seinem Kuss öffnete, kostete Michael, was ihm über Äonen hinweg verweigert gewesen war. Er hätte das Universum zehnmal geopfert, um jetzt so hier zu sein.

Oder in seinem Schlafzimmer.

Mit diesem Gedanken verlagerte Michael sein Gewicht, schob seine Arme unter Rhiannons schmale Gestalt und hob sie von der Couch. Sie rang nach Luft, doch er verschluckte den Laut, indem er ihren Kuss vertiefte. Seine Reißzähne sehnten sich danach, etwas anderes als ihre Lippen zu durchbohren. Er trat den Couchtisch mit solchem Schwung beiseite, dass er mit allem darauf umfiel, und schritt durchs Wohnzimmer.

Rhiannons rechte Hand glitt in seinen Nacken, während ihre andere sich vorn in sein T-Shirt krallte. Michael kickte die Tür zu seinem Schlafzimmer auf, war mit zwei Schritten bei seinem Bett und legte sich mit Rhiannon unter sich auf die Laken.

Zunächst klammerte sie sich an ihn, weil sie anscheinend unsicher war, wo sie landen würde, doch Michael war nicht nach Zögern zumute. Sobald ihr Rücken die Matratze berührte, stützte er sich ab und löste seine Lippen von ihren. Rhiannon gab einen enttäuschten Laut von sich, und Michaels Körper reagierte. Damit war er endgültig geliefert.

Lust durchströmte ihn, hart und erbarmungslos. Er wollte mehr, so viel mehr.

Ein Gedanke von ihm würde reichen, und sie wären

beide entkleidet. Der Vampir in ihm gab ihm eine enorme dunkle Macht, mit der er Rhiannon völlig wehrlos machen und von einem Orgasmus zum nächsten katapultieren könnte, ohne sie auch nur anzufassen. Er könnte ihren Verstand zerstören, und sie würde seine Sklavin.

Aber wo bliebe da der Spaß? Michael war noch nie ein Freund des einfachsten Weges gewesen. Ein Preis war ungleich wertvoller, wenn man ihn sich verdient hatte.

Rhiannon blickte mit halb geschlossenen Lidern zu ihm auf. Ihre Lippen waren ein wenig geöffnet, und ihr Atem ging schnell. Michael konnte die Lust in ihrem Blut riechen: die Hormone, die wie unkontrollierte Krieger durch ihren Körper tobten. Seine eigenen benahmen sich um nichts besser.

Und er konnte auch ihre Angst riechen.

Ihr Blick war auf seinen Mund, besser gesagt, auf die Reißzähne fixiert. Da war Verlangen in ihren Augen, schwoll reif und lüstern in ihr an. Sie fürchtete sich vor ihm, doch zugleich sehnte sich die Kämpferin in ihr nach eben der Finsternis, die ihr Angst machte. Sie waren wirklich verwandte Seelen.

Michael bewegte sich blitzschnell, nahm wieder ihre Lippen mit seinen ein, weil er sie brauchte und es keine Sekunde mehr ohne sie aushielt. Zugleich fasste er den Saum ihres Shirts mit den Händen und zerriss es.

Rhiannons erschrockener Schrei wurde von seinem Kuss erstickt, und Michael ließ ihr keine Zeit, denn schon nahm er sich den Bund ihrer Jeans vor. Sie gab einen kleinen Protestlaut von sich, und er fühlte ihre Hände, die fest gegen seine Brust drückten.

Michael lächelte an ihren Lippen. In seinem Kiefer wuchs

eine andere Gier heran. Falls Rhiannon hoffte, sie könnte ihn wieder von sich schieben, würde sie sich noch wundern. Zuvor hatte er ihr *erlaubt*, ihm zu entkommen. Jetzt würde er es nicht.

Rhiannon drehte den Kopf zur Seite und löste den Kuss. Dabei kratzten Michaels Zähne über ihre Unterlippe und schnitten beinahe hinein.

Er knurrte. Die Monster in ihm begehrten auf, wollten die Kontrolle übernehmen.

»Michael!«, keuchte Rhiannon, und was sich in ihren Augen spiegelte, war weniger Verzweiflung als vielmehr eine sehr strenge Ermahnung, durchsetzt mit Verlangen. »Wag es ja nicht!«, schalt sie zwischen zwei Atemzügen. »Die Jeans ist eine Roberto Cavalli!«

Er lachte tief, stützte die Arme seitlich von ihrem Kopf auf und bewegte sich wie ein Raubtier über sie. Ihm war klar, dass sie ihn absichtlich herausforderte. Sie kämpfte mit ihm, weil es das Einzige war, was sie konnte: Kämpfen.

Und sie spielte mit dem schlimmsten Feuer.

»Dann zieh sie aus«, warnte er sie. Vor lauter Lust war seine Stimme kaum wiederzuerkennen. »Oder ich tue es.«

Bei jedem angestrengten Atemzug hoben und senkten sich ihre Brüste verlockend über der Spitze ihres Balconette-BHs.

»*Jetzt*«, ergänzte er todernst. Ihr blieb nur sehr wenig Zeit, die Sachen zu retten, die sie noch am Leib trug.

Rhiannon starrte ihn entgeistert an, und für einen Moment wirkten ihre wunderschönen Züge trotzig. Dann legte sie ihre Hände provozierend langsam auf ihren Bauch und ließ sie zu dem Knopf ihrer Jeans gleiten.

Das Knurren wurde stärker, wie nahender Donner, doch

Michael konnte sich kaum hinreichend darauf konzentrieren, um zu begreifen, dass es von ihm kam.

Rhiannon ignorierte seine Ungeduld. Sie lächelte, und es war ein so verwegenes, freches Lächeln, dass Michael es nicht fasste. Wie konnte sie die Bestie in ihm so dreist reizen? Sprachlos angesichts ihrer Frechheit, beobachtete er, wie sie zuerst den oberen Knopf an der Jeans und dann den Reißverschluss grausam langsam öffnete. In der Stille war das Geräusch quälend laut.

Michaels Untergang war besiegelt. Er mochte ein Krieger und ein Erzengel sein, doch sie war eine Kriegerin und ein Sternenengel. Nach all der Zeit, all den Schlachten, die er gekämpft hatte, und allen verdammten übernatürlichen Monstern in ihm zum Trotz würde er diese Schlacht definitiv verlieren.

»Du gewinnst«, sagte er laut.

Dann riss er ihr die Jeans herunter, womit er einen nur gespielt empörten Aufschrei von Rhiannon erntete. Den erstickte er sogleich mit einem Kuss, in den er seine Incubus-Kräfte einfließen ließ, sodass er Rhiannon den Atem raubte und ihr geradewegs einen Orgasmus bescherte. Sie gab jede Gegenwehr auf und erbebte unter ihm.

27

Sie war gewarnt gewesen und hatte es ignoriert. Stattdessen hatte sie sich entschieden zu kämpfen, wie sie immer kämpfte. Nur hatte sie nicht bedacht, mit wem sie es aufnahm. Und jetzt verriet ihr Körper sie, ergab sich der gefährlichen Macht des Mannes über ihr. Ihr Denken versagte, während es zwischen ihren Beinen heftig pulsierte und pures Wohlgefühl sämtliche Nerven ergriff, die sie besaß. Sie schrie auf, was sie selbst jedoch nur wie durch Watte wahrnahm.

Mit geschlossenen Augen fühlte sie, wie Michael ihre restliche Kleidung in Fetzen riss, als wäre sie aus Papier. Ihr war klar, dass er alles auch einfach mittels Gedankenkraft hätte verschwinden lassen können. Offenbar wollte er sie ihr lieber herunterreißen, mit der rohen Gewalt eines Kriegers eben.

Angemessener Ärger mischte sich in ihr Verlangen, woraufhin sie neben aller Wonne den vertrauten Adrenalinschub spürte.

Rhiannon biss die Zähne zusammen, als sie von einer Hitze durchströmt wurde, die ihr alle Kraft raubte. Sie wollte ja kämpfen, musste stark bleiben, doch sie hatte keine Chance. Blind klammerte sie sich an Michael, der ganz Feuer, Eis und knisternde Elektrizität war.

Irgendwo draußen antwortete ihr wieder einmal der Himmel, und Donnergrollen rollte über sie hinweg, als wollten die Wolken den Soundtrack zu ihrer endgültigen Niederlage gegenüber dem Incubus liefern.

»Du bist umwerfend, Rhiannon«, sagte Michael, bevor er sie auf die Stelle unter ihrem Ohrläppchen küsste, die so unsagbar empfänglich für Liebkosungen war.

Sie rang nach Atem. »Fahr zur Hölle«, hauchte sie, konnte aber leider nicht mehr sagen, weil seine Lippen ihren Nacken streiften.

Sie zwang sich, die Augen zu öffnen, und sah seine durch und durch roten Pupillen.

Er stützte sich auf einen Ellbogen auf und fixierte sie. »Ja, das werde ich höchstwahrscheinlich.«

Noch nie hatte Rhiannon etwas Schöneres und zugleich Beängstigenderes gesehen. Mit seinen klaren, eleganten Konturen hätte er aus Alabaster gemeißelt sein können, pure Kraft und schiere Magie in einer makellosen Hülle. Seine Augen jedoch glühten wie Höllenfeuer, seine Reißzähne machten sein Lächeln teuflisch, und Wellen pulsierender Lust strahlten von ihm aus. Die Flammen, die in seinen Vampirpupillen züngelten, waren das Feuer ihres Untergangs.

»Und dich nehme ich mit.«

Dass seine Hand hinten in ihrem Haar war, merkte sie erst, als er ihren Kopf zurückriss, um ihren Hals freizulegen. Sie holte Luft, wollte schreien, doch im selben Augenblick erfasste der zweite Orgasmus sie mit einer solchen Wucht, dass es ihr den Atem raubte, während sich seine Zähne in sie bohrten.

Die gegensätzlichen Empfindungen, Schmerz und Wonne von ungeahnten Ausmaßen, brachten sie beinahe um den

Verstand. Sie fühlte etwas Feuchtes an ihren Fingerspitzen und nahm nur verschwommen wahr, dass es Michaels Blut war, weil ihre Fingernägel die Haut auf seinem Rücken aufkratzten.

Eine intensive Welle der Lust nach der anderen überrollte sie, als er erbarmungslos seine Zähne in ihr versenkte und sie genauso einnahm, wie sie es befürchtet und zugleich auch gehofft hatte.

Es tat weh … Aber es fühlte sich auch verteufelt gut an. Er zog sie fest an sich und sog selbstsüchtig das kostbare Blut aus ihren Adern. Es war wie eine konstante Steigerung der Leidenschaft, die sie in einer Wonnestarre hielt, gefangen im Samt und Satin der Vampirliebe.

Doch ein neues Verlangen regte sich in ihr, ähnlich einem Erdbeben, das in dem Incubus-Wohlgefühl mitvibrierte, mit dem Michael sie flutete. Es war tiefer, fordernder, realer. Rhiannon spürte eine Leere in sich, schmerzlich, heiß und wahnsinnig echt.

Die tat ebenfalls weh.

Wieder riss sie die Augen auf, versuchte zu atmen, als sie Michaels Finger in den rotblonden Locken zwischen ihren Beinen fühlte, wo sie zu diesem neuen, pochenden Verlangen glitten.

Sie war so feucht, so empfindlich, dass sie schon bei der zartesten Berührung unter ihm zuckte, und er lachte leise, während er mehr von ihr trank und ihre Bewegung mit einer weiteren Woge von Wonne bestrafte. Er berührte sie wieder, strich über ihre geschwollenen Schamlippen, bevor er langsam zwischen sie drang.

Rhiannon schrie auf, und das Donnergrollen wurde lauter, war nun direkt über dem Haus.

Jeder Orgasmus, den er ihr bescherte, gehörte zu seinem Plan. Sie erkannte seine Grausamkeit, als seine Finger mit gekonnter, zärtlicher Brutalität weiter nach innen drückten. Er hatte sie heiß gemacht, sie vorbereitet und für seine Berührung sensibilisiert. Nun war sie nur noch pulsierendes Verlangen, rosig geschwollen von den Orgasmen, mit denen er sie bereitmachte für die endgültige Unterwerfung ihres bebenden, sehnenden Körpers.

Du Mistkerl, dachte sie. *Monster! Engel!* …

Sein Finger war in ihr, und Rhiannon wand sich, als ein zweiter hinzukam. Sie konnte nicht anders, als ihm entgegenzukommen und ihn wortlos anzuflehen, ihr mehr zu geben.

Er bewegte die Finger in ihr, zog sie ein wenig zurück, drang tiefer in sie ein, streichelte sämtliche Nervenenden mit seiner köstlichen Berührung. Rhiannon war in einem Rausch, für den es keiner Magie bedurfte. Ihr Körper eilte dem ultimativen Gipfel entgegen, höher und zugleich tiefer als alles, was sie bisher gekannt hatte.

Wieder schrie sie halb schluchzend, als Michael seine Finger herauszog.

Er legte sich auf sie, und sie spürte das Brennen, als er an ihrer Öffnung war. Er presste sich an ihren Schamlippen vorbei, bedrohlich und so groß. Voll Schmerz dehnte sie sich um ihn. Sein Glied war wie ein Brandeisen, doch selbst wenn es sie umbrachte, wollte sie es dringender in sich, als sie jemals etwas gewollt hatte.

Bitte …

Sie biss die Zähne zusammen, stemmte sich mit aller Kraft gegen ihn in dem lächerlichen Versuch, ihn dazu zu bringen, dass er tat, was sie von ihm brauchte.

Da drangen seine Reißzähne tiefer in ihren Hals ein, und erst jetzt merkte sie, dass er sie bisher gar nicht vollständig hineingerammt hatte. Einen Sekundenbruchteil später schien die Welt um sie herum zu explodieren, als er seinen Schwanz mit einem harten, gnadenlosen Stoß in sie trieb und sie ganz und gar ausfüllte. Das Delirium, das sich bereits angekündigt hatte, brach über sie herein, hüllte sie in eine schützende Dunkelheit, aus der es kein Entrinnen gab, und schleuderte sie über jenen Punkt hinaus, von dem aus es kein Zurück mehr gab.

Michael zog sich zurück und stieß sich erneut in sie, wobei er sie an sich presste. Rhiannon hatte keine Kontrolle über die Laute, die sie ausstieß; sie hallten durch das Zimmer und befeuerten das Monster in dem Erzengel.

Er knurrte an ihrem Hals; seine Krallen zwickten in ihre Haut, und er war schmerzhaft tief in ihr, bevor er sich abermals zurückzog und noch einmal zustieß. Sein starker Körper beherrschte sie beide, nahm Rhiannon immer wieder, machte sie mit jedem Stoß, mit jedem Schluck sein.

Eine träge Ruhe ergriff von Rhiannon Besitz. Blitze zuckten und Donner dröhnte über ihnen, als Michael ein letztes Mal in sie eindrang, seine Reißzähne aus ihrem Hals riss und einen kehligen Schrei der Befriedigung ausstieß.

Rhiannon fühlte ihn in sich schwellen und das Pulsieren seines Orgasmus, das flüssige Feuer, das ihren letzten gigantischen Höhepunkt auslöste. Lächelnd schloss sie die Augen und kostete ihn aus, weil ihr gar keine andere Wahl blieb.

28

In ihrem Traum knallte sie ein Glas auf die Küchenarbeitsplatte, um den Deckel zu lockern. Sie schlug und schlug, doch das Glas blieb fest verschlossen. Schließlich verschwamm es schimmernd, und Rhiannon öffnete die Augen.

Jemand klopfte an die Tür.

»Ich wollte dich nicht wecken, aber wir sollten lieber aufmachen«, sagte Michael. Seine Lippen waren an ihrem Ohr, und seine Stimme jagte ihr Schauer über den Rücken. Sie biss sich auf die Unterlippe und setzte sich auf. Dabei zog sie die Decke mit sich, sodass sie von Michaels Brust rutschte.

Rhiannon konnte nicht anders, als sie zu bewundern.

Sie waren seit Stunden in seinem Bett. Wie lange genau, wusste Rhiannon nicht, weil sie jedes Zeitgefühl verloren hatte. Nach dem ersten ausgedehnten Liebesakt war Michael aufgestanden und hatte ihnen etwas zu essen besorgt. In der Zwischenzeit duschte Rhiannon und lieh sich ein Shirt von ihm, während er unterwegs war, um ihr neue Sachen zu kaufen. Es gelang ihm, genau die richtigen Marken, Farben und Größen auszuwählen. Und er kam mit frischem Obst zurück: Pfirsichen und Erdbeeren, die

Rhiannon liebte. Die Krönung seines Einkaufs allerdings war eine Kräuterlimonade light, nach der sie quasi süchtig war.

Rhiannon wusste, dass er vieles über sie erfahren hatte, als er sie für das NYPD »überprüfte«. Ihre Kleidergröße und Stilvorlieben hingegen dürfte er aus den Sachen geschlossen haben, die er ihr vorhin vom Leib gerissen hatte.

Er musste sogar ziemlich viel über sie wissen, denn er brachte »Pad Thai« mit, ihr Lieblingsgericht, und eine ganze Tüte voll Sixlets, die sie zufällig am liebsten naschte. Rhiannon hatte lachend den Kopf geschüttelt, als er gestand, er hätte seine Hausaufgaben gemacht, und dann hatte sie eine kleine Packung Sixlets geöffnet und sich eine winzige Schokokugel nach der anderen in den Mund gesteckt.

Sie unterhielten sich über alles: über Adarianer, Gregori, Samael und die anderen Erzengel und deren Sternenengel. Aber auch über das Leben und die Welt im Allgemeinen.

Diese Welt kam Rhiannon nun größer vor. Jahrzehntelang hatte ihr Universum nur aus Leuten bestanden, die sie in Gut und Böse unterteilte – fiese Schweine und Opfer.

Jetzt aber waren es nicht mehr nur Leute und nicht mehr nur dieses Universum. Es waren Welten da draußen, jenseits von Rhiannons. Dort waren nicht bloß andere Orte mit anderen Wesen, sondern andere *Reiche*. Es gab kein Universum mehr, sondern ein *Multiversum*.

Normalerweise würde man sich bei dieser Erkenntnis sehr klein fühlen. Doch Michael Salvatore war einer der vier Lieblingserzengel, und Rhiannon war seine auserwählte Gefährtin. Sie war nicht weniger wichtig als zuvor, sondern kam sich, wenn überhaupt, bedeutender denn je vor.

Während sie redeten, vergaßen sie ihre Sorgen, und dann hatte Michael sie praktisch gezwungen zu essen, damit sie wieder zu Kräften kam. Anschließend hatten sie sich in einen neuen Lustrausch gestürzt und sich wieder zwischen Michaels Laken getummelt.

Doch nun hämmerte jemand an die Tür, und Rhiannon schätzte, dass es mit dem Vergnügen vorbei war.

Michael setzte sich lächelnd neben ihr auf. »Eine Decke«, sagte er. »Die können wir nicht beide nehmen.«

»Das ist meine«, antwortete sie entschlossen.

Achselzuckend stand Michael auf und präsentierte ihr seinen nackten Körper.

Rhiannons schluckte, und sie wurde rot. Nicht dass sie ihn zum ersten Mal so sah, aber das war schon ein ziemlich besonderer Körper. Immerhin war er ein Engel.

Er tat, als würde er sie ignorieren, und holte frische Kleidung aus seiner Kommode. Nachdem er in eine verwaschene Jeans geschlüpft war, zog er sich ein sauberes schwarzes T-Shirt über.

Rhiannon sah ihm zu und berührte gedankenverloren die Wunden, die er an ihrem Hals hinterlassen hatte. Keine Kraft der Welt könnte sie dazu bewegen, diese Wunden zu heilen, denn sie hatte fest vor, sie zu behalten. Sie und das Wundsein … auch weiter unten … waren mit schönen Erinnerungen verbunden.

Als Michael fertig angezogen war, drehte er sich zu ihr um und ertappte sie dabei, wie sie ihn anstarrte. Er grinste.

»Ich habe gerade mit dir geschlafen«, verteidigte sie sich. »Zweimal! Da darf ich ja wohl gaffen.«

Er wollte etwas erwidern, doch sie kam ihm zuvor.

»Nein, das gilt nicht umgekehrt.«

Er lachte, gab sich jedoch ganz wie ein Gentleman und drehte sich weg, damit sie diskret aus dem Bett steigen konnte. Blitzschnell zog sie sich an.

Wieder wurde geklopft, und inzwischen klang es dringlicher.

»Rhee? Bist du da?«, rief eine zarte Stimme, die hoch und schrill wirkte.

Rhiannon hatte eben ihren zweiten Stiefel angezogen und richtete sich erschrocken auf. »O mein Gott, das ist Mimi!«

Beschämt lief sie zur Tür, dicht gefolgt von Michael. Mimi hörte sich verzweifelt an.

Michael überholte sie, war als Erster an der Tür und riss sie auf. Rhiannon schob ihn sofort aus dem Weg.

Vor Michaels Tür stand Mimi mit Strike in ihren Armen. Die Gliedmaßen des Hundes hingen schlaff herunter, seine Augen waren geschlossen, und seine Brust bewegte sich nicht. Sein Fell war stellenweise blutverklebt, und an seiner Schnauze war verkrustetes Blut. Er war ganz offensichtlich tot.

Mimis Gesicht war von Tränen und Rotz verschmiert. Ihre Augen waren geschwollen, ihre Haut unregelmäßig gerötet. Strikes Blut hatte ihre Kleidung befleckt, doch sie hielt das Tier fest umklammert und zitterte so heftig, dass Strike mit vibrierte.

»Sie haben ihn umgebracht!«, schluchzte sie erstickt. »Das waren die Gargoyles!«

Rhiannon nahm Mimi in die Arme, während Michael ihr behutsam den leblosen Hund entwand. Donner rollte über sie hinweg, als Rhiannon das kleine Mädchen in die Wohnung zog. Der Himmel über ihnen verdunkelte sich zunehmend, und das nicht nur, weil später Nachmittag war und die Sonne bald unterging, sondern weil sich dichte Wolken zusammenbrauten.

»Tante B. hatte mir Hausarrest erteilt.« Mimi weinte. Rhiannon setzte sie auf die Couch und holte einen nassen Waschlappen. »Ich war so wütend, dass ich mich wieder rausgeschlichen habe. Ich musste doch Strike suchen!«

Der Donner kam näher.

Rhiannon half Mimi, ihre Nase zu putzen, und wischte ihr mit dem Waschlappen das Gesicht sauber. »Aber als ich mich auf dem Korridor versteckte, hörte ich zwei Leute über Gargoyles reden. Sie sagten, dass sie in deiner Wohnung gewesen waren, Rhee! Und da war doch Strike!«

Rhiannons Herz hämmerte, ihre Brust zog sich vor Mitgefühl mit Mimi zusammen, und ein eisiger Schauder überlief sie. Gargoyles waren in ihrer Wohnung gewesen? Hatten nach ihr gesucht? Wie um alles in der Welt waren sie da reingekommen?

Na klar, die Fassade des Swallowtail-Gebäudes war aus Stein. *Sie können sich durch Stein bewegen*. Ja, so einfach war das.

Ihr gefror das Blut in den Adern. Mimi hatte Strike in Rhiannons Wohnung eingesperrt, wie sie bereits im Restaurant erzählt hatte. Und jetzt war Strike Rhiannons wegen tot.

»Mimi, o Gott, das tut mir so leid …« Rhiannon hatte vor Mimi gekniet, stand nun auf und setzte sich neben das Kind, das sofort die Arme um sie schlang.

Mimi heulte herzerweichend. »Ich … habe … ihn … in der … nächsten Querstraße … gefunden!«, rief sie zwischen ihren Schluchzern. »Sein Genick ist gebrochen!«

Rhiannon sah zu Michael, der in dem Durchgang zur Küche stand. Seine Augen waren von jenem intensiven Blau kurz vor dem Glühen. Er hatte Strike auf den Linoleumboden gelegt und mit einem Handtuch zugedeckt.

Ihre Blicke begegneten sich. Alle Gedanken, die sie über Gargoyles, Gregori oder den »Höhepunkt« hätten austauschen können, wurden von einem grellen Blitz unterbrochen, dem ein krachender Donner folgte.

Die Fenster klapperten, und Mimi schrie auf, doch Rhiannon bekam es kaum mit. Ihr klangen die Ohren, als sie sich mit Mimi auf den Boden warf und das Mädchen mit ihrem Körper abschirmte. Auf diesen Blitz war sie nicht gefasst gewesen; er war nicht von ihr, und der Krach war nicht magisch gedämpft. Vielmehr war er weit lauter als echter Donner, als würde der Himmel aufbrechen, um etwas Finsteres auszustoßen.

Und er raubte ihr die Orientierung. Um sie herum gab es Bewegung, nur war alles verschwommen. Rhiannon stützte beide Arme auf und hob den Kopf.

Alles verlief in Zeitlupe. Vor den Fenstern bewegte sich etwas, was sie nicht recht erkennen konnte, weil der Wind die Vorhänge hin und her peitschte. Und sie roch etwas, wie beim Anreißen eines Zündholzes, Leder und etwas Ätzendes – Gift.

Drachen. Eine bleierne Angst überkam sie.

Sie zwang sich aufzuspringen, zog Mimi mit sich und nahm das Kind auf den Arm, da explodierte die Außenwand von Michaels Wohnung, und zwar geräuschlos. Holz und Brocken von Dämmmaterial segelten langsam über sie hinweg. In *Platoon* hätte diese Szene super gewirkt.

Rhiannon duckte sich und rollte sich mit Mimi herum,

als etwas Großes direkt durch die Wand auf sie zugeflogen kam. Wieder führten Putz und Holzbrocken ein bizarres Luftballett um sie herum auf.

Eines der Fragmente grub sich in Rhiannons rechten Arm, was sie allerdings nur vage registrierte, mehr wie einen Stoß, ohne Schmerz, und sie lief geduckt weiter. Ihre Stiefel fanden auf dem schuttbedeckten Boden kaum Halt.

Ist dies der Höhepunkt?, dachte sie angsterfüllt in der drückenden Stille der Katastrophe.

Rhiannon eilte weiter, rollte sich mal zur einen, mal zur anderen Seite und blickte sich um wie eine Spielerin in einem gigantischen Videospiel. Dabei hielt sie Mimi dicht an sich gedrückt. Hitze traf sie in die Seite. Es war das Feuer eines roten Drachen. Sein Brüllen drang mühsam zu ihr durch. Schatten schwebten über ihnen, und ein Teil der Decke war fort. Jetzt wölbte sich der zornige Himmel über dem Wohnzimmer.

Blitze durchzogen die wirbelnden dunklen Wolken mit ihrer finsteren Energie. Wind zerrte an Rhiannons Haar; Regen klatschte ihr ins Gesicht. Sie lief durch das Wohnzimmer und in den Flur. Hier war die Decke noch heil, und im Vergleich zum Rest der Wohnung war es regelrecht friedlich.

Rhiannon stieß die Badezimmertür auf und schubste Mimi hinein. Das Mädchen stolperte, fing sich aber an der Badewanne ab.

»Rein da und hinlegen!«, befahl Rhiannon. Mimi gehorchte und stieg in die Wanne. »Bleib da!« Rhiannon drehte sich um und wollte die Tür gerade hinter sich schließen – was immer das nützen mochte, denn Drachen kamen schließlich durch Wände –, da stellte sie fest, dass ihr der

Weg zurück durch den Flur versperrt war. Ein halbes Dutzend nicht menschlicher Augenpaare starrte sie an.

Und da waren nicht nur Drachen.

Jede übernatürliche Kreatur, mit der Rhiannon es je aufgenommen hatte, schien sich nun in Michael Salvatores kleiner Zweizimmerwohnung zu tummeln. Und sie alle wollten *sie* töten.

29

Mimis Knie knallte unsanft auf den Wannenboden, doch sie registrierte den Schmerz kaum. Mit zusammengebissenen Zähnen rang sie nach Luft, stemmte die Hände seitlich gegen die Wanne und linste über den Rand.

»Bleib da!«, sagte Rhiannon, bevor sie sich umdrehte, aus dem Bad lief und die Tür hinter sich zumachen wollte. Doch dazu kam sie nicht mehr; sie erstarrte kurz, und auf einmal flog etwas seitlich in sie hinein. Es ging so schnell, dass alles verschwamm. Das Ding war groß und braun, mehr konnte Mimi nicht erkennen. Der Aufprall schleuderte Rhiannon den Flur hinunter, außer Sicht, wobei sie die Tür losließ.

Entsetzt sah Mimi, wie die Tür, die sie als einziges vor dem Horror dahinter schützte, aufflog und gegen die Wand knallte.

Jenseits der Schwelle lauerten schwebende, tänzelnde Schatten, und chaotisches Geschrei hob an.

Monster, dachte Mimi. *Die sind es, die Strike umgebracht haben.* Etwas da draußen hatte ihren Hund ermordet und ihr einen ihrer besten Freunde genommen. Dessen war sie sich vollkommen sicher, auch ohne Beweise.

Und jetzt töten sie vielleicht Rhee.

Rhiannon war Mimis beste Freundin. Ohne sie wäre sie verloren.

Ihre Sicht verengte sich, und sie presste die Zähne so fest zusammen, dass sie zu brechen drohten. Rachegedanken fluteten ihren Kopf, und das Weiß und Beige der Badezimmerfliesen verwandelte sich in Hellrot und Schwarz. Das war noch nie passiert, aber sie schätzte, dass es an ihrer Wut lag. Sie hatte schon gelesen, dass Leute vor Wut rot sahen. Das musste es sein.

Mimi Tanniym, geborene Melody Margaret Tanniym, war nicht wie die meisten anderen Neunjährigen. Oberflächlich mochte sie dieselben Dinge, doch für sie waren Sachen wie Pokémon und *X-Men* ein geheimes Fenster zwischen der Welt, die andere Leute für real hielten, und jener, von der Mimi wusste, dass sie real war.

Mimi glaubte tatsächlich an Monster. Das hatte sie schon immer getan.

Vielleicht wurden sie nicht von Zehnjährigen in Pokébällen durch die Gegend geschleppt, die sie abrichten und in Schaukämpfen benutzen wollten, aber es gab durchaus Ähnlichkeiten. Manche waren groß, manche hatten scharfe Zähne, manche konnten fliegen. Manche sahen wie Menschen aus, obwohl etwas viel Interessanteres in ihnen steckte. Und einige von ihnen *konnten* abgerichtet werden und traten zuweilen in Schaukämpfen auf. Nur dass ihre Arena Wälder, Wüsten oder Wohnungen von Polizisten im zweiten Stock waren.

So wie diese hier.

Als Mimi fünf Jahre alt war, war sie auf das Bett ihres Vaters im Krankenhaus gehoben worden, und er hatte sie dicht zu sich herangewinkt. Sie erinnerte sich an alles in diesem Moment: seine raue Stimme, das Piepen der Maschinen um ihn, den metallischen Geruch seines Atems. Aber vor allem erinnerte sie sich an das, was er ihr sagte.

Mir macht es nichts, Mimi. Mir war dieser Platz auf der Erde nur geliehen. Die Welt gehört nicht den Menschen, Kleines. Sie gehört den Monstern. Wir leihen sie bloß.

Sie sind näher, als du denkst.

Es war das Letzte, was er zu ihr gesagt hatte. Danach musste er schlafen, und als Mimi ihn das nächste Mal sah, konnte er gar nicht mehr sprechen. Also hatte sie ihm gesagt, dass sie ihn lieb hatte.

Und das war es gewesen.

Aber jetzt, als sie trotz Rhiannons Warnung aus der Wanne stieg, fühlte sie etwas, was ein Erwachsener irrational nennen würde. Es war wie eine Bestätigung, fast sogar Glück. Das Gebäude stürzte um sie herum ein, und sie befand sich im Zentrum der Katastrophe, doch das machte nichts, denn sie würde Strike rächen, und all dies bedeutete, dass ihr Dad recht gehabt hatte und sie recht gehabt hatte, ihm zu glauben.

Vor Angst und Hass fiel Mimi das Atmen schwer, als sie zur offenen Badezimmertür stolperte und in das Chaos draußen spähte. Teile der Decke waren weggerissen, und Wind heulte durchs Wohnzimmer. Über ihr wirbelten dunkle Wolken. Zornig. Alles sah zornig aus.

Sie konnte zwei riesige geflügelte Bestien sehen, von denen eine auf den Überresten des Dachs hockte, die andere im Wohnzimmer, wild entschlossen, Michael Salvatore zu vernichten. Die Bestie auf dem Dach war rot und sah genauso aus wie auf den Zeichnungen in den Drachenbüchern, die Mimi in der Buchhandlung gesehen hatte.

Ein roter Drache, dachte sie. Ein Schauer überlief sie.

Der andere Drache war blau. Er war auch kleiner, klein genug, um in das Wohnzimmer zu passen, hatte jedoch einen dicken Dornenschwanz. Der peitschte mit unglaublicher Geschwindigkeit hin und her. Michael wich ihm immer wieder aus, um nicht aufgespießt oder von dem Gewicht zerquetscht zu werden.

Mimi hatte Respekt vor diesen Monstern. Es war dasselbe Gefühl wie im Zoo, wenn sie durch Sicherheitsglas Tiger, Panther oder Löwen rastlos auf und ab gehen sah. Sie fand sie wunderschön. Und sie wusste, dass sie tödlich waren. Im Zoo, auf ihrer Seite der Scheibe, empfand Mimi zu achtzig Prozent Ehrfurcht und zu zwanzig Prozent Angst.

Jetzt gab es keinen Schutz, und die Zahlen kehrten sich um.

Die Drachen waren nicht die einzigen Monster in Michaels Wohnung. Da waren auch andere Kreaturen, die nicht annähernd so schön wie Drachen waren.

Zwei von ihnen erschienen immer wieder im Wohnzimmer, um gleich darauf zu verschwinden, als könnten sie sich mittels Magie von einem Ort zum anderen bewegen. Sie versuchten, Michael zu berühren, doch er wich auch ihnen aus. Mimi hatte noch nie einen Mann gesehen, der sich so schnell bewegte.

Die Monster hatten milchig weiße Körper und ein verstörendes Lächeln, denn ihre Zähne waren schwarz und spitz. Außerdem waren sie groß, größer als Michael, und ihre Haut sah irgendwie flüssig aus. Sie hatten langes, bläulich weißes und so feines Haar, dass es sich wie Flaumfedern im Wind regte. Und ihre Augen waren ganz und gar schwarz.

Mimi hielt es kaum aus, diese Augen anzusehen; deshalb sah sie stattdessen ihre Körper an. Auf der Brust und den Oberarmen waren schimmernde Tätowierungen, die nach einer uralten Schrift aussahen.

Eine andere Art von Monstern kroch langsam über die kaputte Wohnzimmerscheibe, und die war wirklich furchtbar. Mimi hatte das Gefühl, sie würde sämtliche Albträume, die sie je gehabt hatte, noch einmal sehen, jeden unheimlichen Moment wieder durchleben. Die Gestalten trugen schwarze Umhänge und waren nicht so groß wie die weißen Kreaturen, aber sehr viel schrecklicher, soweit Mimi es beurteilen konnte. Ihre Gesichter wirkten wie aus grobem Wachs, ihre Münder waren blutige Schlitze, und ihre Augen sahen wie aus Stein gemeißelt aus: tot und kalt. Unter den Umhängen lugten nur ihre skelettartigen Hände hervor, die aus nichts als Knochen waren, kein Fleisch und keine Haut.

Mimi konnte kaum glauben, was für Abscheulichkeiten durch die kleine Wohnung wuselten. Kleinere Monster, krumm und gebeugt wie Golum aus *Herr der Ringe*, bewegten sich Zentimeter für Zentimeter auf Michael zu, als wollten sie alles aufpicken, was übrig blieb, wenn die Drachen und anderen Monster erst mit ihm fertig waren. Diese kleineren Kreaturen hatten pechschwarze Haut, die ähnlich fließend schien wie die der größeren weißen Monster. Und ihre Münder waren ebenfalls voller spitzer Zähne, allerdings gelb und leuchtend, nicht schwarz. Noch dazu stanken sie – nach Tod. Und zwar nach dem Tod von etwas anderem als einem Lebewesen auf Kohlenstoffbasis.

Nach dem Tod von Magie, dachte Mimi.

Eine vertraute Stimme stieß hinter ihr einen Schmerzenslaut aus, und Mimi drehte sich um. Hinter ihr knallte Rhiannon gegen eine Wand. Dort hing ein Spiegel, der unter dem Aufprall zerbrach. Die Scherben regneten auf den Teppichboden, während Rhiannon für einen Moment im Griff des Wesens erschlaffte, das sie gepackt hatte.

»Rhee!«

Es war ein Gargoyle, der sie in seinen Pranken hielt, die Steinfinger um Rhiannons Hals geschlungen, die steinernen Reißzähne mit einem hasserfüllten Ausdruck gebleckt. Mimi erkannte ihn auf Anhieb. Sie wusste auch, dass sie am Vortag einen Gargoyle aus der Mauer beim Studio blicken sah, als Angel sie nach Hause brachte.

Der Mann war aus Marmor oder ähnlichem. Riesige Flügel sprossen ihm aus dem Rücken und schabten tiefe Furchen in die Wände. Es waren noch mehr von seiner Sorte da; sie drängelten sich in Michaels Schlafzimmer hinter dem ersten Gargoyle, und sie alle waren auf Rhiannon fixiert. Sie wollten sie töten, dessen war Mimi sich sicher.

Erneut erklang ein Schmerzensschrei hinter Mimi. Wieder drehte sie sich um, und diesmal sah sie Michael zu Boden gehen, der aus zahlreichen Wunden blutete. Ihm fiel ein Mobiltelefon aus der Hand und purzelte bis zu dem Tresen, der das Wohnzimmer von der Küche trennte.

Mimi konnte auf dem Display sehen, dass er gerade jemanden anrufen wollte, und zwar nicht den Notruf. Eine Nummer stand dort nicht, nur ein Name: *Max.*

Hol dir das Telefon!

Die Stimme in ihrem Kopf war nicht ihre; jemand war in ihren Gedanken. Mimi blickte auf und sah, dass Michael schon gegen den nächsten Gegner kämpfte. Sie stürmten jetzt von allen Seiten auf ihn ein, und hin und wieder schimmerte seine Gestalt auf, verschwamm, und über ihm, wie ein Nachbild nach einem grellen Blitz, erschien eine leuchtende Figur mit Flügeln und einem großen Schwert.

Für einen flüchtigen Moment erkannte Mimi diese Figur, wohl aus einer Sage oder einer alten Legende. Doch darüber konnte sie jetzt nicht nachdenken. Sie gehorchte dem Befehl in ihrem Kopf, das Telefon zu holen; eine andere Wahl hatte sie nicht.

Ihr Körper bewegte sich wie ferngesteuert, verließ den Badezimmereingang und rannte zu Michaels Handy, wobei es Mimi irgendwie gelang, den Monstern auszuweichen, die nach ihr schlugen. Sie sprang mit einer Wendigkeit, die sie bisher gar nicht an sich kannte, über eines der Ungeheuer und machte ein Rad über einen Küchenschrank, um einem anderen zu entkommen.

Ihre Bewegungen waren ihr fremd. Solche Sachen konnte sie sonst bloß in ihren Träumen. Dennoch kamen sie ihr jetzt selbstverständlich vor.

Sobald sie beim Tresen war, bückte sie sich und griff nach Michaels Telefon. Als sie wieder aufblickte, sah er sie an, und sie hielt sich das Handy ans Ohr.

Er beobachtete sie weiter, während er kämpfte, und nun sah Mimi, dass er tatsächlich ein Schwert hatte. Woher das gekommen war, wusste sie nicht, und es war ihr auch egal. Es war eine sehr scharfe, große Waffe und bereits voller Monsterblut.

»Max, wir brauchen Hilfe«, sagte Mimi ins Telefon. Das waren nicht ihre Worte, sondern sie wurden ihr von derselben Stimme eingegeben, die ihr gesagt hatte, dass sie das Telefon holen sollte. »Komm sofort, und bring alle mit, die du mitbringen kannst. Wir werden von Drachen, Egeln,

Phantomen, Gespenstern und Gargoyles attackiert – und wir verlieren. Wir sterben.« Mimi schluckte und sah erschrocken zu Michael.

Er ist auch kein Mensch, dachte sie. *Ganz sicher nicht.*

»Wir sind in Michaels Wohnung in Manhattan«, fuhr sie fort. »Kommt vom Herrenhaus aus direkt hierher.«

30

Er gab Mimi die Worte ein, die er selbst nicht sagen konnte. Und das war schwieriger, als er zunächst gedacht hatte, denn Mimi war nicht das Kind, für das Michael sie gehalten hatte. Der Vampir in ihm hatte gleich etwas an ihr gerochen, als er sie im Studio der Swallowtail Foundation ertappte, doch sie war jung, und Michael wusste, dass Kinder für Vampire immer komisch rochen. Es war ein abschreckender Duft, verwirrend, so wie Mückenschutzspray die Anwesenheit eines Menschen verschleierte. Außerdem war der Hund bei ihr gewesen, was es zusätzlich schwer machte. Jedenfalls waren alle eindeutigen Zeichen übertüncht gewesen.

Doch jetzt begriff Michael.

Es steckte so viel mehr in Mimi, als ihr selbst bewusst sein dürfte. Leider war die Unterwerfung eines solchen »Monsters«, vor allem eines so mächtigen wie Mimi, sehr viel schwerer, als das Denken eines Menschen zu steuern.

Rotes Drachengift war in Michaels Adern eingedrungen und verbrannte ihn von innen, was seine Konzentration beeinträchtigte. Er war von einem Gespenst getroffen worden, woraufhin alte Wunden ihn eine nach der anderen wieder schwächten: eine gebrochene Rippe hier, ein tiefer

Schnitt dort und noch mehr Gift, das einmal in seinem Körper gewesen war.

Er konnte die Icaraner, die Magie-Egel, in sich fühlen, wie sie gierig alles an Magie in sich aufsogen, was Michael nicht bewusst festhielt. Für sie musste er, der Vampir, Incubus und Erzengel, ein wahres Festmahl sein. Nichts täten sie wohl lieber, als ihn bei lebendigem Leib vollständig zu verschlingen.

Schmerz und Angst ergriffen Michael, zumal er Rhiannon aus den Augen verloren hatte. Zugleich befeuerten sie seinen Kampfgeist. Er nutzte sämtliche Fertigkeiten und monströsen Kräfte, die er besaß, um auf die Monster um ihn herum einzuschlagen. Trotzdem schien es aussichtslos. Hatte er eines erledigt, tauchte ein neues an dessen Stelle auf. Sie fielen ein wie die Heuschrecken, eine gigantische Armee, die unmöglich zu besiegen war und der man nicht entkommen konnte.

Die Gargoyles hatten Rhiannon irgendwo im Flur umzingelt, am anderen Ende der Wohnung, und Michael konnte nicht zu ihr. Es war, als würden seine Gegner erwarten, dass er es versuchte, denn wann immer er in die Richtung strebte, verzehnfachten sie ihre Anstrengungen.

Ein Teil von Michael versuchte, sich zu konzentrieren, sich zu sagen, dass Rhiannon eine Kämpferin war, die sich verteidigen konnte. Sie war seine Gefährtin, verdammt, und sie war erstaunlich.

Aber es war zwecklos. Er konnte ihre Notlage nicht ignorieren, und es brachte ihn um. Es war lediglich Sekunden her, höchstens eine oder zwei Minuten, seit die Attacke begann, und schon jetzt fühlte es sich wie eine Ewigkeit an.

Natürlich hatte Michael auch etwas erreichen können.

Der blaue Drache starb – wenigstens das hatte er geschafft. Und er war ziemlich sicher, dass er ungefähr ein halbes Dutzend Phantome und halb so viele Gespenster erledigt hatte. Aber es kamen immer mehr, um die Lücken zu füllen. So viele mehr.

Der Höhepunkt.

Dieser Gedanke stellte sich automatisch ein. Was wäre, wenn es das war? Was wäre, wenn sie alle recht gehabt hatten? War das, was Rhiannon und er gehabt hatten, dies hier wert?

Und dann, einfach so, musste er beinahe lachen.

Denn die Antwort auf diese Frage lautete Ja und Nein.

Wäre Michael der Einzige, der bei besagtem Höhepunkt sterben müsste, dann war es das definitiv wert, denn er hatte seinen Sternenengel gefunden. Rhiannon Dante war seine Seelenverwandte. Sie war buchstäblich sein Daseinsgrund.

Nicht wert war es, dass sie sich auch mitten in diesem Kampf befand. Und Mimi ebenfalls – und möglicherweise sogar der Rest der Welt.

Michael biss die Zähne zusammen, als noch eine Welle roten Drachenfeuers durch seinen Leib brandete und seine Muskeln und Knochen versengte. Sein Schwert zuckte durch die Luft, viel zu nah schlug ein Blitz ein, und Donnerkrachen brachte das ganze Gebäude zum Beben.

Michaels einziger Trost war, dass sich die Monster anscheinend nicht für Mimi interessierten. Ein oder zwei neugierige Icaraner hatten in ihre Richtung geschnüffelt, blieben aber ansonsten auf Abstand zu ihr.

Das besondere Kind und das Telefon waren ihre letzte Hoffnung.

Michael war es gelungen, Max' Nummer zu wählen, bevor ihn der Schwanz des sterbenden blauen Drachen umwarf und ihm das Handy aus der Hand fiel. Es war der letzte Racheakt des Untiers gewesen. Michael hatte gerade noch gehört, wie Max sich meldete, bevor das Telefon weg war und er mit dem nächsten Feind kämpfte.

Das Schicksal meinte es für einen kurzen Moment wohl gut mit ihnen. Während er Mimi fest in seinem Vampirbann hielt, konnte er Max am anderen Ende reden hören. Der Hüter verstand, was los war.

Nun war es an ihm, Michaels Brüdern und deren Sternenengeln, das Blatt zu wenden.

Ein kleiner Hoffnungsschimmer regte sich in Michael, der jedoch gefährlich war, denn Hoffnung war stets auch die Vorbotin von Unglück.

Das war diesmal nicht anders. Nachdem Michael das Phantom vor sich niedergeschlagen hatte, fiel die bleiche Kreatur zu Boden, und hinter ihr tauchte ein völlig anderer Gegner auf.

Es war ein Feind, von dem Michael ernsthaft angenommen hatte, er würde ihn nie wiedersehen. Ihre Blicke begegneten sich, und offene Fragen füllten den aufgeheizten Raum zwischen ihnen.

Sie gingen mit einer Rage ungekannten Ausmaßes aufeinander los, und Blitze erhellten den Himmel über ihnen wie das Feuerwerk am 4. Juli.

Rhiannon stützte sich an der Wand ab, gegen die sie geworfen worden war, obwohl die Scherben des zerbrochenen Spiegels ihr in Hände und Rücken schnitten. Sie brauchte einen Rückhalt, als sie mit beiden Füßen gegen die Brust ihres Angreifers trat. Der Schwung reichte, um den Gargoyle durch den Flur ins Wohnzimmer zu stoßen.

Doch es war sofort Ersatz für ihn da. Die Steinbestien waren en masse gekommen, um sie zu vernichten. Was hinter ihnen war, durfte Rhiannon momentan nicht kümmern. Sie sah Schatten von Drachenflügeln, erkannte den Gestank der Magie-Egel und spürte die Kälte der Phantome.

Michael konnte sie nicht sehen, aber sie hörte ihn und das Brüllen der Bestien, die er niedermetzelte. Und sie sah das Blutbad, das er anrichtete. Ein Teil von ihr fühlte sich ihm verbunden, als könnte sie *spüren,* was er tat. Sie stellte ihn sich so vor, wie er in ihrem Traum ausgesehen hatte, als er nun mit dem Schwert in der Hand vor ihren Gegnern stand. Die toten Phantome und Gespenster, die sich am Ende des Flurs stapelten, waren wahrscheinlich ein Zeichen, dass ihre Vorstellung nicht vollends abwegig war.

Ihr Körper kämpfte instinktiv, griff auf ihr jahrzehntelanges Training zurück.

Was gut so war, denn in Gedanken war sie nicht bei dem Kampf, sondern bei Michael und vor allem Mimi, der sie gesagt hatte, sie solle im Badezimmer bleiben, und die ihr nicht gehorcht hatte. Als Letztes hatte Rhiannon gesehen, wie das rothaarige Mädchen den Flur hinunter zu den gefährlicheren Gegnern lief, vor denen Rhiannon sie doch hatte schützen wollen.

Und sie konnte rein gar nichts dagegen tun.

Ihre Feuerkünste auf solch engem Raum einzusetzen wäre blanker Wahnsinn; die nützten Rhiannon jetzt nichts. Und irgendetwas heilen zu wollen würde auch nichts bringen – erst nach dem Kampf. Telekinese war gleichfalls nur bedingt brauchbar, wenn man es mit drachengroßen Gegnern aus Stein aufnahm und nichts entsprechend Großes im Haus war, was man ihnen entgegenschleudern konnte. Bliebe noch das Wetter.

Und das gehorchte ihrem Ruf recht gut, ob sie wollte oder nicht. Der Himmel über ihnen verdunkelte sich unheilvoll, und Blitze durchzuckten ihn. Aber Blitze würden Michael, Mimi und ihr mehr anhaben können als den Gargoyles, und Rhiannon bekam keines der anderen Monster klar genug in den Blick, um auf sie zu zielen. Noch dazu würde ein natürlicher Blitzeinschlag aus dieser Nähe bedeuten, dass sie alle taub wurden. Das hier war keine Studio-Aufnahme. Es war verflucht echt.

Rhiannon entwand sich dem schmerzhaften Griff eines weiteren Gargoyles, dessen spitze Steinfinger ihr die Schulter aufschlitzten. Blut sickerte in ihr zerrissenes Shirt, während sie sich drehte, boxte und sich duckte, um noch einmal mit ihrem ganzen Gewicht zuzutreten. Anders konnte man einen Gargoyle nicht abwehren, der selbst in menschlicher Form schlicht zu schwer für alles andere war.

Etwas traf Rhiannon am Hinterkopf, und sie hörte den dumpfen Aufprall, ehe sie etwas fühlte. Ein Sternenfeuerwerk funkelte vor ihren Augen auf, und ihr war klar, dass der Angreifer echten Schaden angerichtet hatte. Sie stolperte nach vorn und fing sich an der Wand ab, als sich ein dicker Arm um ihre Taille legte. Rasch packte sie das Handgelenk des Gargoyles, drehte es um und entwand sich seinem Klammergriff. Dann hieb sie mit der Handinnenkante gegen die Kehle des Monsters und quetschte so seine gegenwärtig menschliche Luftröhre. Er sackte sofort nach hinten. Doch in Rhiannons Kopf drehte sich immer noch alles, und ihr wurde übel.

Ich habe eine Gehirnerschütterung. Ihr wurde klar, dass sie sich heilen musste, bevor dieser Kampf vorbei war. Wenn sie es nicht tat, wäre er sehr viel schneller zu Ende, als ihr lieb war, und der Ausgang wäre wirklich zum Kotzen.

Rhiannon ließ sich gegen die Wand sinken, bevor sie sich darauf konzentrierte, ihr Hirn wieder in Ordnung zu bringen. In dem Moment hörte sie Mimis markerschütternden Schrei aus dem Wohnzimmer.

Und dann ging alles blitzschnell. Rhiannon ließ mittels Telekinese Bilder, Kommoden und Beistilltische fliegen, dann einen Herd, eine Mikrowelle und einen Kühlschrank. Derweil rannte sie, so schnell sie konnte. Der Wind heulte, jemand oder etwas brüllte, und Blitze schlugen ein. Einer erhellte das Zimmer, als Rhiannon hineinkam, und ließ die Szenerie scharf konturiert erscheinen.

Es war Mimi, die schrie, jedoch nicht aus dem Grund, den Rhiannon angenommen hatte. Niemand griff sie an. Vielmehr stand Mimi allein neben dem Tresen zwischen Wohnzimmer und Küche.

Blut tränkte einen Großteil des Teppichbodens, war aber eher rot als bräunlich, an einigen Stellen sogar schwarz, blau und grün. Die Wände waren rußgeschwärzt und von Krallenfurchen gezeichnet, und das meiste Mobiliar war entweder umgeworfen oder komplett aus der Wohnung geflogen.

Ein Mann in einer Lederjacke mit blauen Nieten lag bäuchlings neben der Wohnungstür, die halb aus den Angeln gerissen war. Blaue Flüssigkeit sammelte sich auf dem Boden unter ihm. Hinter den kaputten Möbeln krochen unzählige scheußliche Würmer herum und saugten an den Leichen ihrer bösen Kameraden. Es waren Egel, die den getöteten Monstern ihre übrige Magie aussogen. Und noch mehr von ihnen warteten ab, was mit Michael passierte.

Der kämpfte mit einem anderen Mann. Falls er jemals das Schwert gehabt hatte, das er in Rhiannons Vorstellung benutzte, musste er es irgendwann im Kampf verloren haben. Rhiannon erkannte den Mann, mit dem Michael kämpfte. Sie hatte sein pechschwarzes Haar und die blauen Augen gesehen, als Michael ihr seine Geschichte per Gedankenverschmelzung übermittelte. Das war Abraxos, der Adarianer.

Aber sollte er nicht tot sein?

So wie er aussah, war er alles andere als das, und ausnahmsweise war das Kräfteverhältnis zwischen Michael und seinem Gegner fast ausgewogen. Sie rangen, wie es nur Übernatürliche konnten, schleuderten sich gegenseitig gegen die Wände, hieben mit solcher Wucht aufeinander ein, dass sie kreuz und quer durchs Zimmer flogen.

Und über alledem wartete ein roter Drache. Er hockte auf dem eingestürzten Dach, die ledrigen Flügel so weit entfaltet, dass sie das Loch in der Decke vollständig ausfüllten. Hitze strahlte von ihm ab, und beim Atmen hoben sich seine Schuppen leicht, sodass darunter das pure Feuer zu sehen war. Diese Kreatur bestand aus Flammen und war absolut furchterregend.

Drachen konnten menschliche Gestalt annehmen, und starben sie, geschah es in ebenjener Form. Deshalb hatte noch nie ein Sterblicher einen toten Drachen oder versteinerte Drachengebeine entdeckt. Der Mann mit der Lederjacke auf dem Boden war ein blauer Drache gewesen, den Michael offensichtlich getötet hatte.

Selbst in menschlicher Gestalt waren sie heftige Gegner mit Reißzähnen und Krallen, die ihr Gift oder Ähnliches absonderten. Bei den blauen Drachen war es Sauerstoff, der das Blut in menschlichen Adern verdrängte. Gelbe Drachen lähmten ihre Opfer. Grüne füllte deren Adern mit Säure, die sie von innen nach außen zerfraß. Und bei den roten Drachen war es Feuer. Ihre Opfer verbrannten quasi, indem sie binnen Minuten ein hohes Fieber entwickelten und explodierten.

War jedoch genügend Platz vorhanden, zogen die Drachen ihre natürliche Gestalt vor. Sie war weit furchteinflößender. Angst war etwas, was sie gern gegen ihre Gegner einsetzten, und ihre Größe an sich tat einiges dazu.

Dieser rote Drache hatte eindeutig hier und da Feuerbälle auf sein Ziel geschleudert, und das war Michael. Die Brandspuren an den Wänden und dem Teppich sprachen Bände. Im Moment jedoch beobachtete der Drache nicht Michael. Er sah auch nicht zu Rhiannon, als sie am Wohnzimmereingang stehen blieb. Nein, sein Blick war auf Mimi gerichtet.

Mimi, die lauthals schreiend auf ihre Arme und Hände blickte. Vor ihrer aller Augen verwandelte Mimi sich. Ihre Haut färbte sich erst pink, dann blutrot. Ihre Finger verlängerten sich, und die Nägel wurden zu Krallen. Sie wimmerte, atmete schwer, und Rhiannon sah Rauchwolken aus dem Mund des Mädchens quellen.

Mimi blickte auf und sah Rhiannon an.

Und Rhiannon starrte zurück, wie gebannt vom rotorange flackernden Blick eines sehr jungen, sehr unerfahrenen und sehr verängstigten roten Drachen.

31

Max steckte sein Handy ein, während er sich umwandte und Eleanore ansah. »Apropos dieser Anruf von Michael, auf den wir gewartet haben«, sagte er und sah zu Uriel, der hinter Eleanore bei der Couch stand, »das war er. Wir müssen los.«

Es musste etwas in seiner Stimme gewesen sein, oder Michaels Brüder *wussten* es einfach. Ja, Max war sich ziemlich sicher, dass etwas in der Luft gelegen hatte, denn Uriel, Gabe und Az waren seit Tagen alle im Herrenhaus versammelt. Normalerweise waren sie jeder für sich unterwegs, reisten durch Länder oder über Meere, gingen auf Tourneen, drehten Filme oder machten Angelausflüge an der See.

Aber in dieser Woche hatten sie alle Vorwände gefunden, um zu Hause zu bleiben.

Sie hatten es gewusst. Genauso, wie Max es geahnt hatte.

Seit zwei Stunden tigerten sie rastlos durch die Räume des Herrenhauses, gaben vor, Papierkram zu erledigen, den Fitnessraum zu benutzen oder Bücher zu lesen, in denen sie nie umblätterten. Sie alle waren in Gedanken bei Michael gewesen.

Sogar Az war heute Abend sehr früh aufgestanden und bei ihnen. Wahrscheinlich, weil auch er beunruhigt war.

Uriel sagte nichts. Er blickte bloß zur nächsten Tür, die von der Bibliothek in die Diele führte, und begann, ein Portal heraufzubeschwören, das sie zu Michaels Wohnung in New York bringen würde. – Zweifellos hatten sie gehört, was das Mädchen am Telefon kreischte, und mussten sich nicht von Max verraten lassen, wohin es ging.

Az trat bereits in den Schatten in der Ecke der Bibliothek. Wahrscheinlich sandte er jetzt einen mentalen Ruf an seine Vampire aus. Darüber war Max froh, denn so, wie sich der Anruf anhörte, drohte der Weltuntergang, und da brauchten sie alle Hilfe, die sie kriegen konnten.

Sophie, Eleanore und Juliette stellten sich hinter Uriel und Gabriel und wechselten ängstliche, aber auch aufmunternde Blicke. Sie waren so etwas wie Schwestern geworden, standen sich weit näher als engste Freundinnen. Was auch logisch war, wurden sie doch gemeinsam erschaffen. Sie teilten quasi eine Seele.

Max nahm einige Sachen von der Ottomane neben ihm, packte sie zusammen und hievte sie sich über die Schultern. Die Frauen teilten ihre Seele mit einer weiteren Frau – Michaels Sternenengel. Max fragte sich, ob sie diese Frau auch auf der anderen Seite des Portals finden würden. Falls ja … Max schluckte und erstarrte für einen Augenblick.

Den anderen entging das nicht, und bevor Uriel in das Portal trat, das sie nach New York bringen sollte, drehte er sich zu Max um. »Was ist los?«

»Nichts«, antwortete Max hastig. Was er dachte, wollte er ganz gewiss nicht laut aussprechen. Denn wenn Michaels Sternenengel bei Michael war, könnten sie sich schon vereint haben. Dann hätten alle vier Lieblingserzengel ihren Sternenengel gefunden.

Was bedeutete, dass die Brüder und Max vielleicht nicht zu einem weiteren Kampf zwischen Gut und Böse aufbrachen, sondern zum Höhepunkt.

Rhiannon kniete sich neben Mimi. An ihrer Verwandlung war nichts Widerwärtiges, und komischerweise war Rhiannon nicht mal überrascht. Alles, was sie verspürte, als sie das verängstigte Kind in die Arme nahm, war der Wunsch, Mimi zu trösten. Sie zu beruhigen. Rhiannon fühlte nichts als Liebe.

»Wir sind alle besonders, Mimi«, flüsterte Rhiannon ihr zu. »Keiner von uns ist, was er zu sein scheint. Wir sind alle mehr als das.« Sie sprach schnell und mit zusammengebissenen Zähnen, denn ihr Körper baute rapide ab. Er musste dringend geheilt werden. Da waren gebrochene Knochen, offene Wunden, und ihr Gehirn blutete, ohne dass das Blut abfließen konnte. Sterne schwammen vor ihren Augen, und ihr Magen krampfte fürchterlich.

Doch sie hielt Mimi entschlossen fest, behutsam, aber schützend.

Manchmal gab es Dinge im Leben, die buchstäblich wichtiger waren als das Leben selbst. Und dies war der Moment, an den Mimi sich ihr Leben lang erinnern würde. In ihm wurden die Weichen für den Rest ihrer Tage gestellt.

Rhiannon würde eher sterben, als dass sie zuließ, dass das Kind ein Leben voller Angst und Verwirrung vor sich hatte. Und lieber starb sie, als zuzulassen, dass Mimi es *allein* durchstand.

Sie hörte die Gargoyles durch den Flur kommen; sie hatten beschlossen, in ihrer ursprünglichen Form zu bleiben, weil sie sich davon wohl eine abschreckendere Wirkung versprachen. Ihre Steinflügel zerschrammten die Wände zu beiden Seiten, weil es viel zu eng in dem Flur war.

Rhiannon blickte über ihre Schulter. Etwas in ihr knisterte und funkelte wie ein Stromkabel, das in eine Pfütze fiel, und sie sah ihre Augen blitzen. Und dann hob der vorderste Gargoyle auf einmal vom Boden ab und flog über sie hinweg.

Er schlug nicht mit den Flügeln und schien insgesamt keine Kontrolle über seine Bewegungen zu haben. Es war, als würde Rhiannon ihn fliegen lassen. Sie warf ihn mittels Telekinese!

Noch nie zuvor hatte sie etwas Lebendiges durch die Luft bewegt.

Sie nahm sich nicht die Zeit, darüber zu staunen, und sie sah auch nicht nach, wo der erste Gargoyle landete, sondern konzentrierte sich auf den nächsten. Auch der stieg vom Boden auf, nur schrie er vor Schreck und fuchtelte mit Armen und Beinen, was recht komisch aussah.

Rhiannon merkte, dass Mimi zu weinen aufhörte und ein wenig zurückwich, als wollte sie sehen, was geschah.

Rhiannon machte unbeirrt weiter. In ihr war eine ungekannte Kraft erwacht; offenbar hatte die Gehirnerschütterung etwas in ihr freigesetzt, was nun in ihr brodelte. Und sie wusste, dass es tödlich war. Sie hatte keine Ahnung, wie lange sie noch bei Bewusstsein sein würde, aber das kümmerte sie jetzt nicht. In ihr kochte eine unbändige Wut, neu, stark und wirkungsvoll.

Dann leuchtete etwas an der Tür auf, und Rhiannon blickte hin. Ein Portal öffnete sich, ähnlich einem Lichtwirbel, wie sie ihn bei der Swallowtail Foundation am Computer erzeugten. Nur war dieser real. Rhiannon schaute lange genug hin, um mehrere Männer aus dem Portal treten zu sehen, gefolgt von drei Frauen, und Rhiannon erkannte sie alle.

Von der anderen Seite der Wohnung, aus einer schattigen Ecke des Wohnzimmers, tauchten noch mehr Gestalten auf. Sie waren groß, gut aussehend und ebenso mühelos zu erkennen wie die aus dem Portal.

Die anderen drei Lieblingserzengel und ihre Sternenengel waren gekommen, um mitzukämpfen, begleitet von mehreren Vampiren und Max, ihrem Hüter. Sie stürzten sich gleich auf die Monster. Die Gargoyles waren gezwungen, sich den neuen Gegnern zu stellen und ihre Aufmerksamkeit vorerst von Rhiannon abzuwenden.

Aber jemand da draußen musste verzweifelt sein; er musste entschlossener sein, als es jemals jemand gewesen war, denn egal wie viele Gespenster, Egel, Gargoyles und Phantome die Erzengel töteten, es kamen immer neue nach.

Die Bösen wurden weniger, doch es dauerte quälend lange. Ja, zunächst war es nicht einmal offensichtlich. Die Phantome rückten langsamer nach, die Egel warteten ein wenig länger, ehe sie sich auf ihr nächstes Mahl stürzten.

Und der Preis war hoch. Gespenster öffneten tödliche alte Wunden bei den Brüdern, und Rhiannon sah vor ihrem inneren Auge, wie altes Drachengift gebrochene Knochen und lebenswichtige Organe durchdrang. Rhiannon registrierte, wie einer der Sternenengel nach einem heftigen Schlag eines Gargoyles auf den Kopf der Frau zu Boden ging. Ihr Gefährte kniete sich neben sie, schützte sie mit seinem Körper und steckte eine tödliche Wunde nach der anderen ein.

Rhiannon beobachtete das alles und fühlte diese merkwürdige Benommenheit, wie sie eintrat, wenn man ohnmächtig wurde oder starke Schmerzmittel endlich wirkten. Sie war unbeteiligt und zugleich außer sich vor Zorn.

Ein neuer Wind setzte ein, und den konnte sie nicht stoppen; zu schnell baute er sich zu einem Orkan auf.

Wieder jagten Blitze auf die Erde nieder, schlugen zischend ein. Irgendwo draußen auf der Straße krachten Autos zusammen, gingen die Lichter aus und begannen Sirenen zu heulen.

Rhiannon ließ Mimi los und stand auf. Sie spürte den Wind um sich herum und in ihrem langen roten Haar. Sie fühlte die Hitze in ihren Augen, die von innen heraus brannte, und Michaels Wohnung wurde in grelle Kontraste getaucht. Rhiannons Fingerspitzen erhitzten sich, als würde sich in ihnen sirrende Magie sammeln, bereit, eingesetzt zu werden.

Der Schmerz aufgrund ihrer Verletzungen schwand, trat in den Hintergrund, und sie fühlte sich unbesiegbar.

Das ist eine Täuschung, dachte sie fahrig. *Ich bilde mir das ein; es liegt an der Gehirnerschütterung*.

Dabei wusste sie, dass das nicht stimmte. Und selbst wenn, was machte das für einen Unterschied?

Die Egel im Raum wandten sich ihr zu und beäugten sie interessiert. Noch mehr von ihnen kamen durch das zerbrochene Fenster herein, angezogen wie Motten vom Licht.

»Rhee … du siehst ja aus wie Jean Gray!«, flüsterte Mimi fasziniert. »Wie der Phoenix!«

Die Phantome, die sich um Michael und Abraxos geschart hatten, bewegten sich nun auf Rhiannons Seite des Zimmers zu. Weitere erschienen, die von irgendwoher in die Schlacht geschickt wurden. Und auch sie sahen sofort zu Rhiannon. Ihnen folgten Gespenster, deren fließende schwarze Haut zuckte, als sie ihren Fokus von Michael auf Rhiannon verlagerten.

Sie lächelte ihnen allen entgegen, als wollte sie sagen: *Na, dann mal los!*

Explosionsartig entluden sich ihre Fingerspitzen, schoss blauweißes Licht in die sich krümmenden Egel vor ihr. Kreischend vor Schreck und Schmerz, wurden sie durchsichtig. Und das war noch nicht alles. Die Elektrizität sprang von ihnen auf die nächsten Monster über und immer weiter. Binnen Sekunden waren sämtliche kriechenden Kreaturen im Raum von Rhiannons Kraft zerstört.

Sie fühlte, wie die Energie aus ihr herausströmte, und es steckte noch so viel mehr in ihr.

Wütend schrie sie auf. Dieser Schrei kam aus ihrem Innersten, wo sich ihre Wut über all die schrecklichen Bilder von Vergewaltigung, Folter und Fanatismus, von Missbrauch und Apathie aufgestaut hatte. Es war ein Schrei vor Zorn über den erbärmlichen Zustand der Welt, intolerante, feige, gewalttätige Männer und das allgegenwärtige widerwärtige Böse.

Und während sie so schrie, hoben die blitzgerahmten Bestien in dem Apartment, von einem telekinetischen Wind getragen, vom Boden ab und drehten sich wie in einem Strudel. Sie knisterten und knackten weiter, wurden langsam zu Tode geröstet. Es waren Dutzende. Das Blitzen verließ die Wohnung, traf Monster, die es noch gar nicht in die Schlacht geschafft hatten, drang in unsichtbare Portale und vernichtete ahnungslose Phantome auf dem Weg her. Es strahlte über die Grenzen von Zeit und Raum hinaus und erwischte die Monster, wo immer sie sich versteckten oder auf der Lauer lagen.

Dieses Blitzen, diese Kraft, war ein mächtiges Schwert, das mit Leichtigkeit schnitt und eine Gerechtigkeit übte, die man nur als göttlich bezeichnen konnte.

Und dann fühlte Rhiannon, wie ihre letzte Kraft versiegte, plötzlich und unerwartet. So mächtig und wirksam diese Kraft in ihr auch sein mochte, war sie doch von kurzer Dauer.

Rhiannon schrie erneut auf, nun vor Verzweiflung und Schmerz. Sie sank auf die Knie. Der letzte Rest elektrischer Ladung löste sich aus ihrem Körper, und die über dem Gebäude wirbelnden Monster explodierten.

Ihre Leiber flogen auseinander und zerstoben zu Staub. Nach dem Knall war nichts mehr übrig. Die elektrische Ladung hatte alles vernichtet und damit jeden Beweis, dass diese Monster überhaupt existiert hatten.

32

Die Stille, die nun eintrat, war surreal. Rhiannon war wie gefangen in einem Traum, in dem alles gedämpft war. Es waren Geräusche da, nur schienen sie weit weg. Sie fühlte den Teppich unter ihren Händen, der viel zu weich war, und begriff, dass ihre Fingerspitzen taub geworden waren.

Sterbe ich?

Sie hatte mal den Film mit Brad Pitt als dem Tod gesehen. Darin hatte Anthony Hopkins Herzprobleme, und als es ihm richtig schlecht ging, fragte er sich: »Sterbe ich?«, und Brad Pitts unsichtbare Filmfigur antwortete flüsternd: *»Ja …«* Rhiannon hatte das entsetzlich grausam gefunden. Was für ein Arsch wanderte denn herum und band einem auch noch auf die Nase, dass man gleich hinüber war? Welcher Schwachkopf holte sich seinen Kick, indem er einem auch noch sagte, dass man im Begriff war, den Löffel abzugeben?

Wenigstens antwortete Rhiannon jetzt niemand. Oder falls doch, hörte sie denjenigen nicht.

Was sie hörte, war ihr Herzschlag, der regelmäßig, aber leise ging. Darauf konzentrierte sie sich. Nach und nach wurde er lauter, so wie der Rest der Welt. Sekunden vergingen, dann nahm sie Stimmen wahr.

Sie hob den Kopf.

Mimi war zu ihr gekrabbelt und hatte einen Arm um Rhiannons Schultern gelegt. Sie sagte etwas zu ihr, doch Rhiannon konnte es nicht verstehen.

Hoch über ihnen und aus irgendeinem Grund unberührt von Rhiannons Blitzen war der große rote Drache. Seine gelb-orangefarbenen Augen flackerten wie das Feuer in ihm und schlugen Rhiannon in ihren Bann. Sie hatte keinen Schimmer, was die Bestie dachte oder warum sie nicht mehr angriff, war allerdings dankbar dafür.

Irgendwie schaffte Rhiannon es, ihren Blick zu lösen, und sich im Zimmer umzusehen. Zwei der Sternenengel lagen bewusstlos am Boden – Eleanor und Juliette. Der dritte, die blonde Sophie, kniete über Eleanor und versuchte, sie zu heilen.

»Sie stirbt!«, rief Sophie. »Sie sterben beide, und ich kann nicht beide retten!«

Unweit von ihr setzten Michael und Abraxos ihren Kampf fort. Michael verlor. Er hatte ja nicht bloß ununterbrochen gegen den Adarianer gekämpft. Nebenher hatten ihm die Egel einiges von seiner Magie ausgesaugt, war er von dem roten Drachen versengt und, wie der Frost an seinem T-Shirt verriet, auch von Phantomen verwundet worden. Zweifellos hatten ihn außerdem Gespenster erwischt und alte Wunden wieder aufgerissen … und Rhiannon wusste, dass sie die Wahl zwischen unzähligen alten Verletzungen gehabt hatten. Schließlich war er ein Krieger.

Und nicht einmal er konnte unbegrenzt einstecken.

Diese Erkenntnis traf Rhiannon wie eine Faust in den Magen. Sie spürte, wie sich etwas in ihr veränderte, sodass sie das Wetter nicht mehr unter Kontrolle hatte. Die Energie dafür in ihr war aufgebraucht. Dasselbe galt im Hinblick auf Telekinese und Feuerkünste.

Aber sie könnte noch heilen. Vielleicht nicht so gut, wie Michael es brauchte, um wieder hundertprozentig hergestellt zu sein, aber ausreichend, um ihn am Leben zu halten.

Sie musste nur zu ihm.

Einige Schritte von Michael entfernt war Azrael; der Vampir war in einer entsetzlichen Verfassung. Feuer hatte ihn seitlich versengt, sodass die feuerrote Haut unter der verbrannten Kleidung hervorlugte. Sein Gesicht war verschont geblieben, was ein Segen war, denn die Erzengel waren so wunderschön.

Sein rechter Arm und das rechte Bein jedoch waren nicht mehr zu gebrauchen. Er balancierte auf dem anderen Bein, während seine linke Hand um den Hals eines sehr großen Schwarzen geschlungen war, den Rhiannon als einen weiteren Adarianer erkannte. Der gleichfalls längst tot sein sollte.

Es waren noch zwei Adarianer mehr im Raum, einer mit blondem, einer mit schwarzem Haar. Der erste kämpfte mit Gabriel, der zweite mit Uriel. Rhiannon erinnerte sich nicht an die Namen der Adarianer, doch das war unwichtig. Sie alle waren in Vampire verwandelt worden, und sie standen unter einem starken Einfluss von außen. Den *fühlte* Rhiannon deutlich, weil er wie eine tintenschwarze Decke über ihnen lag und sie zwang zu kämpfen. Er musste wirklich sehr stark sein, denn Rhiannon sah ihnen an, dass die Adarianer nicht tun wollten, was sie taten. Ihre Augen verrieten es. Jemand steuerte sie, der entschlossen war, Michael und seine Brüder zu vernichten, mehr noch aber sie, Rhiannon.

Gregori.

»Gregori«, flüsterte sie.

Sie wusste nicht, warum sie seinen Namen laut aussprach. Vielleicht, um Macht über ihn zu gewinnen. Was auch der Grund sein mochte, er hörte sie.

»Rhiannon«, erwiderte er kühl. Seine Stimme ließ sie ganz still werden.

Mimi nahm ihren Arm von Rhiannons Schultern und drehte sich zu ihm um, erschrocken über sein plötzliches Erscheinen. Rhiannon war nicht verwundert. Oder aber ihr fehlte schlicht die Energie, etwas anderes als ruhig zu sein. Sie war völlig entkräftet, und offen gesagt freute sie schon, dass sie sich überhaupt noch rühren konnte.

Sie stützte die Hände auf den Boden, um sich hinzuknien, und hockte sich auf ihre Fersen. Dann blickte sie auf.

Gregori stand ein Stück entfernt, in makelloses Weiß gekleidet, die Hände lässig in den Taschen seines Anzugjacketts. Sein Haar saß perfekt; seine Schuhe glänzten, und er strahlte eine Finsternis aus, die an eine Sonnenfinsternis an einem Sommertag erinnerte.

»Das war eine eindrucksvolle Vorstellung, Miss Dante. Es dürfte Ihre beste bisher gewesen sein. Ein Jammer, dass keiner von Swallowtail hier war, um es zu filmen.«

Rhiannon ersparte sich die Mühe, ihm zu antworten.

»Trotzdem muss ich zugeben, dass ich zutiefst enttäuscht von Ihnen bin.«

Als würde sie das interessieren!

Er seufzte. »Man muss ihn einfach lieben, nicht wahr.« Das war keine Frage, denn er schüttelte missbilligend den Kopf, sah Rhiannon nicht einmal mehr an. Stattdessen betrachtete er das Schlachtfeld um sie herum. Dann blickte er zu dem einsamen roten Drachen auf dem Dach.

»Sie ahnen ja nicht, was Sie angerichtet haben, Miss Dante«, sagte er. »Zum Glück ist die Situation immer noch zu retten.«

Rhiannon schaute völlig verwirrt zu ihm auf, was sich als sinnlos erwies, denn er beachtete sie überhaupt nicht. Sein Blick haftete an dem Drachen. Die Augen der riesigen Bestie schienen heller zu lodern, und rastlos faltete sie ihre Flügel zusammen und entfaltete sie wieder. »Von dir bin ich ebenfalls enttäuscht, Calidum. Seit Jahrtausenden bist du der Erste, der meine Befehle missachtet.«

Plötzlich wandte er sich mit einer irrwitzigen Geschwindigkeit von dem Drachen ab, packte Mimi mit einer Hand am Hals, hob sie hoch, wobei sie einen erschrockenen Würgelaut von sich gab, und drehte sich wieder um. Es war ein unglaublicher Bewegungsablauf!

»Mimi!«, schrie Rhiannon, die sich so viel langsamer bewegte als er. Sie hatte sich gerade mal aufgerappelt, als Gregori schon Mimis teils verwandelten Körper auf die Platte des Küchentischs knallte. In seiner anderen Hand erschien ein Dolch aus dem Nichts. Scharf funkelnd reflektierte die Klinge ein Licht, dessen Quelle nirgends auszumachen war.

»Ein Drache für einen Drachen, Calidum, was meinst du? Deine Freiheit gegen ihren Tod.«

Der rote Drache auf dem Dach brüllte vor Wut, und das Geräusch war völlig anders als alle Laute, die bisher von den Drachen zu hören gewesen waren. Es klang beängstigend laut und rüttelte den Putz aus den Mauerrissen.

Im Raum wurde es schlagartig heiß. Rhiannon konnte nicht sagen, wo das Feuer war oder was brannte; sie hätte sogar selbst brennen können und hätte es nicht gewusst.

Ihre Aufmerksamkeit galt ganz allein Mimi und dem Dolch in Gregoris Hand. Alles andere war unbedeutend.

Sie stürzte sich nach vorn. Ihr fehlte die Energie, ihm die Waffe mittels Gedankenkraft aus der Hand zu schlagen; sie hätte ihn ebenso wenig hochheben und quer durchs Zimmer schleudern können, wie sie jetzt einen Marathon hätte laufen können. Und sie besaß keinen Funken Elektrizität mehr. Ihr Akku war völlig leer.

Sie konnte sich nur noch bewegen, und das tat sie.

Gregoris Hand senkte sich. Die Klinge blitzte, und Rhiannon warf sich über Mimi, unmittelbar bevor der Dolch sie traf.

Sie fühlte, wie das Metall in ihren Rücken stach, ihre Lunge durchbohrte und ihren Herzmuskel knapp verfehlte. Es war ein unfassbarer Schmerz, und das nicht wegen seiner Intensität, sondern weil er so grundfalsch war. Gregori riss den Dolch zurück, womit er noch größeren Schaden anrichtete.

Und diesmal wusste sie es: *Ich sterbe.*

»Ja«, sagte der Tod mit der Stimme von Brad Pitt.

Ja.

Über ihr trat Gregori zurück. Sie konnte ihn sehen, weil ihr Kopf in seine Richtung gedreht war. »Das sollte genügen.«

Michael brüllte vor Wut und Verzweiflung.

»Wir sind hier fertig.« Mit diesen Worten verschwand Gregori, und Rhiannon wusste, dass die Adarianer und die übrigen Gargoyles mit ihm zusammen fort waren.

Sie schloss die Augen. Das Feuer des roten Drachen erlosch, und Regen setzte ein, der durch das offene Dach ungehindert in die Wohnung fiel. Die Wassertropfen auf ihrer Wange fühlten sich herrlich an und dufteten so wunderbar sauber.

»Rhee! Rhiannon! Nein, nein, *Rhee!*«

Rhiannon glitt vom Tisch herab und ließ Mimi los, ehe sie fiel. Trotzdem folgte das Mädchen ihr und klammerte sich an sie, als gelte es ihr Leben.

Sie schlug hart auf dem Boden auf, wo sie jemand auf den Rücken drehte. Mehrere Gestalten waren über sie gebeugt, und Rhiannon bemühte sich um Konzentration.

Heile dich selbst, Rhiannon, befahl ihr Verstand. Zwar könnte sie nicht jede ihrer Wunden heilen, aber vielleicht doch genug, um sich am Leben zu erhalten. Sie musste sich nur konzentrieren. Aber das war so schwer. Ihre Gedanken drifteten immer wieder ab, fühlten sich wie zarte Federn an. Und da war dieser Wind, der sie so hübsch zerstreute und umhertanzen ließ.

Mimi kniete links von ihr. Sie berührte Rhiannons Wange mit einer Hand; ihre andere war zur Faust in Rhiannons Shirt gekrallt und hielt sie, als wollte sie Rhiannon niemals mehr hergeben. Mimi hatte wieder menschliche Gestalt angenommen, mitsamt der Sommersprossen auf ihren blassen Wangen. Und sie weinte.

Max, der Hüter der Erzengel, kniete neben Mimi und sah sehr ernst und besorgt aus. Im Kampf hatte er irgendwann seine Brille verloren. Hinter ihm stand Gabriel, auch er mit finsterer Miene.

Auf Rhiannons anderer Seite war Sophie, der einzige noch verbliebene Sternenengel in der Wohnung. Rhiannon dachte flüchtig, dass Uriel wohl mit Eleanore und Juliette ins Herrenhaus zurückgekehrt war. Vielleicht erholten sie sich wieder.

Das hoffte sie jedenfalls sehr.

Schwestern, wisperte es in ihrem Kopf. Sie hatte sich immer Schwestern gewünscht.

Und dann war da noch Michael.

Er kniete direkt neben Sophie, Mimi gegenüber und rechts von Rhiannon, und er hatte ihre Hand mit beiden Händen umklammert. Es hätte sie eigentlich trösten sollen, doch etwas stimmte nicht. Nach Jahren, in denen sie Menschen geheilt hatte, erkannte sie die Symptome auf Anhieb.

Michael starb.

Sie hatte recht gehabt, was die Gespenster betraf: Da war Gift in seinem Blut. Seine Lippen wurden blau. Doch Kämpfer, der er war, kniete er kerzengerade neben ihr, und die Sorge in seinem Ausdruck galt allein ihr.

»Du musst die Dolchwunde heilen, Rhiannon. Du musst dich heilen«, sagte er leise. »Kannst du dich bitte darauf konzentrieren? Ein letztes Mal?«

Sich genügend konzentrieren, um zu heilen? *Ja,* dachte sie, *das kann ich.*

Ein letztes Mal.

Mit einiger Anstrengung schaffte sie es zu nicken. Bilder der letzten zweitausend Jahre, von jedem, den Michael gerettet hatte, und allem, was er für die Menschen auf der Erde getan hatte, erschienen vor Rhiannons geistigem Auge. Und sie stellte sich vor, was er in den kommenden Jahren noch tun würde.

Dann nahm sie alle Kraft und Willensstärke zusammen, die sie noch besaß. Sie wusste, dass sie nur einen Versuch hatte; immerhin nahm sie es mit einem Kriegerengel auf, und da musste es beim ersten Anlauf klappen.

Rhiannon presste ihre Hand auf seine Brust und fokussierte alle ihre Gedanken auf den Mann, in den sie sich verliebt hatte, wie er gewesen war: ganz, unverletzt und vollkommen.

Licht bündelte sich in ihrer Handfläche und umfing Michaels Körper. Es leuchtete heller als die Sonne auf, bevor es wieder erlosch.

Rhiannon lächelte, als sich Michaels blaue Lippen wieder rosig färbten. Sie schloss die Augen und überließ sich der Dunkelheit.

33

Doch die Dunkelheit kam nicht. Oder besser gesagt, währte sie nicht lange.

»Rhiannon!«

Zuerst verblasste die Welt wie beim Ausschalten eines Fernsehers aus den Fünfzigern. Farben und Licht schrumpften zu einem winzigen Punkt in der Mitte zusammen, der an das weit entfernte Licht am Ende eines sehr langen Tunnels erinnerte.

Vielleicht ist es das ja, dachte sie. *Dieses ganze Tunnelding.*

»Verdammt, Rhiannon! *NEIN!*«

Aber dann war die Dunkelheit eher grau als schwarz. Und das Licht breitete sich wieder aus.

»Rhee, mein Engel, bitte … nein, mein Gott, nein … warum hast du das getan?« Sie wurde geschüttelt. Sie fühlte es, als würde sie jemand anderen beobachten, der geschüttelt wurde. Gleich darauf hielt sie jemand, umfing sie mit starken Armen, die bei aller Kraft auch sanft sein konnten.

An diese Arme erinnerte sie sich und daran, wie sie sich in ihnen gefühlt hatte. An diese Erinnerung klammerte sie sich, weil sie wollte, dass sie das Letzte war, woran sie in ihrem Leben dachte. Gleichzeitig wurde das dunkle Grau heller, und Sekunden später war das Tunnellicht verschwunden.

Das Grau wurde zu einem dunklen Braun, dann einem hellen und schließlich fast weiß.

Rhiannon bemerkte, dass der Schmerz in ihrer Brust fort war. Genauso wie der von ihren gebrochenen Knochen, den Schnittwunden und Prellungen.

Alles verblasste zusammen mit der Dunkelheit.

»Rhiannon … was …«

Er verstummte, und sie fühlte, wie sie seinen Armen entglitt.

Weil sie aufwärts schwebte. Sie spürte den Boden nicht mehr unter sich, und die Kälte war fort.

Der Regen hatte aufgehört, der Wind sich gelegt.

Rhiannon öffnete die Augen.

Ein Leuchten ging von ihrem Körper aus und erhellte Michaels zerstörtes Wohnzimmer, als Rhiannon erst zwei, dann drei, vier und schließlich fünf Fuß hoch aufstieg. Sie schwebte immer höher und bekam einen faszinierenden Blick auf die Welt unter sich.

Michael stand direkt unter ihr, den Mund offen vor Staunen, seine strahlend blauen Augen geweitet vor Schreck. Gabriel und Azrael neben ihm waren ebenso verwundert, genau wie Max und Sophie.

Und da war noch ein anderer Mann, den Rhiannon als den roten Drachen erkannte. Allerdings trug er keine mit Rubinen besetzte Lederjacke, wie Rhiannon es von Drachen in Menschengestalt gewohnt war, sondern stattdessen einen Halsreif, an dem Rubine funkelten, und die Iris seiner braunen Augen war bernsteinfarben umringt. Calidum war sein Name, und nun blickte er zu ihr auf, seinen rechten Arm schützend um Mimi gelegt. Mimis Wangen waren tränennass und ihre Augen riesengroß.

Rhiannon schwebte ewig lange Sekunden über ihnen und versuchte zu begreifen, was vor sich ging. Auf einmal veränderte sich ihr Körper. Es fühlte sich an, als würde er sich von aller Dunkelheit befreien, vom Gewicht vieler Seelen und großen Leids. Es war, als würden all diese Dinge, die Rhiannon ihr Leben lang niedergedrückt hatten, ohne dass es ihr bewusst gewesen war, von ihr genommen.

Sie schloss die Augen und erlebte eine Art spirituellen Höhepunkt, unbeschreiblich und atemberaubend schön. Ihr Rücken kribbelte, und sie hörte ein Rascheln. Ohne hinzusehen, wusste sie, was es war, und die erstaunten Laute von unten bestätigten es ihr.

»Rhee … du …«, flüsterte Mimi voller Ehrfurcht, und Rhiannon hätte den Satz für sie beenden können.

Ich weiß, dachte sie. *Ich habe Flügel.*

Sie spürte, wie sie aus ihrem Rücken wuchsen, und es war, als hätten sie von jeher zu ihr gehört, als hätte sie diese Flügel ihr Leben lang vermisst und endlich wiedergefunden. Sie waren immer schon ein Teil von ihr gewesen.

Als sie kurz darauf die Augen wieder aufschlug, lächelte sie. Es war ein Lächeln purer Freude, und ihr Erzengel erwiderte es. Michael schwebte nun ein kleines Stück von ihr entfernt, getragen von seinen eigenen majestätischen Flügeln, großen Federflächen von atemberaubender Perfektion. So hatte Rhiannon sich Engelsflügel immer vorgestellt. Sie waren von so leuchtendem Weiß, dass es einen leichten Blaustich hatte.

Michael jedoch achtete nicht auf seine Flügel. Vielmehr

hatte Rhiannon den Eindruck, sie kümmerten ihn überhaupt nicht. Er schüttelte erstaunt den Kopf und musterte sie voller Bewunderung. Seine Stimme klang tief und rau vor Rührung, als er sagte: »*Du*, Rhiannon Dante, bist wahrhaft umwerfend.«

»Das sagtest du bereits«, entgegnete sie leise, während er sanft ihre Hände nahm und sein Blick von ihren Augen zu ihren Flügeln und zurück wanderte.

Rhiannon sah ebenfalls hin, und ihr Lächeln wurde breiter.

Wow, dachte sie. Auch ihre Flügel waren weiß, aber nicht so bläulich weiß wie Michaels, sondern eher ein wenig cremefarben mit einer goldenen Note, und an den Rändern gingen sie von Weiß in Gelb, Orange und schließlich Rot über. Sie waren klasse, und sie gehörten ihr.

»Sie ist wirklich der Phoenix«, hörte sie Mimi flüstern. Und Rhiannon musste ihr zustimmen, dass die Flügel ziemlich gut passten.

Probeweise bewegte sie die Flügel in der kühlen Nachtluft, schlug mit ihnen einmal fest, und es schien ihr völlig natürlich, als hätte sie seit Jahrhunderten nichts anderes getan. Es war offensichtlich wie Radfahren: Engel verlernten das Fliegen eben auch nicht wieder.

Unwillkürlich musste sie lachen, überbordend vor Freude, während ihre Flügel sie höher in den Nachthimmel trugen. Rhiannon schlug wieder mit ihnen, stieg weiter empor, und Michael folgte ihr.

Hier oben hätte es eigentlich kalt sein müssen. Es hatte ein Unwetter gegeben, und auch wenn es inzwischen abgeklungen war, hing der Himmel noch voller Wolken. Dunst fing sich in Rhiannons Haar und Wimpern, benetzte sie mit glitzernden Tropfen. Wieder lachte Rhiannon, als sie bemerkte, dass auch an ihren Flügeln Tropfen hängen blieben. Dass diese Flügel da waren und zu ihr gehörten, war einfach zu seltsam.

»Rhiannon.«

Er sagte es leise und sehr vertraut. Rhiannon hielt inne und bewegte die Flügel gerade genug, dass sie auf der Stelle schwebte, während sie in Michaels saphirblaue Augen sah.

»Du hast dein Leben für meines geopfert«, sagte er kopfschüttelnd. »Ich wusste, dass du es tun würdest. Selbst als ich betete, dass du es nicht machst, wusste ich es.«

Rhiannon schwieg. Was sollte sie auch sagen? Sie würde es wieder tun, wenn sie vor die Wahl gestellt wäre. Er war so viel mächtiger als sie, konnte so viel mehr Gutes tun. Und die Welt war schon so verkorkst. Wenn sie ihn auch noch verlor, würde sich das empfindliche Gleichgewicht endgültig zum Bösen hin verschieben.

Außerdem konnte sie den Gedanken nicht ertragen, dass er starb.

»Ich weiß, dass du denkst, du würdest es wieder tun«, sagte er, und seine Mundwinkel hoben sich ein wenig. Es war der Cop in ihm, der an ihrem Gesicht ablas, was sie dachte. Rhiannon lächelte zerknirscht.

»Aber das wirst du nicht.«

»Ach nein?«

»*Niemals*«, sagte er streng, und seine Stimme hatte eine unwiderstehliche Note, sodass Rhiannon sich fragte, ob er irgendeine Vampirkraft einsetzte.

Aber er hatte keine Reißzähne … und jetzt, da sie richtig hinsah, bemerkte sie, dass er insgesamt verändert schien.

Sein Haar war heller, so wie sie es in ihrem Traum gesehen hatte, und seine Haut dunkler. Zudem fühlte sie die Wellen des Verbotenen nicht mehr, die seine Incubus-Kräfte vorher ausgestrahlt hatten. In seiner Nähe wurde ihr warm, und bei seinem Blick spannte sich ihr Bauch an, aber das bewirkte allein Michael. Dazu brauchte er keine Hilfe.

»Tu das nie, niemals wieder«, befahl er ihr, zog ihre Hände an sich und legte sie auf seine Brust. Bei der Berührung kitzelte es in ihren Fingern, und ihr Herz schlug schneller.

Michael wartete einen kurzen Moment.

»Nie wieder«, sagte er ein letztes Mal, bevor er seine Hände von ihren nahm, sie in Rhiannons Nacken verschränkte und sie an sich zog. Ihr blieb noch Zeit, schnell nach Luft zu schnappen, ehe er ihre Lippen mit einem tiefen, leidenschaftlichen Kuss einnahm. In dem Kuss schwangen lauter Gefühle mit: von Angst befreit zu sein, die Freude über erfüllte Hoffnung, die Feier der Liebe und der Beginn von etwas wunderbarem Neuen.

Seine Lippen waren warm und trocken, und Rhiannon empfand den Kuss als eine Art Erlösung. *Das ist Michael, der Erzengel*, ging es ihr wie im Rausch durch den Kopf. *Der wahre Engel. Und er ist mein.*

Mein Michael.

Rhiannon grinste an seinen Lippen. Sie nahm die Hände von seiner Brust und schlang die Arme um ihn, um den Kuss zu vertiefen. Er war kein Vampir und kein Incubus mehr. Beide Flüche waren aufgehoben, und dennoch war er der verführerischste, stärkste Mann, der ihr je begegnet war.

War er durch sie befreit worden? Durch dies hier?

Durch uns, wurde ihr klar. Sie hatten die dunkle Magie,

eine Armee böser Monster und sogar das größte Hindernis des Lebens an sich überwunden – den Tod. Einfach, indem sie einander vertrauten.

Indem sie sich liebten.

Michael beendete den Kuss und lehnte seine Stirn an ihre. »Ich liebe dich, Rhiannon Dante. Ich habe dich immer geliebt, und ich werde dich immer lieben«, versprach er ihr.

Rhiannon schloss die Augen und ließ sich von seiner Wärme einhüllen.

»Tja, wenigstens können wir uns darauf einigen«, sagte sie leise.

Die beiden Kriegerengel würden den Kampf immer mögen. Das lag in ihrer Natur. Doch in diesem einen Punkt würde es keinen Streit geben.

»Ich liebe dich auch, Detective.«

Epilog

Angel stand im Schatten eines Hauses einen Block vom Schauplatz der Erzengelschlacht entfernt. Sie beobachtete, wie sich Rhiannon Dante ihre Flügel verdiente und mit ihrem Gefährten zusammen, dem Erzengel Michael, aus dem Tumult der Erde aufstieg. Der letzte der vier Bevorzugten hatte seinen Sternenengel gefunden.

Die Schlacht hatte ein gigantisches Chaos in den umliegenden Straßen und Häusern ausgelöst. Aber so etwas hatte Angel schon früher gesehen – in Texas, in Schottland und in San Francisco.

Sie wusste, dass sich der Hüter der Erzengel um die Aufräumarbeiten kümmern würde, und Azraels Vampire würden Erinnerungen und Videoaufnahmen löschen. Die Erzengel selbst würden ihre Fähigkeiten nutzen, um Autos, Straßenschilder und Ampeln wieder aufzurichten und die Gebäude und Straßen zu reparieren, die vom Blitz beschädigt worden waren. Verwundete Sterbliche würden von den Sternenengeln oder Michael versorgt, über den Samael keine Macht mehr hatte, sodass er seine Heilkräfte wiedergewonnen hatte.

Angel wusste das alles sicher. Es war eine simple Tatsache.

Allerdings wusste sie auch, was das alles bedeutete, und das wiederum beunruhigte sie.

Die Erzengel hatten erledigt, was sie auf der Erde wollten. Es gab keinen Grund mehr für sie, hier zu sein. Trotzdem würden sie bleiben – bis der letzte Sternenengel gefunden war.

Denn es gab nicht nur vier. Es waren *fünf*.

Angel war der letzte.

Sie blickte noch ein paar Sekunden zu dem geflügelten Paar, das sich am Himmel hoch über New York City umarmte, dann trat sie tiefer in den Schatten. Als sie wieder herauskam, war sie in Chicago.

Sie sah nach oben, wo sich dunkle Wolken zusammenbrauten. Hatte das Unwetter in New York gerade aufgehört, begann es hier erst. Und dieses war größer, bedeutender.

Es war *sein* Gewitter.

Angel umgab sich mit einem mentalen und magischen Schutzschild, denn sie ging ein gewaltiges Risiko ein. Der Schild verhinderte, dass sie von Hesperos, dem König der Incubi, gefunden wurde. Jetzt war keine Zeit für ihn, denn sie musste allein sein.

Allein mit dem Beginn einer Zukunft und dem Ende einer anderen.

Sobald ihr Schutzschild vollständig war, begab Angel sich wieder in den Schatten und schlich von einer Seitengasse zur anderen, bis sie vor einem einhundertzehn Stockwerke hohen Gebäude ankam. Einen Moment lang stand sie mit geschlossenen Augen dort und atmete ruhig ein und aus.

Als sie sich bereit fühlte, öffnete sie die Augen wieder. Sie musste nicht hier sein. Sie musste die Höhle des Löwen nicht betreten. Aber ein Teil von ihr, und zwar der

Teil, der erstarrte, wenn sein Gesicht im Fernsehen erschien oder sie sein Bild in einer Zeitung oder Zeitschrift sah, sagte ihr, dass es sinnlos war, sich dagegen zu wehren. Jener Teil wusste, dass das Ende begonnen hatte, und wollte sich dem aufrecht stellen.

Wenigstens … einige Sekunden lang.

Angel schluckte, holte tief Luft und blickte nach oben.

Auf dem magisch verborgenen Balkon einer magischen Wohnung im sechsundsechzigsten Stock eines Wolkenkratzers, achthundert Meilen entfernt von Michael und seinem Sternenengel, umklammerte ein Mann in einem dunkelgrauen Anzug das Balkongeländer fest mit beiden Händen. Das Metall bog sich unter seinen Fingern, und er zitterte am ganzen Leib. Seine Augen blitzten, und der Himmel über ihm verdunkelte sich, als Erinnerungen zurückkehrten, die ihm vor Jahrtausenden genommen worden waren.

Alle auf einmal.

Und er erinnerte sich. *An alles.*

Schritte waren hinter ihm zu hören, das helle Klacken von hohen Absätzen auf Marmor. »Sam«, flüsterte Lilith. Mehr brauchte sie nicht zu sagen. Das war nicht nötig, denn sie wusste, was geschehen war: Michael hatte seinen Sternenengel gefunden. Lilith wusste alles, von Anfang an. Dafür hatte er gesorgt.

Samael richtete sich auf und ließ das Geländer los. Ihm war, als hätte ihm das Multiversum einen Schlag in die Magengrube versetzt. Und daran war er selbst schuld.

»Ich weiß«, sagte er schlicht. Seine Stimme brach ein wenig. Ja … sogar seine Stimme konnte brechen.

Momente vergingen, in denen ihm die volle Wahrheit

bewusst wurde und jede Windung seines Gehirns mit der unausweichlichen Erkenntnis erfüllte, wer und was er war. Was er getan hatte.

Und nach wem er suchte.

Und dann, als würden ihn unsichtbare Ketten ziehen, griff Samael wieder nach dem Geländer und sah hinunter.

Dort war sie. Sie versteckte ihre wahre Gestalt vor der Welt, wie sie es seit Jahrhunderten tat. Aber er konnte sie deutlich erkennen. Er hatte sie in unzähligen Träumen gesehen, ihren Duft im Wind gerochen, ihre Stimme in Echos gehört, die er nicht recht zuordnen konnte. Und jetzt ging ihm auf, warum.

»Ich weiß«, wiederholte er. Diesmal sprach er zu sich selbst und zu ihr.

Er wusste, dass sie ihn gehört hatte, da sie einen Schritt zurücktrat. Selbst aus dieser Entfernung konnte er ihren kleinen Rückzug sehen. Sie würde vor ihm weglaufen. Seit Jahrtausenden lief sie vor ihm weg. Anders konnte es nicht sein. *Sie* konnte nicht anders.

Und er würde sie verfolgen, bis ans Ende der Welt und weiter, falls es sein musste. Bis sie endlich sein war und er wieder Frieden fand.

»Lauf, Angel«, raunte er. »Lauf schnell und weit.« *Doch wisse*, ergänzte er im Geiste, *ich werde dich ohnehin finden. Und ich schwöre dir, wenn ich dich gefunden habe, wirst du mich nie wieder verlassen wollen.*

»Ich bin ein Drache.«

Mr. Verdigri nickte, genau wie Mimis Tante Bess.

»Ein *roter* Drache, und ihr beide habt es die ganze Zeit gewusst.«

Wieder nickten sie.

»Nehmt mir meine Ausdrucksweise nicht übel, aber was soll der Scheiß?«, platzte Mimi heraus.

Bess Tanniym presste entsetzt die Hände zusammen, doch Mr. Verdigri lachte leise und lehnte sich auf seinem Stuhl am runden Glastisch in der Laube zurück. »Deine Mutter war ein roter Drache. Sie und dein Vater lernten sich sehr jung kennen und bekamen ein Kind zusammen – dich. Drachen werden immer in Menschengestalt geboren. Später entwickeln sie Drachenzüge, oder sie bleiben menschlich. Die Chancen stehen jeweils fünfzig zu fünfzig.«

Mimi hörte aufmerksam zu.

»Solltest du die Gene deiner Mutter haben und dich zum Drachen entwickeln, war es der Wunsch deines Vaters, dass du es allein erkennst, wenn es so weit ist, kleine Mimi. Stell dir vor, wie anders du den Aufgaben und Herausforderungen des Alltags begegnet wärst, hättest du gewusst, dass du kein Mensch bist.«

Mimi blinzelte. Sie war ein vernünftiges Wesen, ungeachtet ihres Alters, also tat sie, was er sagte, und stellte es sich vor. Und sie ahnte, worauf er hinauswollte.

Mr. V. fuhr fort: »Ich kann dir garantieren, dass du die Dinge weniger ernst genommen hättest. Du hättest dir nicht die Zeit genommen, die Dinge zu lernen, die du gelernt hast, oder dich für das zu interessieren, was dir heute etwas bedeutet. Mit anderen Worten: Du hättest eines der größten Geschenke des Lebens verpasst.«

Mimis Tante nickte.

»Die menschliche Schwäche ist eine ihrer größten Stärken, Mimi«, sagte Mr. V. »Denn ihrer Schwäche wegen streben sie nach mehr und nach Besserem. Ohne diese Schwäche würden sie es gar nicht erst versuchen. Es wäre ja nicht nötig.«

»Heißt das, ihr habt mir nichts gesagt, weil ich nicht faul sein sollte?«

Wieder lachte Mr. V. Dann aber zuckte er mit den Schultern. »So könnte man es ausdrücken.«

Mimi schwieg einige Minuten lang und verdaute das Gesagte. Für ein Kind war es nicht leicht zu verarbeiten, dass Monster nicht bloß real waren, sondern dass es selbst eines von ihnen war. Ganz zu schweigen von dem, was mit Rhiannon war. Und Michael. Und den anderen! Um sie herum schwirrten lauter übernatürliche Wesen, die vor ihrer Nase ihr Leben lebten, und sie hatte keinen Schimmer gehabt.

Na ja, nicht so richtig zumindest. Aber immerhin hatte sie einen der Gargoyles an dem Tag beim Studio aus der Mauer hervorschauen sehen.

»Danke für Strikes Beerdigung«, sagte sie und wechselte kurz das Thema. Sie vermisste ihn, denn normalerweise hätte er jetzt neben ihr gelegen. Und er hätte sie schon mehrfach angestupst und über den Tischrand nach Resten Ausschau gehalten, die sie nicht mehr aß. Oder solchen, die sie eigentlich noch essen wollte. Da war er nicht wählerisch gewesen.

Mr. V. hatte ihn hier im Tropenhaus begraben und die Zeremonie von einem Freund abhalten lassen, der zufällig ein Drache und ein Druide war. Es war Magie im Spiel gewesen, und ein gigantischer Baum mit Blättern von der Farbe von Strikes Augen war aus der Erde über seinem Grab gewachsen. Irgendwie half Mimi das.

Sie würde in den kommenden Jahren unter dem Baum sitzen, Nintendo spielen oder ihre Hausaufgaben machen. Oder sich einfach erinnern.

»Es war eine schöne Trauerfeier«, stimmte Bess ihr zu.

Mr. Verdigri sagte nichts, nickte aber. Und Mimi verstand sein Schweigen.

Wieder wechselte sie das Thema. »Cal will mir beibringen, wie ich mein Feuer benutze«, sagte sie, bevor sie einen großen Schluck von ihrer Himbeerlimonade trank. Cal hieß mit vollem Namen Calidum und war so etwas wie der Anführer der roten Drachen auf Erden. Anscheinend war er in Michaels Wohnung von ihr beeindruckt gewesen und hatte beschlossen, sie unter seine Fittiche zu nehmen.

»Das ist gut, denn du musst noch vieles lernen. Es wird dir bei allen Entscheidungen helfen, die du ab jetzt triffst, einschließlich der, dir irgendwann einen Partner zu suchen.«

Mimi zog eine Grimasse. »Einen Partner?«

Mr. V. grinste. Wahrscheinlich wusste er, dass es viel zu früh war, über solche Dinge zu sprechen, aber manchmal vergaßen ältere Leute das.

»Ich verabrede mich nur mit Jungen, die sechs Katzen haben und Gitarre spielen«, erklärte Mimi.

Jetzt lachten Mr. Verdigri und Mimis Tante, wobei Bess' Lachen recht laut ausfiel. Mimi verstand zwar nicht, was daran so witzig sein sollte, aber sie ließ die beiden ruhig weitergackern, während sie ihre Limonade austrank und der Kellner kam, um ihr ein frisches Glas zu bringen. Sie bedankte sich bei ihm und steckte ihren Strohhalm zwischen die Eiswürfel.

Nachdem sich die beiden eingekriegt hatten, bat Mr. V.

um einen Mint Julep und Mimis Tante um eine Cola light mit Zitrone. Der Kellner ging, um die Getränke zu holen.

»Calidum ist ein guter Mann«, sagte Mr. Verdigri nach einer Weile, lehnte sich auf den Tisch und faltete die Hände, als wollte er jetzt zum Geschäftlichen kommen.

Mimi hörte auf zu trinken und schob mit der Zunge den Strohhalm aus ihrem Mund. »Woher weißt du das?«

Alles wurde still. Bess rührte sich nicht, und Mimi hatte das Gefühl, die beiden wüssten etwas, was sie nicht wusste.

Mr. V. blickte auf und fixierte Mimi mit seinen smaragdgrünen Augen. Dieses Grün war Mimi immer schon ein bisschen unnormal vorgekommen … nicht ganz *menschlich*.

Und jetzt wirkte es erst recht unnatürlich.

»Sagen wir, ich weiß das eine oder andere über Drachen«, antwortete er und beließ es dabei.

»Also war das noch nicht der Höhepunkt«, konstatierte Eleanore und schürzte nachdenklich die Lippen.

»Anscheinend nicht«, sagte Gabriel, der sich eben ein eiskaltes Bier aus dem Kühlschrank des Herrenhauses geholt und es geöffnet hatte.

Rhiannon sah von einem zum anderen, dann zu Michael, der neben der Couch stand, auf der sie saß. Er setzte sich auf die Seitenlehne, legte eine Hand in ihren Nacken und rieb ihn sanft. Es fühlte sich gut an. »Was immer der Höhepunkt sein mag – ich schätze, wir können sicher sein, dass er, sofern es ihn denn geben wird, jederzeit eintreten kann«, sagte er.

»Und was sollen wir bis dahin machen?«, fragte Uriel.

»Wir machen weiter wie bisher«, antwortete Max. »Wir tun, wofür wir geschaffen wurden.« Er stieß sich von der

Wand ab, an der er gelehnt hatte, und verschränkte die Arme vor der Brust. »Wir kämpfen gegen die Bösen und helfen den Guten.«

»Und behalten Gregori und seine Lakaien im Auge«, ergänzte Juliette.

»Ja«, bestätigte Gabriel, während er eine Hand auf ihren Oberschenkel legte und ihn sanft drückte. »Zu denen neuerdings auch die Adarianer zu zählen scheinen, ob es ihnen gefällt oder nicht.«

Anscheinend hatte Gregori nicht bloß einige Adarianer unter seinem Kommando, sondern alle. Dabei sollten Michael und seinen Brüdern zufolge die meisten von ihnen tot sein, denn sie wurden in Kämpfen gegen die vier Erzengel oder untereinander umgebracht.

Jetzt durften sie »Tote auferstehen lassen« zu Gregoris umfangreichen und beängstigenden Fähigkeiten hinzuzählen.

Eleanore schüttelte den Kopf. »Sie tun mir fast schon leid.«

»Mir auch«, pflichtete Sophie ihr bei.

»War ja klar, Sonnenschein«, sagte Az, der plötzlich aus dem Schatten in der Bibliothek trat und auf sie zuschritt.

Rhiannon beobachtete, wie Sophies goldbraune Augen größer wurden, als er sich ihr näherte, und konnte es ihr nicht verdenken. Azrael war eine eindrucksvolle Erscheinung, ganz Sex und Dunkelheit. Der König der Vampire ergriff Sophies Handgelenk, zog sie von der Couch hoch und nahm ihren Platz ein, bevor er sie auf seinen Schoß zog.

Sie atmete hörbar aus, als er seine Arme um sie legte und sie zärtlich auf den Hals küsste. Sophies Wangen röteten sich, und Rhiannon musste grinsen. Das Gefühl kannte sie.

Sie sah Michael an, der ihr zuzwinkerte.

Und Rhiannon schmolz dahin. Nichts, egal wie dunkel oder vampirgleich oder grüblerisch es sein mochte, könnte jemals dieses umwerfend verführerische Lächeln und Zwinkern toppen!

Sie hatte sich wahrlich mit einem Erzengel vereint. Und in einer Woche würde sie offiziell einen Cop heiraten. Bei dem Gedanken hätte sie beinah gekichert.

Seit sie erwachsen war, hatte sie einen Großteil ihrer Zeit damit verbracht, sich vor dem Gesetz zu verstecken, hatte gehofft, nie auf frischer Tat ertappt und von den Jungs in Blau verhaftet und zum Verhör geschleppt zu werden. Aber jetzt … Sie blickte zu ihrem Krieger-Erzengel auf, dem erfahrenen, hartgesottenen Detective mit den blauen Augen, denen nichts entging, und dem Verstand, der anderen stets einen Schritt voraus war.

Also jetzt würde sie wirklich sehr gern von einem gewissen Burschen in Blau zum Verhör gebracht werden.

Irgendwo weit, weit weg, in einem Herrenhaus aus Eis, auf einer entlegenen gefrorenen Ebene öffnete ein Mann mit schwarzem Haar seine noch schwärzeren Augen.

In den Tiefen seiner Löwenzahn-Iris taten sich Welten auf, und ein wissendes Lächeln trat auf seine Züge.

»Er ist hier«, sagte Gregori.

Er war die ganze Zeit hier gewesen.

Danksagung

Ich möchte meinem Mann dafür danken, dass er tagelang alles übernahm, vom Putzen bis zum Kochen, und sich um das Kind kümmerte, damit ich meinen Abgabetermin schaffte, und sich nicht ein einziges Mal beklagte. – Du bist super!

Dann möchte ich meiner Freundin und Lektorin Cherie Brewster für ihr aufmerksames Auge und ihre kostbare Zeit danken sowie meiner Freundin Mary für ihre Grammatikhilfe. Auch meinen Facebook-Schutzengeln sei Dank – Ihr wisst ja, wer von euch gemeint ist (und ich auch). Ihr seid ebenfalls klasse!

Und zuletzt möchte ich meiner Tochter für ihr Pokémon-Wissen, ihren Enthusiasmus und ihre unbestechliche Fähigkeit danken, Fehler zu finden, wo sie sonst keiner sieht, aber auch für ihre unermüdliche Ermunterung. – Du bist wahrscheinlich die Beste von allen … wenn du nicht gerade schlechte Laune hast.

Danke!

Mystery

Düster! Erotisch! Unwiderstehlich!

Diese Ladies haben keine Angst im Dunkeln: Die Mystery-Starautorinnen des Heyne Verlags schicken ihre Heldinnen und Helden ohne zu zögern in die finstere Welt des Zwielichts. Denn dort erwarten sie die gefährlichen, romantischen Verstrickungen der Nacht ...

J. R. Ward
Black Dagger - Nachtjagd
978-3-453-53271-7

Coreene Callahan
Feuer - Tödliches Verlangen
978-3-453-31457-3

Heather Killough-Walden
Engelssturm - Uriel
978-3-453-40929-3

Kim Harrison
Blutspur
978-3-453-43223-9

Leseproben unter **heyne.de**

HEYNE